Pour les yeux de Sarah

J'AI LU

Tanya Anne Crosby

Pour les yeux de Sarah

Traduit de l'américain
par Anne Busnel

Éditions J'ai lu

Titre original :

PERFECT IN MY SIGHT
Avon Books,
a division of the Hearst Corporation, N.Y.

PROLOGUE

— Tu es la seule que j'autorise à lire mon journal intime, Sarah. Même papa n'en a pas le droit.

En pyjama, les deux jeunes filles étaient allongées côte à côte sur le lit, dans la chambre qu'elles partageaient, un petit recueil relié de cuir posé entre elles.

Sarah tendit le cou et, par le biais de l'écriture élégante de sa cousine, elle revécut la journée qui venait de s'écouler.

La cérémonie de mariage s'était déroulée en grande pompe, avec toute la solennité requise, ce qui ne l'avait aucunement impressionnée. À dix-sept ans, Sarah n'avait aucune envie d'abandonner ses rêves et ses ambitions les plus chers pour devenir l'esclave d'un homme, quel qu'il soit. Si cette petite sotte de Diana Halloway avait renoncé à sa liberté pour les beaux yeux d'un blondinet, grand bien lui fasse ! Sarah et Mary, elles, avaient heureusement plus de jugeote.

Soulignant de l'index un passage en particulier, Sarah gloussa.

— Quand je pense qu'il a eu une crise d'éternuements au moment de prononcer ses vœux ! C'était si drôle !

À son tour, Mary s'esclaffa à ce souvenir cocasse.

Les deux cousines partageaient une complicité hors du commun.

— J'ai cru que Diana allait s'évanouir ! renchérit Mary. As-tu remarqué sa tête quand le pasteur a demandé à Donald pour la troisième fois s'il voulait la prendre pour épouse et que ce dernier a de nouveau éternué ? C'était hilarant !

— Et particulièrement embarrassant ! ajouta Sarah en riant de plus belle.

Délaissant le journal, Mary s'agenouilla et, singeant l'attitude compassée du pasteur, se pinça le nez dans une imitation assez réussie de sa voix :

— « Donald Alfred Salinger, voulez-vous prendre pour épouse Diana Marie Holloway, pour la chérir et la protéger jusqu'à ce que la mort vous sépare ? »

— Atchoum ! répondit Sarah en s'étouffant de rire dans l'oreiller.

— Seigneur, c'était désopilant ! Et cela me conforte dans l'idée que je ne me marierai jamais.

— Tout comme moi !

Les deux cousines échangèrent un regard de connivence, et Sarah sentit une bouffée d'affection monter en elle. Qu'aurait-elle fait sans Mary et son père, désormais ses seuls parents au monde ? Les siens étaient morts quand elle était encore toute petite, si bien qu'elle n'en avait gardé aucun souvenir. Oncle Frank l'avait recueillie et élevée comme sa propre fille, bien qu'ils n'eussent aucun lien de parenté.

La mère de Sarah et celle de Mary étaient cousines, mais cette dernière était décédée depuis longtemps et c'est oncle Frank et lui seul qui avait pris la décision de faire une place à Sarah dans son foyer comme dans son cœur. Homme d'esprit très en avance sur son temps, il avait inculqué aux deux fillettes des valeurs telles que le courage et l'opiniâtreté ; il les avait encouragées à étudier, à réaliser leurs rêves, et surtout à ne pas laisser les hommes leur dicter leur conduite. Les cousines avaient embrassé ses idéaux – révolutionnaires pour l'époque – avec enthousiasme et gratitude.

— Promets-moi que tu ne te marieras jamais, déclara soudain Sarah avec gravité.

— Je le jure ! Et toi aussi, jure-le, Sarah.

— Au nom du ciel, pourquoi souhaiterais-je lier mon existence à un homme qui ne verrait en moi qu'un ventre digne de porter ses rejetons mâles ?

— Oui, pourquoi en effet ?

— Les hommes sont tous des sots ! affirma Sarah avec dédain. Sauf oncle Frank, bien sûr.

— Papa est merveilleux. As-tu entendu ce qu'il a répondu à Mme Brighton, l'autre jour, quand elle s'est inquiétée parce que nous n'avons aucun projet de mariage en vue ?

— Oui. Que nous ne serions autorisées à épouser un homme que s'il sait cuisiner, faire le ménage et s'occuper des enfants !

— C'est scandaleux ! conclut Mary en applaudissant.

— J'ai bien cru que cette pauvre Mme Brighton allait nous faire une crise d'apoplexie.

— Elle n'a aucun sens de l'humour.

— Je refuse de me contenter de cette vie qu'on destine d'ordinaire aux jeunes filles. J'attends beaucoup plus. Je veux peindre, visiter Paris, le musée du Louvre…

— Et moi, je veux devenir journaliste, enchaîna Mary d'une voix rêveuse, en caressant machinalement son journal intime. Je sais, ce n'est pas un métier prestigieux mais… j'adorerais voir le monde, rencontrer des gens, raconter leur histoire... Évidemment, il faut avoir le sens de l'observation et un don certain pour l'écriture.

— Tu ferais un excellent reporter, affirma Sarah pour chasser le doute qu'elle lisait sur les traits de sa cousine. Je serais très fière de toi si tu devenais journaliste.

— Vraiment ?

— Bien sûr ! Et ton père aussi. Ne dit-il pas que tout est possible si l'on se donne les moyens de réussir et si l'on a suffisamment confiance en soi ?

Rassurée, Mary sourit, tandis que son regard s'illuminait.

— Papa a toujours prétendu qu'il ne fallait jamais se laisser influencer par les autres mais, au contraire, poursuivre sans faiblir sa quête du bonheur, même si cela oblige à sortir du rang.

— Oncle Frank est un visionnaire, décréta Sarah avec conviction. Nous sommes les jeunes filles les plus chanceuses de la planète de l'avoir pour père et pour tuteur. Et toi, Mary, tu es ma meilleure amie. Je ne sais pas ce que je deviendrais sans toi.

— Ni moi sans toi. Et il en sera toujours ainsi, proféra Mary avec emphase.

— Nous resterons toujours ensemble !

— Alors, faisons un serment et jurons qu'aucun homme ne nous séparera jamais.

— Non, jamais ! Nous vieillirons ensemble, en faisant exactement ce que nous voulons, et nous deviendrons les vieilles dames les plus heureuses que la terre ait jamais portées !

— Et ne t'avise pas de tomber amoureuse de quelqu'un ! dit Mary en agitant le doigt de façon menaçante.

Sarah haussa les épaules avec un petit soupir.

— Ne sois pas stupide. Cela ne risque pas d'arriver. Je ne suis pas une sentimentale, moi. C'est toi qui cours le danger de t'amouracher un jour du premier venu.

— Certainement pas ! Mais si tu as des doutes, il nous faut sceller notre pacte.

— Comment ?

— Eh bien…

— J'ai une idée ! Quelle est la chose à laquelle tu tiens le plus au monde ?

Mary s'accorda quelques secondes de réflexion.

— Mes mains, répondit-elle enfin. Sans elles, je serais incapable d'écrire.

Sarah lui jeta un regard exaspéré.

— Oh, mais réfléchis donc ! Tu ne vas tout de même pas te couper une main ! C'est un gage irrecevable.

— Tu as raison, reconnut Mary en riant. Et puis, j'en ai besoin pour un tas d'autres activités.

— Alors ? Quoi d'autre ?

— Mes cheveux ? proposa Mary avec réticence. C'est la seule chose dont je tire vanité, je le crains.

— Parfait ! Dans ce cas, si jamais tu te maries, tu devras te couper les cheveux.

Mary poussa un petit cri involontaire en portant automatiquement la main à sa somptueuse chevelure souple et dorée.

— Seigneur ! Maintenant, je suis certaine de rester vieille fille ! s'écria-t-elle d'un ton horrifié.

Puis, considérant sa cousine avec attention, elle demanda :

— Et toi, à quoi renoncerais-tu ?

Sarah ne répondit pas tout de suite. Quelle était la plus grande joie de son existence, l'activité qui lui procurait le plus grand bonheur ?

Elle n'eut pas à s'interroger longtemps.

— Ma peinture, déclara-t-elle, solennelle. Si je me marie un jour, je jure de ne plus jamais toucher à un pinceau.

Le silence retomba, bientôt rompu par Mary :

— Alors, nous venons de conclure un pacte ? s'émerveilla-t-elle.

— Eh oui !

— De toute façon, nous n'avons rien à craindre. Je ne vois pas pourquoi le mariage nous tenterait. Qui a envie d'un imbécile de mari qui s'enferme avec ses amis dans la bibliothèque pour fumer le cigare et devient au fil des ans chauve et bedonnant ?

Cette description peu flatteuse fit sourire Sarah.

— Oui ! Qui donc a besoin d'un mari ?

— Pas moi en tout cas !

— Ni moi !

De nouveau, elles éclatèrent de rire, avant de réitérer leur serment : personne, et surtout pas un homme, ne se dresserait jamais entre elles.

Elles plaisantèrent encore et rirent aux larmes avant que le sommeil ne commence à leur picoter les paupières.

— La journée a été très, très longue, remarqua Sarah en se pelotonnant sous l'édredon de son lit, proche de celui de sa cousine.

Comme celle-ci acquiesçait, paupières déjà closes, Sarah se pencha pour lui presser les doigts.

— Tu es ma meilleure amie, Mary.

— Toi aussi, tu es ma meilleure amie, Sarah. Bonne nuit...

— Bonne nuit, répéta Sarah en fermant les yeux à son tour.

Et, main dans la main, elles s'endormirent.

1

New York, 1886

Curieusement, le journal du matin n'arrivait jamais dans sa boîte aux lettres.

D'un pas nerveux, Sarah descendit la rue sous la pluie. Son ressentiment se trouva décuplé par l'attitude grossière de deux hommes qui la reluquèrent sans vergogne tandis qu'elle achetait son journal au vendeur du coin de la rue. Une corvée à laquelle elle n'aurait pas dû être astreinte, puisqu'elle était abonnée au *Times* et que le journal devait lui être livré quotidiennement à domicile. Pourtant, même si elle payait elle-même ses factures, même si elle était indépendante et habitait dans sa propre maison, *quelqu'un* avait manifestement décidé de sélectionner ses lectures.

Eh bien, elle n'était pas du style à s'asseoir près du feu et à tirer l'aiguille comme une épouse docile. Et elle avait la ferme intention de lire tout ce qu'elle voulait !

Décidément, les hommes étaient tous des despotes !

Une fois chez elle, elle accrocha son manteau à la patère du vestibule pour le faire sécher. Encore une froide et pluvieuse matinée. Laissant courir ses doigts sur le tissu humide, elle les retrouva enduits d'une fine couche de poussière noirâtre. Sarah fit la grimace. La grisaille semblait planer sur New York. Avec toutes ces cheminées qui crachaient leur fumée, l'air allait bientôt devenir irrespirable.

— Dois-je servir le thé, mademoiselle Woodard ?

Sarah se tourna brusquement et, d'un geste automatique, cacha le journal dans les plis de sa jupe.

— Oui, merci, Hopkins.

Hopkins surgissait sans prévenir, si bien qu'une fois sur deux elle se laissait surprendre. Pour un majordome, il n'était pas particulièrement déférent. Sans doute parce qu'elle était une femme et vivait seule à New York. Cette idée la mettait hors d'elle. Peu de gens approuvaient son mode de vie. On aurait préféré qu'elle fréquente assidûment les soirées dans l'espoir de se dégoter un riche mari. C'était bien sûr beaucoup plus respectable que d'assumer ses responsabilités sans l'aide de personne !

Quelle stupidité !

Seule sa cousine Mary avait partagé son point de vue, grâce à l'éducation éclairée dispensée par oncle Frank.

Pauvre Mary…

Glissant l'exemplaire du *Times* sous son bras, Sarah gagna le bureau et s'installa dans son fauteuil préféré. Comme à son habitude, elle parcourut d'abord les nouvelles du jour et se plongea dans un article traitant d'un nouveau remède contre la migraine et la gueule de bois :

« Le Coca-Cola est en vente depuis le 8 mai, dans une pharmacie d'Atlanta, où l'apothicaire M. John S. Pemberton a mis au point la formule de ce tonique qui stimule l'intellect, à base de feuilles de coca séchées en provenance d'Amérique du Sud... »

Sarah tourna la page et enchaîna sur un entrefilet imprimé en gras :

« Un grand magasin à l'enseigne de Bloomingdale ouvrira sur la Troisième Avenue... »

Elle passa à la rubrique mondaine et, subitement, un nom accrocha son regard.

Peter Holland.

Le mari de Mary.

Et peut-être aussi son meurtrier, si la rumeur disait vrai.

Sarah s'était promis de découvrir si celle-ci était fondée. Un jour, oui, un jour, elle connaîtrait la vérité. Christopher, le fils de Mary, que Sarah n'avait jamais vu, ne méritait pas d'être élevé par un assassin, un individu capable de tuer sa propre épouse afin de s'approprier sa fortune.

À en croire les on-dit, Peter Holland était un être maléfique. Le décès de sa femme s'était produit à point nommé, alors qu'il se trouvait au bord de la faillite. Et, par une coïncidence extraordinaire, il avait retrouvé le chemin de la prospérité.

Le hasard faisait décidément bien les choses.

La presse s'était déchaînée et les journalistes avaient supputé que l'argent de Mary l'avait sauvé *in extremis*. Malheureusement, seule cette dernière connaissait le fin mot de l'histoire, et elle avait emporté la vérité dans la tombe.

Mary était morte en protégeant son fils, alors que son *cher* époux, ivre mort, restait prostré à l'autre bout de la maison.

Comment avait-il pu ne pas entendre l'agresseur ? Pourquoi n'avait-il pas pris la défense de sa femme et celle de son fils ?

Sarah voulait en avoir le cœur net. Or, il n'était pas impossible que Mary, par-delà la mort, puisse lui fournir la réponse. En effet, sa cousine n'avait jamais cessé de tenir son journal intime. L'écriture était sa passion, et elle avait toujours couché ses émotions sur le papier.

La presse en avait fait ses choux gras. Après la mort de Mary, la plupart de ses écrits avaient été publiés. Sur l'instigation de qui ? Sarah l'ignorait. Elle avait été horrifiée de voir étalés sur la place publique, par des hommes plus soucieux du tirage de leur journal que du respect dû à la défunte, les détails de la vie misérable de sa cousine.

Les extraits choisis relataient ce qu'avait été l'existence de Mary jusque trois mois avant sa mort. On ignorait ce qu'il était advenu par la suite.

Sarah n'en savait pas plus que ce qu'elle avait lu dans les journaux... À savoir que le pauvre Christopher, âgé de six mois à peine, avait perdu la vue lors de cette nuit cauchemardesque, quand la fenêtre placée au-dessus de son berceau avait volé en éclats.

Selon le *Times*, l'intrus avait pénétré dans la chambre par effraction, avant de surprendre au lit la jeune mère endormie. Puis, la laissant étendue dans une mare de sang, il était reparti par la fenêtre, alors que le bébé vagissait dans son petit lit.

Lorsqu'elle y pensait, Sarah se sentait révoltée, écœurée jusqu'à la nausée. Mary avait-elle beaucoup souffert ? Avait-elle crié, appelé à l'aide ? S'était-elle débattue ?

Toutes ces questions tournaient dans sa tête et accentuaient le sentiment de culpabilité qui la taraudait.

Lorsque sa cousine avait annoncé son prochain mariage, Sarah avait été si furieuse et si déçue de ce qu'elle considérait comme une trahison qu'elle n'avait même pas voulu assister à la cérémonie. *A posteriori*, elle réalisait qu'elle avait réagi avec puérilité. Elle aurait dû soutenir Mary, lui garder son affection, même si elle n'approuvait pas sa décision. Après tout, le choix lui appartenait.

En vérité, Sarah n'avait jamais admis que sa cousine, sa meilleure amie consente à épouser un homme qui, cela semblait indubitable, ne voyait en elle que la mère de son futur héritier à qui il transmettrait son nom et sa fortune. Tout cela était d'un banal ! Les mariages arrangés n'étaient pas rares dans la société du XIXe siècle, mais que Mary, entre toutes, se laisse prendre au piège… il y avait de quoi enrager !

À l'époque, Sarah se trouvait à l'étranger avec son oncle, afin d'étudier la peinture. Eût-elle été aux côtés de sa cousine, elle n'aurait pas manqué, avec l'emportement de la jeunesse, de s'insurger et d'empêcher Mary de commettre pareille folie. Quitte à la traîner hors de l'église par les cheveux ! Hélas, elle était bien loin à ce moment-là ! Et Mary, follement éprise d'un homme qui ne l'aimait pas, avait commis l'irréparable.

Contrairement à sa pupille, oncle Frank avait pris la nouvelle avec bonne humeur. Sa tolérance et sa gentillesse naturelles l'avaient incité à taire ses objections pour rentrer aux États-Unis assister au mariage de sa fille chérie.

Sarah n'avait pas eu cette indulgence. Refusant

catégoriquement d'être témoin de ce gâchis, elle était restée en France.

Par la suite, elle avait eu maintes raisons de regretter amèrement sa décision. Peu de temps après le mariage de Mary, oncle Frank était subitement tombé malade. Sarah n'avait appris la gravité de son état que quelques jours avant sa mort. Aussitôt, elle avait écrit à Mary pour lui faire part de son intention de la rejoindre.

Dans une brève missive qui trahissait sa rancœur et sa colère, Mary avait informé Sarah qu'elle n'était pas la bienvenue chez elle.

Bouleversée de chagrin, Sarah avait donc pleuré son oncle seule. Et, moins de six mois plus tard, Mary mourait.

Elle n'avait même pas reçu de faire-part pour la naissance de Christopher et elle n'en aurait rien su si l'événement n'avait été rapporté dans la presse.

Aujourd'hui encore, alors qu'elle fixait sans le voir le journal posé sur ses genoux, Sarah revivait ces semaines d'angoisse. Des années s'étaient écoulées depuis, sans que ses remords la quittent jamais. Il y avait tant de choses qu'elle ferait différemment si la chance lui était donnée de remonter le cours du temps !

Un coup discret frappé à la porte la fit sursauter. Mon Dieu, elle avait complètement oublié son thé !

— Entrez, Hopkins.

— Votre thé, mademoiselle Woodard.

— Merci.

Alors qu'il déposait le plateau en argent sur la table basse, elle surprit le regard désapprobateur qu'il posait sur le journal. Agacée, elle retint l'explication qui lui montait d'instinct aux lèvres. Elle n'avait pas à se justifier. Aucun homme ne se serait senti pris en faute parce qu'il avait un journal à la main. Un journal que, de surcroît, elle avait payé deux fois !

Comme elle n'en avait parcouru que quelques lignes, elle se refusa à le poser, par principe. Le thé attendrait.

Sans plus se soucier de son majordome, elle étala ostensiblement le journal devant elle et se pencha pour lire l'annonce qui avait déjà attiré son attention.

« Recherche précepteur expérimenté pour enseigner le braille à un enfant de six ans. Logé et nourri, bon salaire, primes en sus. Poste ouvert aux non-voyants. Envoyer lettres de références à M. Peter Holland, place de l'Université, New York... »

Les mains de Sarah se mirent à trembler, tandis que son cœur tambourinait dans sa poitrine. Elle inspira profondément pour se calmer et posa le journal sur la table basse.

Mon Dieu ! L'occasion tant espérée, qu'elle attendait depuis six longues années, se présentait enfin !

— Mademoiselle Woodard ?

Elle avait vraiment une chance extraordinaire !

— Mademoiselle Woodard ? répéta Hopkins d'une voix plus insistante.

Sarah tressaillit et, s'arrachant à ses pensées, tourna la tête vers le majordome qui, la main sur la poignée de la porte, la dévisageait avec curiosité.

— Oui, Hopkins, qu'y a-t-il ?

— Vous sentez-vous bien ? J'ai cru que vous étiez victime d'un malaise.

— Non, non. Tout va bien, je vous assure.

En fait, elle ne s'était jamais sentie aussi bien. Elle s'était préparée à cette opportunité sans vraiment y croire, par fidélité envers la mémoire de Mary. Le projet qu'elle avait conçu était si irréaliste ! Et voilà que le miracle se produisait, par cette lugubre matinée qui n'augurait pourtant rien de bon !

— Je n'ai plus besoin de vos services, merci, Hopkins, déclara-t-elle avec fermeté.

Elle attendit qu'il ait refermé la porte pour se diriger vers son secrétaire. Elle avait tant à faire et si peu de temps devant elle ! Car elle entendait bien postuler à cette offre d'emploi, quels que soient les risques encourus. Elle devait mettre la main sur le dernier journal de Mary ! Lui seul lui révélerait la vérité.

Les autres journaux avaient été confisqués et passés au crible par la police, avant de tomber aux mains des journalistes. Mais il en restait un, demeuré introuvable. Sarah voulait ce journal. Elle allait mettre en œuvre le plan qu'elle avait concocté avec soin toutes ces années durant et démasquer Peter Holland qui paierait enfin son crime ignominieux.

Fébrile, elle ouvrit un tiroir, saisit une feuille de papier, un porte-plume et un encrier, puis rédigea une courte note, avant de sonner Hopkins pour lui demander d'aller requérir les services d'un coursier.

Ensuite, elle prit une autre feuille et entama la rédaction de ses prétendues références.

Involontairement, Peter Holland venait de lui donner une ingénieuse idée pour s'introduire chez lui sans éveiller le moindre soupçon.

Car qui aurait soupçonné une préceptrice aveugle de lui chercher noise ?

2

La plupart des garçonnets de six ans auraient fait irruption dans la pièce en courant.

Christopher, lui, entra calmement, d'un pas prudent mais sûr, le dos bien droit. Un large sourire illuminait son visage.

À sa vue, Peter sentit la fierté et l'émotion l'envahir.

— Papa ?

L'enfant ignorait bien entendu que son père ne l'avait pas quitté des yeux depuis qu'il l'avait aperçu à l'autre bout du couloir. Il captait parfaitement la présence de Peter, devinait ses moindres mouvements mais, hélas, était bien incapable de percevoir l'amour qui brillait dans le regard paternel.

— Je suis là, fiston.

— Je le sais bien. Je sens l'odeur de votre porto.

Avec un petit rire, Peter baissa les yeux sur le verre intact posé sur son bureau. Un verre rituel, quotidien, auquel il ne touchait jamais, fût-ce du bout des lèvres.

L'odeur douceâtre de l'alcool lui chatouillait les narines. Il ferma les yeux, inspira profondément… et crut ressentir la brûlure familière le long de son œsophage.

Était-ce réel ou simplement une réminiscence ?

Christopher pouvait-il ressentir la même chose, lui qui n'avait jamais bu une goutte de porto ?

Il reporta son attention sur son fils.

— Êtes-vous en train de travailler, papa ? Je ne vous dérange pas ?

— Tu ne me déranges jamais, répliqua Peter sans hésiter. Viens, entre, fiston.

Christopher obtempéra avec un regain d'assurance. Peter prenait soin de ne jamais placer d'obstacle entre la porte et son bureau. La décoration de la pièce était relativement spartiate, comme d'ailleurs toute la maison. Pourtant, l'enfant ne se précipitait jamais dans les bras de son père, au grand désappointement de ce dernier. Des murs invisibles semblaient s'élever entre le monde de ténèbres dans lequel évoluait son fils et le reste de l'univers et l'empêchaient également d'accorder toute sa confiance.

Pour l'heure, le visage de l'enfant exprimait un enthousiasme inhabituel.

— J'avais tellement hâte, papa ! Puis-je rester durant l'entretien ?

— Christopher…

— Je serai sage, je vous le promets !

Peter n'en doutait pas une seconde. À six ans, son fils avait le maintien et la dignité d'un vieux lord siégeant au Parlement !

— Je le sais bien, répondit-il. Mais je ne vois pas l'intérêt pour toi d'assister à cette entrevue. Rien ne dit que ce candidat sera le bon.

Il ne souhaitait pas non plus que son fils entende ce qu'il avait entendu de la bouche de certains postulants. Nombre d'entre eux n'avaient aucune considération pour le handicap du petit garçon. Une telle attitude mettait Peter hors de lui. Néanmoins, peut-être se montrait-il trop protecteur. Christopher était beaucoup plus patient et tolérant que lui, et il était très mature pour son âge.

— Bon, si tu veux, concéda-t-il.

Rayonnant, Christopher s'enquit :

— Où dois-je m'asseoir ?

— Pourquoi pas sur mes genoux ?

Christopher, qui ébauchait déjà un mouvement en direction du bureau, s'arrêta net et croisa les bras avec indignation.

— Ah non ! Sinon, le monsieur va croire que je suis encore un bébé !

— Impossible, tu n'as jamais été un bébé, rétorqua Peter en riant.

Dès son plus jeune âge, Christopher avait fait preuve d'une grande soif de connaissances et d'une grande précocité. À six ans, il s'exprimait avec une aisance surprenante et possédait un vocabulaire très étendu. Qui plus est, Peter avait rarement vu un esprit aussi logique. Sa mémoire était phénoménale. Dès l'âge de trois ans, il était capable de réciter par cœur un texte qu'il n'avait entendu qu'une seule fois. Peter ne voyait donc aucune raison de ne pas lui enseigner l'alphabet braille le plus tôt possible.

— Tu n'as qu'à t'asseoir à mon bureau, et moi je m'installerai sur le divan, proposa-t-il.

Cette suggestion parut satisfaire Christopher qui s'approcha. Peter referma les bras sur son fils et le déposa sur ses genoux.

— J'ai bien le droit de te voler un petit baiser, dit-il, tandis que l'enfant se tortillait en riant pour échapper à cet excès d'amour paternel.

— Qui doit se présenter aujourd'hui ?

— Quelqu'un de plus compétent que celui d'hier, du moins je l'espère.

Le candidat en question avait failli repartir avec

un œil au beurre noir, après avoir osé exiger que Christopher porte en permanence des lunettes noires en sa présence. Il prétendait être gêné par la fixité du regard des aveugles. Peter avait jailli de son siège, les poings serrés, et l'homme avait déguerpi sans demander son reste.

L'avant-veille, il avait reçu une femme qui ne connaissait rien au braille et qui avait pris soin de sa pauvre mère aveugle jusqu'au jour de sa mort. Elle n'avait évidemment rien compris aux attentes de Peter qui n'avait pas besoin d'un chaperon pour son fils !

Christopher devait apprendre à se débrouiller seul et à devenir autonome. Intellectuellement, il était en avance sur les autres enfants de son âge. Il fallait donc l'aider à atteindre les buts qu'il se fixerait, quels qu'ils soient.

Certes, la cécité représentait un handicap, mais il n'était pas insurmontable. C'était du moins l'avis de Peter. Son fils réussirait dans la vie, il en était convaincu.

— Ce monsieur, comment s'appelle-t-il, papa ?

— C'est une dame, fiston.

Peter ne put s'empêcher de froncer les sourcils en prononçant ces mots. À vrai dire, il était très réticent à l'idée d'embaucher une femme, non par préjugé, mais parce qu'il trouvait que les hommes étaient généralement plus cultivés. Néanmoins, il ne voulait pas passer à côté d'une perle rare, et tenait à recevoir chaque candidat.

— Elle s'appelle Sarah, annonça-t-il en jetant un coup d'œil au curriculum posé sur le bureau. Sarah Hopkins. Mais tu devras l'appeler Mlle Hopkins.

— D'accord.

À cet instant, le carillon de la porte d'entrée

retentit, suivi d'un bruit de pas dans le vestibule. La visiteuse étant attendue, Gunther, le majordome, la conduisit directement dans le bureau.

Par la porte restée entrouverte, Peter eut la surprise d'apercevoir non pas une, mais deux silhouettes féminines dans le sillage du domestique.

— Nous sommes envahis, chuchota-t-il à son fils. Il y en a deux ! À moins que je ne voie double...

Christopher gloussa et demanda :

— À quoi ressemblent-elles ?

— Ma foi... elles n'ont pas l'air de deux dragons en jupons. C'est déjà ça.

Christopher dressa l'oreille et murmura :

— On dirait tante Ruth.

— Un peu, oui...

La plus grande des deux femmes dissimulait la seconde derrière sa carrure massive et ses gestes péremptoires. Elle faisait pleuvoir sur Gunther une multitude de questions auxquelles ce dernier se contentait de répondre d'un « Oui, madame » ou « Non, madame ». Elle paraissait très sûre d'elle et consciente de ne s'adresser qu'à un domestique.

L'autre femme demeurait en retrait.

Peter se leva pour se porter au-devant des visiteuses. Il se rendit compte alors qu'elles étaient plus jeunes qu'il ne l'avait cru au premier abord. La volubile avait une quarantaine d'années, l'autre à peine la trentaine.

— Je suis Mel Frank, déclara l'impétueuse créature en lui tendant la main.

En homme du monde, Peter s'apprêtait à lui faire un respectueux baisemain quand des doigts énergiques se refermèrent sur les siens. Puis, Mlle Frank lui secoua le bras avec vigueur, au risque de lui démettre l'épaule.

Comme elle rivait son regard bleu perçant au sien, il comprit qu'elle n'était pas aveugle.

Ce n'était donc pas elle la candidate.

Son attention se porta alors sur la jeune personne qui l'accompagnait et il oublia sur-le-champ Mel Frank.

Elle était ravissante !

Une vraie beauté. Ses fins sourcils s'arquaient au-dessus de ses lunettes sombres. Avec son grand front, son petit nez droit, son visage à l'ovale parfait, elle avait un charme juvénile attendrissant. Son épaisse chevelure châtaine encadrait son fin minois dans une coiffure nette et sage, mais deux mèches dorées s'échappaient sur les tempes pour venir frôler ses pommettes. Ses lèvres, surtout, captivaient le regard : parfaitement dessinées, généreuses, roses, elles exprimaient une sensualité qui n'avait rien d'enfantin.

Quel goût avaient ses baisers ? se demanda-t-il tout à coup, tandis qu'une vague de désir montait en lui.

À cet instant, Mlle Frank s'interposa :

— Monsieur Holland, permettez-moi de vous présenter Mlle Sarah Hopkins qui m'emploie en qualité d'assistante.

Mlle Hopkins fit un pas en avant et Peter retint son souffle.

— Ravie de faire votre connaissance, monsieur Holland, dit-elle en lui tendant la main comme Mel l'avait fait quelques secondes plus tôt.

Son geste était cependant moins brutal. Peter, encore sous le charme, mit un moment avant de réagir. Il ne se rappelait pas avoir été séduit si rapidement par une femme. Enfin, il saisit cette main délicate et, se retenant d'y poser les lèvres, la pressa avec cordialité. Le comportement des deux femmes lui indiquait qu'un baisemain serait mal perçu. Même si l'attitude de Mlle Hopkins n'était pas aussi agressive que celle de Mlle Frank, elle adoptait la même défiance un peu hautaine.

Impulsivement, Peter se demanda de quelle couleur étaient ses yeux derrière ces lunettes fumées. Ses sourcils à la forme mutine le fascinaient. Il se surprit à la regarder de côté pour tenter d'entrevoir ses cils.

Puis la signification des lunettes le frappa enfin.

Aveugle. Elle était aveugle.

De nouveau, son regard tomba sur ses lèvres, à la moue légèrement boudeuse, couleur framboise, bien que dépourvues de toute trace de maquillage. Elles paraissaient si douces, si duveteuses, tels les pétales d'une rose fragile... Il mourait d'envie de toucher cette bouche pulpeuse, de passer son doigt sur leur texture veloutée.

Pour la première fois de sa vie, Peter se trouva à court de mots.

Sans s'en rendre compte, il garda la main de la jeune femme dans la sienne un peu plus longtemps que ne l'exigeait la bienséance.

3

Sarah se mit à prier pour qu'il ne remarque pas le léger tremblement de sa main.

En dépit de tout le mal qu'elle s'était donné, il était manifeste que son plan était voué à l'échec.

Car comment faire semblant de ne pas voir un homme aussi séduisant, aussi viril ?

Elle aurait dû se douter qu'il serait particulièrement beau. C'était quand même pour cet homme que Mary avait renié toutes ses promesses et abdiqué ses résolutions de jeune fille ; c'était lui qui lui avait tourné la tête au point de lui faire oublier sa chère cousine !

En regardant les prunelles bleues qui semblaient la transpercer, elle sentit son cœur s'emballer. Heureusement, ses propres yeux étaient protégés par d'épaisses lunettes noires, autrement jamais elle n'aurait pu masquer les émotions qui la ravageaient en cet instant.

Il y avait quelque chose d'impudent dans la façon dont il la dévisageait… et un je-ne-sais-quoi d'excitant dans l'insistance avec laquelle il fixait sa bouche.

Un frisson délicieux la parcourut, et elle s'en effraya. Résistant à l'envie de tourner les talons, elle se rappela qu'une aveugle ne pouvait être intimidée par ce qu'elle ne voyait pas. Elle devait faire abstraction de son charme, de sa bouche au pli sensuel, de sa grande main chaude qui retenait encore la sienne prisonnière…

Elle ferma les yeux.

Cet homme était un meurtrier, l'assassin de Mary, se rappela-t-elle.

Enfin, il relâcha sa main, et se tourna vers le garçonnet assis au bureau.

— Voici mon fils, Christopher.

— Bonjour, fit celui-ci d'une petite voix.

L'enfant leva la main dans un geste que Sarah n'était pas censée voir. Elle se rendit compte alors que, dans son trouble, elle n'avait même pas accordé un regard à la seule personne de l'assistance qui lui importât.

Depuis combien de temps rêvait-elle de connaître le fils de Mary ?

Ravalant l'émotion intense qui lui serrait la gorge, Sarah résista de toutes ses forces à l'envie de s'avancer vers lui pour le prendre dans ses bras. Il lui fallut faire appel à toute sa maîtrise pour se remémorer les conseils de Mel : elle se borna à incliner légèrement la tête dans la direction de cette voix juvénile.

— Pardonnez-moi, intervint Peter Holland, mon fils a insisté pour assister à l'entretien. Ainsi, il pourra ainsi vous poser quelques questions. Cela ne vous dérange pas, j'espère ?

Il eut alors un sourire dévastateur, un sourire qui atteignit Sarah en plein cœur. La jeune femme chercha refuge dans l'irritation. Sans doute ce séducteur patenté était-il habitué à tenir les femmes sous son charme et n'y prêtait-il même plus attention. Sourire de cette façon devait être chez lui un réflexe de prédateur.

Assassin ! songea-t-elle, en puisant en elle un mépris entretenu de longue date.

Elle se rendit compte qu'elle n'avait même pas répondu à sa question.

— Voyez-vous un inconvénient à ce que Christopher reste parmi nous ? insista Peter Holland.

— Non, pas du tout. Après tout, c'est à lui que je dois plaire, non ? Il est le premier concerné.

Peter réprima un petit rire, et parut se détendre.

— Vous avez raison, convint-il, avant de demander à son fils : Prêt, champion ?

— Oui, papa, répondit sagement le garçon.

Sarah, qui l'observait du coin de l'œil, se dit que le tempérament impétueux de sa cousine avait fort peu déteint sur la personnalité de son fils. Ce petit bonhomme était décidément très sérieux.

Mais comment aurait-il pu en être autrement puisque Mary n'avait pas eu le temps d'élever son enfant ?

— Parfait, dit Peter en congédiant son majordome d'un hochement de tête. Asseyons-nous.

Puis il se tourna vers Mel et s'excusa :

— Pardonnez-moi, j'ignorais votre venue et je n'ai prévu qu'un seul fauteuil. J'aurais pourtant dû me douter que Mlle Hopkins serait accompagnée. Si vous voulez bien la conduire jusqu'à son siège, je vais vous laisser le divan.

Sur ces mots, il s'assit sur le coin du bureau, en toute simplicité.

Sarah se retint de tourner la tête vers Mel. Dieu merci, après son entrée fracassante, celle-ci semblait s'être souvenue que les domestiques étaient supposés adopter une attitude réservée et servile. Cela ne devait pas couler de source pour cette féministe convaincue qui chérissait son indépendance.

Pauvre Mel ! Son rôle était aussi difficile à jouer que celui de Sarah.

Son « assistante » s'approcha et la prit par le bras comme si Sarah était incapable de trouver elle-même cet horrible fauteuil placé devant le bureau. Très concentrée, Sarah veilla à ébaucher quelques gestes maladroits, même si elle n'arrivait pas entièrement à s'abandonner à la main qui la guidait.

— Ferme les yeux, lui chuchota Mel à l'oreille, en se penchant pour feindre de rectifier un pli de sa jupe.

Sarah obéit. Privée de la vue, elle se sentit soudain très vulnérable et très effrayée. Le projet qu'elle avait conçu lui apparaissait dans toute son énormité : elle allait commettre une terrible bévue et se ridiculiser devant tout le monde. Puis on la chasserait comme une malpropre ou, pire, on appellerait la police...

Dans quel traquenard s'était-elle fourrée ?

Calme-toi, s'admonesta-t-elle en s'efforçant de respirer normalement.

Elle devait se concentrer sur le petit garçon assis à quelques pas d'elle. C'était pour lui qu'elle avait pris tous ces risques. Son avenir était en jeu. Cela méritait bien qu'elle fasse preuve de courage et d'audace.

Ouvrant les yeux, elle se retrouva assise devant l'immense bureau, face à la frimousse de l'enfant, à peine visible derrière la pile de dossiers qui encombrait le plateau. De nouveau, l'émotion la submergea, et elle dut refréner les larmes qui ne demandaient qu'à couler. Ses mains tremblaient tant qu'elle fut obligée de croiser les doigts pour ne pas se trahir. Enfin, elle le découvrait ! Sa joie était telle que garder une expression impassible relevait de la prouesse.

Comme son oncle aurait été heureux, lui aussi, de voir son petit-fils, lui qui pourtant jurait ses grands dieux que ses deux filles suffisaient amplement à son bonheur !

Avec ses cheveux châtain doré et son petit nez retroussé, Christopher ressemblait à Mary de façon frappante. Oncle Frank n'aurait pas manqué d'être ému par la similitude de leurs traits. Sarah avait presque l'impression de sentir la présence de son oncle dans son dos, comme s'il réchauffait l'atmosphère de la pièce de sa bonhomie bienveillante.

— Si ma mémoire est bonne… commença Peter Holland en saisissant le curriculum vitae de Sarah, vous avez étudié à l'Institut national des Aveugles de Paris. C'est presque un exploit pour quelqu'un d'aussi jeune et pour…

Il s'interrompit, et Sarah acheva pour lui :

—… pour une femme, aveugle de surcroît ?

Froissée, elle redressa la tête, avant de s'exhorter au calme. Elle ne devait pas perdre de vue ses objectifs. En cet instant, s'insurger contre la prétendue suprématie masculine ne la mènerait nulle part, même si ce paternalisme condescendant la révoltait.

— Vous pensez donc qu'une femme n'est pas capable de suivre des études ? ne put-elle s'empêcher d'ajouter.

— Non, je n'ai jamais dit cela.

Le ton amusé de Peter Holland la hérissa davantage encore. S'il s'acharnait à la provoquer ainsi, elle ne répondait plus de rien.

— Mais c'est ce que vous sous-entendiez. Je suis peut-être aveugle, mais ni sourde ni stupide, monsieur Holland.

Cette insolence, loin de le fâcher, le fit sourire. Il fit aussitôt amende honorable.

— Je vous présente mes excuses, mademoiselle Hopkins. Je ne voulais pas mettre en doute vos compétences.

Sarah sentit que Mel s'énervait. L'entretien démarrait plutôt mal et son amie tentait de la mettre en garde. Ce n'était pas en se montrant agressive qu'elle décrocherait ce poste de préceptrice.

— Quoi qu'il en soit, ce n'est pas à l'Institut que j'ai étudié le braille. Sans doute avez-vous lu trop rapidement mes lettres de références. C'est mon professeur qui a enseigné là-bas avant de prendre sa retraite, qui m'a formée.

— Je vois. Et depuis combien de temps maîtrisez-vous le braille ?

— Cinq ans, mentit-elle avec aplomb, car elle s'était préparée à cette question. Assez longtemps, en fait, pour regretter vivement que si peu d'œuvres soient éditées dans cet alphabet.

— J'en conviens. Et je vous assure que je compte me pencher sur le problème, dans l'intérêt de mon fils.

— Il a bien de la chance d'avoir un père si attentionné, se força-t-elle à répondre.

Le compliment lui avait brûlé la langue, tel un acide corrosif. La colère qu'elle vouait à cet homme l'empêchait presque d'être polie avec lui.

Assassin !

Voyant qu'il reportait son attention sur Mel, elle faillit tourner la tête mais se retint *in extremis*. Elle devait encore se débarrasser de nombreux réflexes.

— Quelle est exactement la fonction de Mlle Frank à votre service ? s'enquit-il.

— Mlle Frank est mon amie, et m'assiste dans mes déplacements et ma toilette. Il lui arrive également de m'aider au cours des leçons que je dispense à mes élèves.

C'était l'euphémisme de l'année, étant donné que sans le savoir de Mel qui maîtrisait parfaitement le braille pour avoir longtemps travaillé à l'Institut des Aveugles de New York, Sarah aurait été bien en peine de mettre son plan à exécution ! Elle s'intéressait à cet alphabet depuis qu'elle connaissait le handicap de Christopher et, sous la férule de Mel, avait acquis quelques notions rudimentaires. Pourtant, son niveau était loin d'atteindre celui dont elle se vantait dans son curriculum.

Peter Holland la transperça d'un regard inquisiteur qui la fit frémir.

— J'ai quelques questions supplémentaires à vous poser, si vous n'y voyez pas d'objection, annonça-t-il.

— Allez-y, je vous en prie.

Malgré elle, elle se raidit, tandis qu'il parcourait rapidement son curriculum truffé de mensonges.

— Vos références sont excellentes. Je n'ai aucune raison de les mettre en doute, cependant il est essentiel que je comprenne vos motivations.

— Bien entendu.

— Pourquoi avez-vous privilégié le braille au détriment du système du point saillant ?

— Hum… Mon curriculum vous a peut-être induit en erreur. Voyez-vous, le braille est la première méthode que j'ai apprise, mais je connais également le système du point saillant. Ma préférence va cependant à un troisième code, le braille modifié.

— Le braille modifié ? Je n'en ai jamais entendu parler.

— En réalité, ce système n'a pas encore été approuvé par les autorités compétentes, bien qu'il soit déjà utilisé avec succès à l'Institut Perkin de Boston. Il ressemble beaucoup au code de Louis Braille, mais sa caractéristique principale réside dans le fait que les lettres les plus fréquemment utilisées sont représentées par les signes qui comptent le moins de points en relief. Ainsi, l'écriture et la lecture se font plus aisément.

Son regard glissa vers Mel et, à sa grande satisfaction, elle vit cette dernière hocher imperceptiblement la tête en guise d'approbation. Encouragée, Sarah poursuivit :

— Le système du point saillant, en revanche, est assez confus et rébarbatif, bien qu'il soit le plus usité. Personnellement, je ne le recommanderais pas.

— Vous vous proposez donc d'enseigner le braille modifié à mon fils ?

— Le choix vous appartient, monsieur Holland. Je me contente de vous donner mon avis sur la question. En ce qui me concerne, je suis à même d'enseigner à Christopher n'importe lequel de ces trois alphabets. Je dois pourtant attirer votre attention sur le fait que les publications destinées aux aveugles sont toutes soumises à l'approbation de l'Institut anglais du Braille. Ce qui ne veut pas dire qu'il en sera toujours ainsi. Pour l'heure, les spécialistes se querellent pour définir le meilleur code. Le système américain du point saillant a ses fervents adeptes, tout comme le braille modifié. Toutefois, actuellement, l'Institut anglais du Braille ne reconnaît aucune de ces deux méthodes.

— En tout cas, vous semblez maîtriser le sujet, mademoiselle Hopkins.

Le soulagement de Sarah fut tel qu'elle en éprouva un léger vertige. Non qu'elle se souciât le moins du monde de l'opinion qu'il avait d'elle. L'important était qu'il ne soupçonne pas la supercherie.

— À présent, dites-moi pourquoi vous posez votre candidature à ce poste de préceptrice ?

« Parce que j'essaie d'épingler un assassin ! » faillit-elle répondre.

Elle feignit de s'éclaircir la voix et répondit comme prévu :

— Parce que je n'ai pas toujours été aveugle, monsieur Holland.

Mel l'avait aidée à mettre au point cette histoire inventée de toutes pièces qu'elle avait soigneusement répétée jusqu'à ce qu'elle l'apprenne par cœur. Elle s'interrompit cependant en percevant un bruit de pas en provenance du couloir. L'instant d'après, la porte grinça légèrement dans son dos.

Sarah attendit quelques secondes. Apparemment, la personne s'était immobilisée sur le seuil, car on n'entendait plus aucun bruit. S'interdisant de se retourner afin de voir qui venait de pénétrer dans le bureau, Sarah ferma les yeux pour mieux résister à la tentation, et se força à imaginer la pièce telle qu'elle l'avait mémorisée.

Puis, d'une voix passionnée qui lui aurait valu son petit succès sur les planches d'un théâtre, elle reprit :

— Lorsque je suis devenue aveugle, j'ai peu à peu sombré dans la dépression. Je n'avais plus goût à rien et ce sont des amis qui m'ont obligée à prendre des cours de braille. J'ai découvert en mon professeur un ami qui a su me tendre la main et me redonner courage à un moment où j'en avais désespérément besoin. Grâce à lui, je me suis rendu compte que je pouvais surmonter ma cécité et réapprendre à vivre. Cette personne s'est occupée de moi et m'a tirée de ma détresse. Aujourd'hui, je désire partager avec d'autres aveugles mon expérience.

Comme elle se taisait, un silence respectueux envahit la pièce. Sarah devina que Peter Holland était touché par sa petite fable.

— Voilà qui me paraît très louable de votre part, commenta-t-il enfin.

— Vous comprenez, enchaîna-t-elle avec enthousiasme, il y a dans toute épreuve quelque chose de positif. L'accident dont j'ai été victime n'est pas le fruit du hasard. C'était mon destin.

— Vous êtes une remarquable jeune personne, mademoiselle Hopkins.

La sincérité du ton désarmait Sarah, son regard admiratif plus encore. Son cœur se mit à cogner très fort et, tout à coup, elle eut du mal à respirer.

Pourtant, elle devait se méfier de cet homme. À première vue, il avait l'air d'un père aimant, soucieux avant tout du bien-être de son enfant. Et, en cet instant, il semblait même émaner de lui une immense compassion. Mais tout cela n'était qu'une dangereuse illusion. Un homme capable de tuer sa femme de sang-froid devait avoir le cœur aussi noir que le charbon.

Peter Holland était un criminel de la pire espèce, sans le moindre scrupule, même si sa nature démoniaque se cachait sous une façade séduisante.

— Merci, articula-t-elle.

Peter se tourna vers son fils.

— Veux-tu poser quelques questions à Mlle Hopkins, Christopher ?

Le petit garçon eut l'air ravi. Il ne se redressa pas, comme l'auraient fait la plupart des enfants de son âge à qui on aurait donné la parole, afin de mieux voir son interlocuteur. Non, il se contentait de trôner dans le fauteuil de son père, sa bouille réjouie traduisant l'excitation qui s'était emparée de lui.

— Que dois-je lui demander, papa ? s'enquit-il tout d'abord avec une anxiété comique, comme si seul son père pouvait l'entendre.

Sarah intervint :

— Pose toutes les questions que tu veux, Christopher. Que puis-je te dire pour te convaincre de m'embaucher ?

Il réfléchit quelques secondes, le doigt sur la tempe, puis questionna :

— Avez-vous des caramels au fond de vos poches ?

Sarah sourit devant tant d'innocence.

— Oui, cela m'arrive. Et, parfois, j'avoue que je les mange moi-même. Mais chut ! Il ne faut pas le répéter.

Christopher pouffa, et Sarah eut toutes les peines du monde à ne pas tendre le cou pour mieux voir sa mimique. Il avait le même rire que sa mère, ce gloussement communicatif qui mettait tout le monde en joie, même quand on en ignorait la cause.

— Une autre question ? l'encouragea-t-elle, consciente du regard intense de son père et de celui de la personne qui était entrée tout à l'heure.

— Hum... avez-vous un petit garçon à vous ?

— Non, ni malheureusement de petite fille. Je le regrette beaucoup.

— Pourquoi ne faites-vous pas d'enfant alors ? l'interrogea-t-il ingénument.

— Ce n'est pas aussi simple, hélas ! répliqua-t-elle en riant.

— Pourquoi ?

— Tout d'abord... je ne souhaite pas me marier.

Quelque chose l'avait poussée à répondre en toute franchise au petit garçon qui, bien évidemment, enchaîna avec une logique imparable :

— Pourquoi ?

Une voix de femme à l'intonation sévère s'éleva alors derrière Sarah :

— Christopher ! Cela suffit, tu deviens indiscret.

L'enfant resta muet pendant quelques secondes, avant de demander à Sarah :

— Est-ce que vous sentez ?

— Pardon ? fit-elle, interloquée.

Elle nota que Peter Holland évitait d'éclater de rire.

— Je crois qu'il vous demande si vous mettez du parfum, précisa-t-il.

— De temps en temps. Mais pas beaucoup. Pourquoi ?

— Parce que je n'aime pas cela !

De nouveau, la femme postée près de la porte ajouta son grain de sel :

— Tu es encore trop jeune pour apprécier le charme d'une eau de Cologne, voilà tout.

À son ton, on la devinait sur la défensive. Malade de curiosité, Sarah aurait voulu pouvoir la dévisager. Qui était cette personne ? Pourquoi se permettait-elle d'intervenir avec cette autorité ?

Quant à Christopher, il n'avait apparemment plus envie de s'exprimer.

Un silence gêné plana sur l'assistance, bientôt brisé par la voix de baryton de Peter Holland :

— Mademoiselle Hopkins, je vous présente ma sœur, Mlle Ruth Holland.

Sarah se garda bien de chercher le regard de l'intéressée. Elle redressa les épaules, ferma les yeux et inclina poliment la tête.

— Ravie de faire votre connaissance, mademoiselle Hopkins.

On ne pouvait s'y méprendre : la voix était sèche, froide, réprobatrice. Pour quelle raison ? Sarah n'aurait su le dire.

— Moi de même, mademoiselle Holland, répondit Sarah en souriant.

Avec une certaine grossièreté, Ruth Holland coupa court aux salutations et s'adressa à son frère :

— Bien. Peter, je te laisse terminer cet entretien. Pardonne-moi pour cette interruption. Nous discuterons ce soir.

Peter toussota.

— Je ne dînerai pas à la maison, objecta-t-il. J'ai un rendez-vous professionnel.

— Je vois.

Sarah aurait juré que Ruth Holland avait pincé les lèvres. Il était décidément terriblement frustrant de ne pouvoir voir le visage des gens. Néanmoins, son instinct lui soufflait que les relations entre le frère et la sœur étaient plutôt tendues.

— Eh bien, dans ce cas, à demain, conclut Ruth Holland.

Sarah attendit que le bruit de ses pas ait décru dans le couloir pour s'inquiéter auprès du maître de maison :

— Ai-je commis un impair ? J'ai l'impression que votre sœur n'apprécie pas ma candidature.

En l'occurrence, elle n'avait nul besoin de feindre la déception. Si Peter Holland lui signifiait qu'elle ne convenait pas pour le poste, tous ses espoirs d'apprendre un jour la vérité s'effondreraient. Une perspective accablante.

— Ma sœur dirige peut-être la maisonnée, mais

ce n'est pas elle qui prend les décisions relatives à Christopher, mademoiselle Hopkins. En fait, vous correspondez tout à fait au profil que je recherche. Si la place vous convient, elle est à vous.

Ô mon Dieu, elle avait réussi. Mais était-elle capable de mener à bien la mission qu'elle s'était fixée ? Pourrait-elle se surveiller, calculer le moindre de ses gestes, la moindre attitude ?

En tout cas, elle se devait d'essayer maintenant qu'elle avait décroché le poste. La fin justifiait les moyens !

— Le poste me satisfait amplement, monsieur Holland. Je l'accepte de grand cœur. Merci de me faire confiance.

Une subite envie de pleurer lui contracta alors la gorge et, derrière ses lunettes, elle osa le regarder droit dans les yeux.

Était-il innocent ? Coupable ?

Elle se promettait de le découvrir.

4

L'entrevue n'aurait pu se dérouler mieux.

Rien n'était venu entraver le projet de Sarah.

Alors pourquoi avait-elle subitement envie de se terrer dans un trou pour ne plus jamais en sortir ?

Maintenant que tout était arrangé, il était impossible de faire marche arrière. Il ne lui restait plus qu'à appeler un fiacre et retourner chez Peter Holland.

Étendue sur le divan, les jambes posées sur le tissu damasquiné aux reflets dorés, Mel dit soudain d'un ton plaintif :

— Cesse de faire les cent pas, Sarah ! Tu me rends folle !

— Je suis si nerveuse, Mellie !

Toutes deux étaient inséparables depuis que Sarah avait contacté trois ans plus tôt celle qui allait devenir son amie. Désireuse d'enseigner aux jeunes aveugles, elle s'était rendue à l'adresse d'un certain « Mel » Frank, professeur de braille. Là, elle avait découvert, à sa grande stupéfaction, que Mel était le diminutif de Melissa.

Sarah s'était immédiatement reproché de ne pas avoir envisagé la possibilité que ledit professeur pouvait être une femme. Quelle idiote ! Elle avait tenu à s'excuser auprès de Mel et, plus tard, alors que Sarah prenait des cours depuis quelque temps déjà, toutes deux avaient ri au souvenir de cette anecdote.

Elles étaient devenues les meilleures camarades du monde.

— À quelle heure sommes-nous attendues ? s'enquit Mel.

— 14 heures.

— Essaie de te calmer. Cela ne sert à rien de te faire du mauvais sang.

— Mais imagine que je n'arrive pas à jouer mon rôle ? Qu'il découvre la mystification ?

— Oui, et alors ?

Sarah n'avait même pas songé aux conséquences, tant cette éventualité la terrifiait.

— Quel est le pire qui puisse advenir ? reprit Mel avec fatalisme. Allons, dis-le-moi.

— S'il a été capable de tuer la mère de son fils… il n'hésitera sans doute pas une seconde à se débarrasser de moi.

— Bon. Es-tu prête à abandonner pour autant ?

— Jamais de la vie ! s'exclama Sarah avec véhémence. Si je laisse passer cette occasion de découvrir la vérité, je m'en voudrai jusqu'à mon dernier souffle, tu le sais parfaitement.

— Dans ce cas, tu n'as pas vraiment le choix.

Sarah hocha la tête.

— Si le journal de Mary se trouve dans cette maison, je le trouverai. Je le jure !

— Je n'en ai jamais douté.

Une lueur admirative dansait dans le regard de Mel. Sarah frémit, mal à l'aise. Elle ne méritait guère une telle estime. Elle n'avait pas aidé Mary quand celle-ci avait eu désespérément besoin d'elle. Si elle ne s'était pas comportée de façon aussi sotte et intransigeante, sa cousine serait peut-être encore en vie à l'heure actuelle. Mary avait eu besoin d'une confidente, d'une oreille amie... et elle s'était retrouvée seule, sans personne vers qui se tourner.

Aujourd'hui, Sarah avait la chance de se racheter.

— N'enlève jamais tes lunettes, sauf pour te coucher et garde toujours les yeux fermés, quoi qu'il arrive, à moins d'être seule, conseillait Mel.

— Je m'en souviendrai.

— Sers-toi de ta canne comme je te l'ai montré pour trouver ton chemin, même si tu crois ne pas être observée.

Ces recommandations de dernière minute accentuèrent encore l'appréhension de Sarah. Elle se planta devant son amie tranquillement allongée sur le canapé.

— Tu n'as pas changé d'avis, n'est-ce pas, Mellie ? Tu veux toujours m'accompagner ?

— Bien sûr. Mais je ne pourrai pas être tout le temps avec toi, sinon il se douterait de quelque chose. Voilà pourquoi il faut que tu lui demandes si je peux m'installer dans les communs. Non que cela me réjouisse, mais enfin... une domestique doit savoir rester à sa place.

— Tu as raison. Je perds la tête.

— En tout cas, j'espère que tu feras une bonne patronne ! fit Mel avec un clin d'œil.

Les deux femmes échangèrent un regard affectueux. Bien que Mel partageât les mêmes craintes que Sarah, elle s'efforçait de l'encourager.

— Je ne te remercierai jamais assez pour ton aide, dit Sarah avec gratitude.

— Oh si ! Et d'une manière très simple : en découvrant la vérité et en protégeant ce petit garçon.

— J'ai tellement hâte de le revoir ! J'ai envie de me

retrouver seule avec lui, d'apprendre à le connaître. Je veux ce qu'il y a de mieux pour lui. Je ne peux pas m'empêcher de me sentir responsable.

— Bien. Dans ce cas, es-tu prête à partir ?

Sarah prit une profonde inspiration et redressa les épaules.

— Je suis prête, affirma-t-elle.

— Je te retrouve enfin ! Je vais appeler un fiacre. Et gare à celui qui voudra nous le voler sous le nez ! Les hommes se croient tout permis dans cette ville, mais le premier que je trouve en travers de mon chemin, je l'assomme à coups de parapluie !

Sarah se mit à rire en voyant son amie se diriger d'un pas décidé vers la porte. Parfois, elle lui rappelait Mary, avec ses sautes d'humeur, ses décisions irrévocables !

Elle eut un brusque pincement au cœur. En cet instant, sa cousine lui manquait plus que jamais.

— Je ne te ferai pas défaut, Mary, murmura-t-elle, farouche. Cette fois, je le jure devant Dieu, je ne te ferai pas défaut !

Et, si Peter Holland était un meurtrier, il le paierait cher, foi de Sarah Woodard.

— Peter James Holland !

Peter grimaça en entendant la voix de sa sœur. Il détestait cette manie qu'elle avait de l'appeler par son nom complet.

— Seigneur, je ne comprends pas que tu héberges une étrangère dans cette maison ! Tu ne sais absolument rien d'elle. Quel exemple va-t-elle donner à Christopher, à ton avis ?

— Enfin, Ruth ! Mlle Hopkins n'est pas ma maîtresse, mais la nouvelle préceptrice de mon fils !

Il se montrait délibérément provocateur. Il en

fallait plus, toutefois, pour désarmer Ruth, qui paraissait furieuse. Sans cesser ses récriminations, elle lui emboîta le pas tandis qu'il se dirigeait vers le bureau.

Peter serra machinalement les poings. Elle avait une voix si perçante ! À l'entendre, on comprenait pourquoi certains maris assassinaient leurs femmes...

Cette pensée lui avait à peine traversé l'esprit qu'il éprouva un malaise.

— Il n'empêche que je trouve un peu étrange que la plupart des postulants aient été des hommes et que tu aies engagé une des rares femmes à s'être présentées, et qui, de surcroît, est jeune et jolie ! tempêta Ruth.

Jolie, Sarah l'était, assurément. Ravissante, adorable, même. Et son visage lui semblait vaguement familier, comme s'il l'avait déjà croisée quelque part. Hors, ce n'était pas le cas.

Il n'aurait pas pu l'oublier.

Ignorant les jérémiades de sa sœur, il alla s'installer à son bureau.

Sarah avait spécifié qu'elle n'avait pas toujours été aveugle. Quel accident malheureux lui avait-il fait perdre la vue ? Décidément, cette jeune femme ne le laissait pas indifférent. Il ne pouvait s'empêcher de se poser des questions à son sujet.

— N'y avait-il donc aucun homme qualifié pour ce poste, Peter ?

— Bon sang, Ruth ! De toute façon, si j'avais embauché un homme, tu n'aurais pas été contente non plus.

— Pourquoi as-tu renvoyé cette femme d'un certain âge qui s'est présentée l'autre jour ?

— C'était une harpie, autoritaire et bornée. Christopher n'a pas besoin d'avoir une garce sur le dos.

— Surveille ton langage ! Décidément, tu es bien comme ta mère.

Cette accusation n'étonna nullement Peter. Bien que Ruth et lui aient eu le même père, ils étaient issus de lits différents. À trente-neuf ans, Ruth avait onze ans de plus que son demi-frère et n'était toujours pas mariée, ce qui n'avait rien de surprenant quand on la connaissait.

— Je suis direct dans ma façon de parler, comme ma mère, en effet, acquiesça-t-il sans se départir de son calme.

Ruth fronça les sourcils d'un air mauvais mais ne répliqua pas. Elle avait toujours détesté la mère de Peter, une jolie femme intelligente et gaie que son mari avait adorée. Ruth s'était sentie rejetée. Pourtant, elle n'avait pas été jalouse de Peter. Au contraire, elle l'avait pris sous son aile et elle s'efforçait, aujourd'hui encore, de le protéger contre le monde entier.

Même si cette attitude de mère poule agaçait prodigieusement Peter, il était reconnaissant à sa demi-sœur de se montrer si dévouée envers lui et son fils.

Après la mort de Mary, Ruth était revenue s'installer à la maison et avait immédiatement pris en charge l'éducation de Christopher. Grâce à elle, l'enfant n'avait pas trop souffert.

Il avait totalement confiance en Ruth, même s'il n'appréciait guère ses manières autoritaires. Il n'en restait pas moins qu'il avait passé l'âge d'être sermonné et qu'il entendait rester le maître chez lui.

— Bien que je n'aie pas à me justifier, sache que cette fille est de loin la plus compétente. Il se trouve simplement qu'elle est plutôt avenante. Ce n'est pas un crime, quand même.

— Justement, un joli visage, c'est bien tout ce qu'elle nous a présenté ! persifla Ruth.

— C'est faux. Tu ne l'as pas vue s'adresser à Christopher. Il s'est tout de suite senti à l'aise avec elle, ce qui importe beaucoup à mes yeux.

— Oh si, je l'ai observée ! Cette femme se sert sans scrupule de son charme pour enjôler un petit garçon. C'est ignoble.

— Tu exagères. J'ai rarement vu Christopher se comporter avec un tel naturel face à un étranger. C'est justement ce qui m'inquiétait dans le fait d'embaucher un professeur. Mais me voilà rassuré. Sarah Hopkins correspond parfaitement au profil que je cherchais et je souhaite que tu te montres hospitalière avec elle tant qu'elle demeurera chez nous.

— Évidemment ! J'ai un minimum d'éducation ! Sache pourtant que je n'approuve pas sa présence. Depuis le début, je suis fermement opposée à ce projet.

— Je m'en suis aperçu, rétorqua Peter, qui devinait sans mal ce qui allait suivre.

Il se s'était pas trompé.

— Pourquoi diable vouloir à toute force lui apprendre à lire ? Ton fils est aveugle, Peter ! Tu ne peux donc pas l'accepter ?

Refrénant la colère qui montait en lui, le jeune homme s'efforça de ne pas perdre patience.

— Christopher est aveugle, certes. Cela ne signifie pas qu'il soit diminué ou débile. Au contraire, il est vif et a envie d'apprendre. Si on lui donne une bonne éducation, il sera un jour capable de gérer à son tour les affaires familiales.

— Mais je suis là pour m'occuper de lui ! objecta Ruth en portant les mains à sa poitrine dans un geste implorant.

— Sans doute, mais le seras-tu toujours, Ruth ?

C'était un peu cruel de sa part. Il n'ignorait pas à quel point ce sujet était sensible pour sa sœur.

— Tu es trop exigeant. Tu demandes toujours plus, Peter. Tu es aveuglé par l'amour que tu portes à ton fils et tu en es venu à perdre le sens des réalités, riposta-t-elle.

Il tressaillit sous la pique. Attendait-il trop de son fils ? Sa fierté de père lui ôtait-elle toute objectivité ? Comment savoir ?

— Non, c'est faux, martela-t-il avec obstination.

À cet instant, la sonnette de la porte d'entrée retentit. Se levant brusquement, il coupa court à la discussion.

— Quoi qu'il en soit, il est trop tard. C'est sûrement Mlle Hopkins. Je te prie d'aller chercher Christopher, Ruth.

— Certainement pas ! rétorqua-t-elle avec aplomb. Si tu ignores mes conseils, cela te regarde. Mais en ce qui me concerne, je ne prendrai pas part à cette folie.

— Fort bien. J'attends cependant que tu restes courtoise avec notre nouvelle employée, et ce quelles que soient les circonstances.

Ruth lui jeta un regard désemparé et, tout à coup, elle frissonna.

— J'ai un mauvais pressentiment, Peter. Quelque chose m'effraie chez cette femme. Je te prédis que tout cela finira très mal et que tu le regretteras amèrement.

Sur ces mots, elle tourna les talons et quitta la pièce.

— Va chercher ton fils toi-même ! lança-t-elle rageusement du couloir.

Les paroles de sa sœur avaient troublé Peter. Il s'efforça de ne plus y penser. Puis, d'un pas ferme, il rejoignit le vestibule pour accueillir celle qui, avant même de franchir le seuil de sa maison, avait réussi à perturber la vie de ses habitants.

5

Lorsque Sarah pénétra dans le hall, elle frissonna.

Lors de sa précédente visite, elle était bien trop nerveuse pour prêter attention à ce qui l'entourait. Mais cette fois, en pénétrant dans le vestibule, elle remarqua l'atmosphère lugubre qui y régnait, et que renforçaient les boiseries foncées et les tapisseries austères déclinées dans des tons bleu profond, bordeaux et or.

L'apparition de Peter Holland lui donna la chair de poule. Son expression était aussi sombre que la décoration de la maison. Et pourtant... il y avait quelque chose en lui... quelque chose d'indéfinissable qui avait sans doute hypnotisé Mary ; quelque chose qui – mon Dieu, il fallait bien l'admettre ! – fascinait aussi Sarah.

Même en sachant *qui* il était et l'acte qu'il avait sans doute perpétré, elle ne pouvait empêcher son cœur de battre plus vite à sa vue.

C'est la peur, essaya-t-elle de se persuader.

Dans son propre intérêt, elle devait s'aguerrir contre le charme de cet homme qui était au mieux un égoïste dénué de cœur, au pire un assassin.

Tandis qu'il s'approchait, elle s'efforça de dominer ses émotions, et de se concentrer sur sa mission.

Même si elle ne trouvait pas ce satané journal, même si elle n'apportait pas la preuve que Peter Holland était un père dénaturé, elle passerait du temps avec Christopher. Cela seul valait la peine qu'elle se donnait et les angoisses qu'elle vivait.

Comme Peter Holland s'immobilisait devant elle, un sourire de bienvenue aux lèvres, elle garda une expression impassible et n'esquissa pas un geste dans sa direction, baissant automatiquement les yeux.

— Bonjour, mademoiselle Hopkins. J'espère que vos préparatifs se sont bien déroulés ?

— Très bien, monsieur Holland.

— Je m'occupe de ces dames, Gunther, ajouta-t-il à l'intention du majordome qui avait ouvert la porte à Sarah et à Mel. Veuillez vous charger de leurs bagages, je vous prie.

Puis, se tournant vers Sarah, il s'enquit :

— Quand comptez-vous apporter le reste ?

— Le reste ?

— Oui, le reste de vos affaires.

— Je crains que ce ne soit tout, monsieur. Vous comprenez, étant aveugle, je ne fais guère de frais de toilette. Ma garde-robe se résume au strict minimum.

— Je comprends, pardonnez-moi. Maintenant, si vous le voulez bien, je vais vous montrer votre chambre.

Il lui saisit le bras avec douceur et, involontairement, elle tressaillit à son contact, tandis que des émotions confuses se jouaient en elle : la colère contenue depuis si longtemps, la tristesse d'être reçue comme une étrangère chez sa propre cousine… ainsi qu'une sensation étrange, due à la proximité de Peter Holland.

— Je vous ai installée près de la nursery, dans

l'aile ouest, précisa-t-il. Christopher n'y dort plus depuis longtemps, mais j'ai pensé que ce serait pratique pour les leçons. La chambre possède tout le nécessaire, car ma femme s'y trouvait fréquemment. Elle voulait également rénover les autres pièces de la maison, mais elle n'en a pas eu le temps.

Il comptait donc l'installer dans la chambre de Mary. Celle-là même où elle avait trouvé la mort.

À cette perspective, Sarah éprouva un soudain malaise. Elle aurait dû jubiler, au contraire, de savoir qu'elle résiderait dans les appartements de sa cousine. Ce serait plus facile de trouver le journal. Mais c'était plus fort qu'elle, elle avait peur.

— De toute façon, je sais me contenter d'un confort sommaire, répondit-elle en espérant qu'il n'avait pas remarqué son trouble.

Tandis qu'ils longeaient le couloir, elle sentit son regard s'appesantir sur elle et un sentiment de claustrophobie l'assaillit. Cet endroit était décidément sinistre ! Plus ils avançaient et plus la pénombre augmentait. L'épais tapis qui recouvrait le sol étouffait leurs pas, ainsi que ceux de Mel qui les suivait en silence.

Peter Holland désigna la nursery au passage, puis s'arrêta devant la porte suivante. Par l'entrebâillement, Sarah aperçut ses bagages posés par terre. En entrant, elle constata que la pièce communiquait avec la nursery.

— Vous ne craindrez pas de vous cogner au mobilier, fit remarquer Peter Holland, car nous avons adopté un décor assez spartiate. À cause de Christopher, comprenez-vous.

La chambre ne disposait en effet que d'un lit, d'une petite table de chevet, d'une coiffeuse et d'une armoire. Il n'y avait qu'une fenêtre.

Était-ce par cette ouverture que l'assassin s'était introduit dans la chambre ? se demanda Sarah avec un petit frisson.

Puis elle se rappela que, selon les journaux, le meurtrier était passé par la nursery en cassant la vitre placée au-dessus du berceau.

C'était donc dans ce lit qu'avait dormi Mary le soir du drame…

Des images horribles défilèrent sous ses yeux. Résolument, elle les chassa. Elle avait déjà cent fois imaginé les circonstances de la mort de sa cousine. Il était inutile de se torturer ainsi.

— Voulez-vous vous installer, ou préférez-vous que j'aille chercher Christopher tout de suite ? demanda Peter.

Sarah avait très envie de revoir le petit garçon, mais elle jugea plus sage de retarder leur entrevue. Ses mains tremblaient encore. Elle avait besoin de temps pour se reprendre.

— Je souhaiterais ranger mes affaires tout d'abord, répondit-elle. Ainsi, j'aurai l'esprit plus tranquille pour discuter avec votre fils.

— Comme vous voudrez. Dans ce cas, nous nous reverrons au dîner.

— Christopher partage donc vos repas ?

— Bien sûr.

— Vous devez être très proches…

— Naturellement. Christopher est mon fils, mademoiselle Hopkins.

Peter Holland se tourna vers Mel qui, restée sur le pas de la porte, les écoutait sans mot dire.

— Si vous voulez bien me suivre, mademoiselle Frank, je vais vous conduire dans les quartiers des domestiques.

À ces mots, Sarah paniqua. Son regard, masqué

par les lunettes, vola vers Mel dont le visage n'exprimait qu'un calme réconfortant. Un peu apaisée, elle remercia Peter Holland.

— À ce soir, donc, répondit-il avant de refermer la porte derrière lui.

Pourquoi avait-il l'impression étrange de la connaître ?

Dérouté, Peter se tourna vers Mlle Frank.

— Depuis combien de temps travaillez-vous pour Mlle Hopkins ?

— Environ trois ans.

— C'est une personne remarquable.

Tout en marchant, Peter observait avec attention Mlle Frank. Elle aussi détonnait comparée aux domestiques qu'il avait l'habitude de côtoyer. Ceux-ci restaient en général très discrets dans leur maintien, ils ne parlaient pas fort, prenaient peu d'initiatives en présence de leur maître. *A contrario*, Mlle Frank s'était d'emblée adressée à lui d'égale à égal. Mais sans doute était-ce dû à la fonction qu'elle remplissait auprès d'une aveugle. Sarah Hopkins avait plus besoin d'un guide que d'une servante.

— Pardonnez ma curiosité, mais comment se fait-il que vous vous occupiez d'une aveugle ? demanda-t-il encore.

— Mon mari était aveugle. J'ai choisi cette profession pour les mêmes raisons qui ont incité Mlle Hopkins à exercer le métier d'enseignante. C'est une façon de rendre positive une expérience douloureuse.

— C'est très louable de votre part.

Les yeux bleus pétillèrent.

— Pas vraiment, répondit-elle. Certaines personnes réagissent aux épreuves de la vie en se résignant. D'autres apprennent à vivre avec leur handicap, parfois même à y trouver une sorte d'épanouissement.

Sages paroles, songea Peter, avant de dire à voix haute :

— Je pense que nous nous entendrons bien, mademoiselle Frank.

— Dans le cas contraire, je saurai toujours trouver le chemin de la sortie, n'est-ce pas ?

L'impertinence de la repartie le fit sourire et lui rappela certaines réponses un peu vives de Sarah lors de leur premier entretien. Ces deux femmes avaient décidément une forte personnalité et devaient s'entendre comme larrons en foire.

Quant à lui, il se méfiait des femmes de caractère. La dernière qui lui avait parlé avec insolence... eh bien, il avait fini par l'épouser et il le regrettait amèrement.

Il hésita à poser la question qui lui brûlait les lèvres depuis un moment déjà. C'était un peu indiscret mais, après tout, que risquait-il à interroger Mlle Frank ? Au pire, elle lui clouerait le bec en lui disant de se mêler de ses affaires.

— Sauriez-vous par hasard comment Mlle Hopkins a perdu la vue ?

Mel lui décocha un regard de biais, comme pour lui signifier qu'il abordait un sujet délicat. Puis, elle secoua la tête.

— Un terrible accident, monsieur. À votre place, je n'y ferais pas allusion devant elle. Elle y a non seulement perdu la vue, mais aussi son fiancé.

— Vraiment ?

Peter fronça les sourcils. L'idée que Mlle Hopkins ait pu être fiancée le contrariait inexplicablement. Pourtant, elle n'était plus une enfant, et il était tout naturel qu'une personne aussi jolie ait été courtisée.

De toute façon, sa vie sentimentale ne le regardait pas.

Mlle Frank n'ayant manifestement pas l'intention de s'étendre sur le sujet, il se promit de questionner Sarah. Il n'en avait pas le droit, mais il n'était pas du genre à renoncer. Et pour tout dire, Sarah Hopkins l'intriguait de plus en plus.

Sarah se rendit compte que le maître de céans ne lui avait pas laissé de lumière, ce qui était somme toute fort logique quand on croyait avoir affaire à une aveugle. Elle allait devoir se débrouiller sans.

Bien que de proportions respectables, sa chambre ressemblait un peu à une caverne avec ses murs nus et son mobilier monacal. Si Mary avait vécu dans cette pièce, il n'en restait désormais aucun souvenir. Pas de tableaux, pas de napperons, pas de bibelots…

Et, cependant, la présence de Mary semblait flotter dans la pièce. À moins que ce ne soit un effet de son imagination ? Il lui plaisait en effet de penser qu'un lien étrange existait entre sa cousine et elle, que cette dernière, d'une certaine manière, veillait sur elle, et la guiderait dans sa quête de la vérité.

Elle continua à examiner les lieux. Le lit recouvert d'une courtepointe de teinte neutre occupait un angle. Un store baissé masquait la vue de la fenêtre. Comme Sarah le relevait afin de jeter un coup d'œil au-dehors, la lumière du jour inonda brutalement la chambre.

Dans la rue, un groupe d'enfants s'amusait à donner des coups de pied dans des pierres. Des cris et des éclats de rire fusaient de toutes parts. Sarah sentit son cœur se serrer en pensant que jamais Christopher ne pourrait chahuter de la sorte et que ces jeux joyeux, privilèges de l'enfance, lui étaient interdits. Avait-il conscience de ce qu'il manquait ? Était-il heureux ?

À première vue, il le semblait. Et pourtant, le bonheur était-il possible auprès d'un père meurtrier ?

Quant à la tante, bien que ne connaissant d'elle que son nom et sa voix, Sarah s'était déjà rendu compte qu'elle manquait de chaleur humaine.

Se détournant de la fenêtre, elle rassembla son courage et se dirigea vers la nursery. La main sur la poignée, elle entrouvrit le battant et risqua un œil de l'autre côté.

Elle faillit laisser échapper une exclamation de surprise.

Ici, l'atmosphère était gaie et contrastait totalement avec le reste de la maison. On se serait cru dans une fête foraine.

De légères tentures de mousseline bleue encadraient la large fenêtre qui baignait de lumière le parquet couleur miel. La conception de la chambre, très originale, évoquait un manège en mouvement grâce aux chevaux, licornes, ours et zèbres peints sur les murs. Le plafond était en forme de dôme et un tapis rond, blanc et bleu vif, recouvrait le sol.

Un peu partout, il y avait des jouets fabuleux aux couleurs vives, véritable fête pour les yeux. Sur une étagère s'alignait une armée de petits soldats de bois. Dans un coffre resté ouvert s'empilaient des jeux de construction multicolores. Sur la commode, un tambour rouge et blanc attirait le regard ; et pour couronner le tout, un immense cheval à bascule, sculpté à la main, orné d'yeux en onyx et d'une épaisse crinière de laine, trônait au centre de la pièce.

Cette chambre était un véritable rêve d'enfant et tous ces jouets semblaient attendre sagement l'arrivée d'un gamin turbulent… qui ne venait jamais.

Cet endroit ravissant avait été décoré pour un petit garçon qui n'en profiterait jamais !

Envahie par la tristesse, Sarah aperçut sous la fenêtre le berceau d'érable, souvenir funeste de l'horrible drame qui s'était produit des années plus tôt.

Une curiosité morbide la poussa à s'en approcher.

Le berceau était totalement dépourvu de literie, comme si personne n'avait osé le garnir depuis cette terrible nuit. Un rai de soleil traversant le carreau tombait sur le bois patiné et poursuivait sa trajectoire vers le mur opposé où caracolait une licorne bleue aux yeux violets et à la corne en forme de stalagmite.

Un frisson parcourut la jeune femme. Tournant les talons, elle réintégra sa propre chambre. La porte se referma avec un léger grincement, sans produire de cliquetis. Il n'y avait donc pas de serrure.

Elle se promit d'explorer à nouveau la nursery, quand la maisonnée serait endormie et qu'elle pourrait fouiner tranquillement. Oui, plus tard, quand son esprit ne serait pas hanté par la pensée de Peter Holland et de son sourire ensorceleur.

6

De retour dans son bureau, Peter se dirigea droit vers le bar et, tout en réfléchissant aux événements de la journée, se servit un verre de porto.

Pénétrer dans la chambre qui avait été celle de sa femme lui avait énormément coûté. En fait, depuis le drame, il avait soigneusement évité la nursery et la pièce adjacente. Trop de mauvais souvenirs hantaient ces lieux.

C'est pourquoi il ne s'y était pas attardé, bien qu'il lui répugnât de quitter Sarah avec une telle précipitation. En dépit des années, l'endroit restait maudit à ses yeux, au point qu'il avait sérieusement envisagé de condamner cette aile de la maison. Au demeurant, il recevait fort peu d'invités, en particulier depuis la mort de sa femme. La bonne société américaine ne frayait pas avec un nouveau riche qui devait sa fortune à son seul talent d'homme d'affaires, encore moins s'il était soupçonné de meurtre.

Bien que Peter ne fût pas homme à se soucier de l'opinion des âmes bien pensantes, il avait été blessé par l'intransigeance avec laquelle on l'avait rejeté, lui signifiant ainsi qu'il n'était qu'un parvenu qui ne serait jamais accepté dans la bonne société.

Même si les notables lui confiaient leur argent

pour qu'il l'investisse dans de juteux placements, même s'il était bien plus riche que la plupart d'entre eux, Peter demeurerait toujours un paria à leurs yeux.

Il se consolait en se disant qu'il avait Christopher, et que c'était là le plus important.

Prenant son verre avec lui, il alla s'asseoir à son bureau et se mit à penser à Sarah Hopkins.

Quelque chose en elle le perturbait, mais quoi ? Certes, elle était ravissante et, de toute évidence, intelligente. Elle s'entendait bien avec Christopher, et c'est ce dernier argument qui l'avait convaincu de l'engager.

Pourtant, il y avait comme une aura de mystère autour de cette femme.

Le regard de Peter tomba sur le verre qu'il avait posé au bord du bureau, hors d'atteinte. Sa punition. Il pouvait voir le liquide aux reflets ambrés, humer son odeur capiteuse, mais il ne pouvait y toucher. Il savait pertinemment que, s'il se permettait ne serait-ce que d'y tremper les lèvres, il ne pourrait s'empêcher de le vider jusqu'à la dernière goutte.

Un faible, voilà ce qu'il était.

Une fois de plus, les images de cette terrible nuit l'assaillirent, et il ferma les yeux pour tenter de les occulter. Peine perdue. Elles jaillissaient de sa mémoire avec une précision diabolique.

Un rire de femme chatouillée résonnait à ses oreilles… Sur sa langue, le goût suave d'une peau moite de sueur se mêlait à la saveur du porto… Deux corps s'enlaçaient avec avidité et se figeaient tout à coup, quand un hurlement de terreur déchirait le silence de la grande maison. Puis les pleurs d'un bébé se répercutaient dans le couloir…

Ces cris de détresse, Peter les entendait toujours aujourd'hui. Ils retentissaient encore et encore, tel le glas qui sonne pour un homme qui a abjuré sa foi.

Cette nuit-là, il avait trahi les vœux sacrés du mariage. Du moins il avait été sur le point de le faire. Mais la faute existait bel et bien puisque, s'il ne s'était pas évanoui, ivre mort, il aurait commis le péché d'adultère. Il était coupable.

Comme d'habitude, la honte le submergea. Il se détestait.

Oui, sans l'ombre d'un doute, il aurait trahi Mary ce soir-là. La fièvre qui l'habitait, l'alcool qui le grisait lui avaient fait perdre toute décence. Son lit était froid depuis trop longtemps. Et il était en colère contre Mary qui, en le rejetant, l'avait blessé dans son orgueil.

Pourtant, il n'avait jamais souhaité sa mort.

Même s'il n'était pas follement épris de sa femme, il la chérissait pour l'amour qu'elle portait à leur fils. Mary avait été une mère merveilleuse. Souvent, en pénétrant à l'improviste dans la nursery, il l'avait trouvée assise, tenant son enfant blotti contre elle et lui murmurant des mots doux.

Dans ces moments, Dieu le pardonne, il lui était arrivé d'envier son fils. Elle était si belle avec ses boucles blondes, son teint doré et ses yeux bleus dans lesquels resplendissait l'amour maternel !

Il n'était pas rare que la jeune femme s'endorme, Christopher précieusement serré contre son sein, si bien qu'elle avait fini par s'installer dans la chambre voisine. Peter en avait conçu un immense dépit. Mary lui avait toujours inspiré un grand respect, mais il y avait eu plus que cela. Elle était enjouée, ravissante, spirituelle, et il l'avait désirée même lorsqu'elle lui avait interdit son lit.

Il ne pouvait s'en prendre qu'à lui-même. Pourquoi lui avait-il avoué si peu de temps après leur mariage qu'il ne l'aimait pas ? Avec sa satanée franchise, il avait tout gâché. Très vite, leurs relations s'étaient détériorées.

Si seulement il s'était tu ! Si seulement il avait joué la comédie du parfait époux ! Qui sait, peut-être Mary serait-elle encore en vie aujourd'hui ?

Il était trop immature, trop égoïste, trop accaparé par ses affaires, et Mary, se sentant reniée et rejetée, s'était murée dans une tour d'ivoire. Quant à Peter, plutôt que de lui tendre la main, il s'était plongé dans le travail avec un acharnement décuplé. Il lui importait avant tout de rétablir sa situation financière. Avec naïveté, il avait cru qu'une fois la banqueroute évitée il aurait tout le loisir de se réconcilier avec sa femme, de lui refaire la cour, bref, de la rendre heureuse.

Mais il n'en avait pas eu le temps.

Pour couronner le tout, il avait trouvé refuge dans l'alcool, puisant dans l'ivresse le réconfort qui lui manquait. Déjà avant lui son père était porté sur la boisson, et Peter était tombé au plus bas, comme fasciné par sa propre déchéance.

L'amour meurtri de Mary s'était transformé en mépris. Comment aurait-il pu le lui reprocher ? Jamais il ne lui avait parlé de ses soucis, jamais il n'avait partagé avec elle l'angoisse qui le rongeait. Elle avait pris sa fierté pour de la froideur et de l'indifférence. En conséquence, elle avait décidé de faire chambre à part.

Et Peter s'était jeté à corps perdu dans le travail. Déployant une énergie hors du commun, il s'était démené pour démarcher de nouveaux clients et trouver les investissements les plus rentables.

C'est bel et bien grâce à cette farouche détermination qu'il avait sauvé son entreprise et non, comme la rumeur le disait, grâce à l'héritage de Mary. Cet argent, il n'y avait jamais touché, car elle désirait le léguer à son fils, et Peter entendait respecter sa volonté.

Un coup frappé à la porte l'arracha à ses sombres réflexions. Gunther apparut.

— Cette lettre est arrivée pendant que vous montriez ses appartements à Mlle Hopkins, monsieur.

Comme le majordome lui tendait la missive, il reconnut aussitôt l'écriture familière de Celia Morgan.

Héritière du domaine Morgan, cette dernière était non seulement une de ses meilleures clientes, mais aussi une confidente et, parfois, une maîtresse. Son époux était mort trois mois avant Mary, aussi s'étaient-ils tout naturellement consolés ensemble. Dans les pires moments, Celia l'avait soutenu et réconforté. Elle avait été la première à réinvestir de l'argent dans son entreprise, des sommes colossales.

Au début de leur relation amoureuse, Peter avait eu un peu l'impression de jouer les gigolos. Mais, après tout, à trente-deux ans Celia savait ce qu'elle faisait. Et Peter n'était pas un saint. Quel mal y avait-il à ce que tous deux profitent de leur association, tant qu'ils s'appréciaient ?

En toute objectivité, Celia était certainement sa meilleure amie.

— Qui a apporté cette lettre ? demanda-t-il à Gunther.

— Un coursier, monsieur.

— Merci, ce sera tout.

Le majordome parti, il décacheta le pli et lut :

Chéri,
Cet après-midi, chez Delmonico. 16 heures précises. Ne soyez pas en retard, vous le regretteriez !

Selon toute vraisemblance, Celia comptait lui présenter un nouveau client, autrement elle l'aurait simplement convié à dîner. Elle n'était pas du genre à tourner autour du pot.

Il n'avait pas le choix : il devait y aller et, par conséquent, modifier ses projets pour la soirée, même si cela le contrariait au plus haut point.

Il jeta un coup d'œil à sa montre : 15 h 30. S'il se dépêchait, il pourrait peut-être être de retour avant la fin du dîner. Avec un peu de chance, Sarah Hopkins ne serait pas couchée.

Rapidement, il enfila son manteau à basque, mit son chapeau et sortit.

Curieusement, alors qu'il rejoignait le lieu de son rendez-vous, ses pensées s'envolèrent de nouveau vers la mystérieuse jeune femme.

Extrait du journal de Mary Holland.
20 décembre 1879

Je crois qu'il a une maîtresse.

Ce soir, il a ignoré nos invités, tous, excepté Celia. Il s'est enfermé avec elle dans son bureau. Je mourais d'envie de les rejoindre, mais je n'ai pas osé. Quelle excuse aurais-je pu invoquer ? Je n'allais tout de même pas dire : « Excusez-moi, Celia, mais avez-vous une liaison avec mon mari ? »

Je n'arrête pas de pleurer. C'est si puéril ! Il ne m'a jamais menti. Jamais il ne m'a promis son cœur. Comme j'aimerais pouvoir parler à Sarah ! Comme je voudrais ne pas aimer autant cet homme !

Pourquoi se tourne-t-il vers Celia alors que je suis là ? Je sais qu'il y a quelque chose entre eux. Mais je vais réagir. C'est ma dernière chance de le conquérir. S'il voit que je m'éloigne de lui, et s'il m'aime ne serait-ce qu'un tout petit peu, il essaiera sûrement de me faire revenir.

J'ai décidé de m'installer dans la...

— Je ne vous dérange pas ?

La voix nasillarde fit sursauter Sarah et l'arracha à la lecture de l'article de journal écorné qu'elle glissa aussitôt dans la poche de sa jupe.

Dieu merci, ses lunettes noires dissimulaient la surprise que reflétait sûrement son regard !

La femme qui se tenait sur le seuil avait un visage ingrat figé dans une expression butée. Ses petits yeux sombres réduits à l'état de fente, elle jaugeait Sarah derrière ses lunettes à monture métallique qui glissaient le long de son nez ; un nez fort et légèrement busqué qui, chez un homme, aurait pu être séduisant. Chez Ruth Holland, il en allait tout autrement. Il n'y avait rien de léger ni de féminin chez elle. Ses épais cheveux, d'un noir de jais, étaient impitoyablement serrés dans un chignon. Et, pour une femme, elle était grande, presque autant que Peter.

— Je suis Ruth Holland, déclara-t-elle. Nous nous sommes brièvement croisées lors de votre entretien d'embauche.

Sarah avait déjà reconnu le timbre réprobateur

de la personne qui était intervenue dans la discussion sans prendre la peine de se présenter.

— Oui, je m'en souviens, acquiesça-t-elle.

Sans attendre d'y être invitée, Ruth pénétra dans la chambre et se planta devant la jeune femme pour la dévisager sans vergogne. Sarah réussit à ne pas changer d'expression, mais elle avait subitement l'impression d'être un lièvre acculé par un loup affamé.

— Cela fait une éternité que je n'avais pas mis les pieds ici. Cet endroit me glace le sang, remarqua Ruth sans émotion apparente.

— Pour quelle raison ? feignit de s'étonner Sarah, alors que son cœur se mettait à battre la chamade.

— Vous comprenez, c'est *la* chambre.

— Quelle chambre ? Pardonnez-moi, je ne comprends pas.

— Vous ne lisez donc pas les journaux ? s'exclama Ruth avec incrédulité, avant de se reprendre : Oh, bien sûr ! Comme je suis bête… J'oubliais votre handicap.

Un petit rictus déplaisant, que Sarah n'était pas supposée voir, retroussa le coin de sa bouche. Ruth ne ressentait manifestement aucune compassion pour la supposée jeune aveugle. Irritée, Sarah se demanda si Ruth Holland traitait son neveu avec la même condescendance.

À moins qu'elle ne cherchât délibérément à la mettre en colère ?

L'observant du coin de l'œil, elle s'exhorta au calme. Après tout, elle n'était qu'une employée en situation précaire, alors que Ruth Holland était ici chez elle. Il ne fallait pas sous-estimer l'influence de cette femme.

— Quoi qu'il en soit, cette pièce me met mal à

l'aise, reprit Ruth. Vous savez que la mère de Christopher y a été assassinée, n'est-ce pas ?

Notant qu'elle n'avait pas fait référence à Mary comme à la femme de Peter, Sarah répondit en simulant l'effroi.

— Assassinée ? Non, je l'ignorais !

— Une vilaine histoire. Les journaux ont accusé mon frère.

Elle s'en tint à cette déclaration, sans chercher à défendre Peter. Était-ce parce que elle-même le soupçonnait ? Ruth en savait-elle plus que ce qu'elle avait dit à la police ?

— En fait, on a retrouvé son corps à l'endroit exact où vous vous trouvez, précisa-t-elle.

Un frémissement parcourut Sarah qui lutta pour ne pas baisser les yeux vers le plancher. Quel détail morbide à confier à une employée ! Ruth le faisait-elle exprès ? Elle semblait guetter sa réaction. Quel but poursuivait-elle au juste en lui tenant ce discours ?

— Enfin, ce n'est pas de cela que je suis venue vous parler, déclara soudain la sœur de Peter. Je tenais à vous dire que si vous avez la moindre décence, mademoiselle Hopkins, vous quitterez cette maison sur-le-champ et laisserez Christopher tranquille. Ce pauvre enfant a suffisamment souffert, et je ne tolérerai pas qu'il soit de nouveau malmené.

Cette attaque prit Sarah au dépourvu. Elle demeura coite quelques secondes.

— Je vous demande pardon ? s'exclama-t-elle enfin. Je ne suis pas venue pour malmener Christopher ! Bien au contraire, mon vœu le plus cher est de lui apporter toute l'aide dont je suis capable.

Elle était sincère. Si, au moins, elle parvenait à égayer le quotidien de l'enfant, sa démarche ne serait pas vaine, quelles que soient les conclusions de son enquête.

Pourquoi Ruth l'accusait-elle ainsi sans raison?

— Si vous avez des doutes en ce qui concerne le braille, je vous garantis que c'est un système efficace et fiable, même s'il ne fait pas l'unanimité. Si cela vous rassure, je peux vous montrer...

— Cela n'a rien à voir avec votre stupide alphabet! coupa Ruth avec impatience. C'est de Christopher qu'il s'agit. Cet enfant a à peine six ans et je suis très inquiète de voir qu'on s'obstine à le traiter en adulte. C'est insensé! Pourquoi ne lui permet-on pas de vivre comme un petit garçon de son âge? Pourquoi veut-on à tout prix faire de lui un homme avant l'heure?

Désarçonnée, Sarah se mordit la lèvre. Elle n'avait jamais réfléchi aux questions que soulevait Ruth en cet instant et, évidemment, elle ne possédait pas les réponses. Toutefois, le sujet méritait qu'on s'y arrête.

— Je le répète, mademoiselle Hopkins, vous feriez mieux de partir, reprit Ruth d'un ton plus calme. Il vous suffit de dire à mon frère que vous avez changé d'avis. Il acceptera votre démission et Christopher ne s'en portera que mieux.

Sarah secoua la tête. Partir? Non, impossible. Pas avant d'avoir retrouvé le journal de Mary; pas avant d'avoir démasqué Peter Holland. D'autant plus que, si Ruth avait raison, s'il était vrai que Christopher était élevé comme un petit singe savant, il avait besoin d'aide.

Avec dignité, Sarah redressa les épaules.

— Je suis navrée que vous ne soyez pas d'accord avec la décision de votre frère, mademoiselle Holland, mais, en ce qui me concerne, il n'est pas question que je parte. D'ailleurs, qui dit que M. Holland ne s'empresserait pas d'engager quelqu'un d'autre ? Vous ne gagneriez peut-être pas au change.

— Je ne vois pas en quoi cela vous regarde.

Refusant de se laisser intimider, Sarah rétorqua :

— Mademoiselle Holland, je n'ai pas choisi cette profession, c'est elle qui m'a choisie. S'il est en mon pouvoir d'aider Christopher, mon handicap me sera moins lourd à porter. On peut donc dire, dans un sens, que je m'investis dans cette mission dans mon propre intérêt.

Et celui de Mary ! eut-elle envie de crier.

Le visage de Ruth blêmit sous l'effet de la fureur. Les lèvres pincées, elle répondit d'une voix frémissante :

— J'ai mon mot à dire dans tout ceci, mademoiselle, ne l'oubliez pas. Si je m'aperçois que vous menacez l'équilibre et le bonheur de mon neveu, croyez bien que je vous ferai chasser de cette maison. Je le jure devant Dieu !

Sarah ne répondit pas tout de suite. Sa propre colère fondait devant celle de Ruth Holland. De toute évidence, celle-ci adorait son neveu et était prête à tout pour le protéger. Comment lui en vouloir ? Elle aurait voulu apaiser ses craintes, mais comment s'y prendre sans paraître insolente ?

— Si vous contestez ma méthode de travail, je vous suggère d'en référer à votre frère, se borna-t-elle à répondre en s'efforçant d'adopter une attitude humble.

— Oh, je vous tiendrai à l'œil, soyez-en sûre !

— Je comprends.

— Autre chose : mon frère est finalement pris pour la soirée. Je vous suggère de vous faire servir à dîner dans votre chambre.

Sur ces mots lapidaires, Ruth tourna les talons et quitta la pièce.

Le message était parfaitement clair : Sarah n'était pas la bienvenue dans cette demeure.

Elle n'avait aucun allié, ce à quoi elle s'était d'ailleurs attendue. Heureusement, la présence de Mel lui insufflait du courage. Justice serait faite. Et que Peter et Ruth Holland aillent au diable !

7

Celia Morgan n'était pas habituée à ce qu'on lui résiste. À trois reprises, déjà, Peter avait tenté de prendre congé et, à chaque fois, elle avait fait la sourde oreille, sans se démonter le moins du monde. Son attitude n'avait pourtant rien d'équivoque : aussi charmante et attentionnée qu'à l'accoutumée, elle n'avait rien tenté pour le séduire. Néanmoins, il était clair qu'elle n'avait pas envie de le laisser partir.

Habituée à parler sans détour en toutes circonstances, elle finit par s'étonner :

— Depuis quand vous précipitez-vous chez vous le soir ? Voyons, chéri, à cette heure-ci Christopher est couché depuis longtemps.

Elle ponctua ses paroles d'un de ses sourires mutins qui promettaient la lune, pour peu qu'il se plie à ses caprices. En l'occurrence, elle n'avait pas tort. D'ordinaire, rien n'obligeait Peter à rentrer aussi tôt. Ce soir, pourtant, c'était différent. Il avait hâte de se retrouver chez lui.

— J'ai eu une longue journée, Celia.

Ce disant, il sortit sa montre de gousset qui indiquait 20 h 30. Sarah était-elle déjà au lit ? Était-elle de ces femmes qui se lèvent dès potron-minet, débordantes d'énergie ? Ou émergeait-elle du sommeil avec lenteur, en s'étirant langoureusement, telle une chatte, ses cheveux tombant en cascade brune sur ses épaules nues…

Ces images de la jeune femme dans son intimité l'enflammèrent aussitôt de désir.

En guise de protestation, Celia émit un bruit de gorge proche du ronronnement. D'ordinaire, ce son lascif attisait sa passion. Il suffisait qu'elle plisse sa belle bouche dans une moue boudeuse pour qu'il ait envie de l'embrasser.

Ce soir, ces minauderies l'agaçaient au plus haut point.

Voyant que sa tactique habituelle ne marchait pas, Celia changea aussitôt de méthode.

— Vous n'êtes pas drôle ! se plaignit-elle. Que se passe-t-il ? Depuis votre arrivée, on dirait que vous ne pensez qu'à prendre la poudre d'escampette.

Une fine mèche de cheveux s'échappa de sa coiffure et retomba devant son visage. Elle souffla dessus avec impatience, avant de tourner vers Peter un regard interrogateur.

À dire vrai, celui-ci n'avait pas la moindre idée de ce qui lui arrivait. Toutes ses pensées se concentraient sur la maison. Et sur Sarah. Elle l'intriguait et l'inquiétait tout à la fois, sans qu'il sût pourquoi. Mais, surtout, il se sentait attiré par elle comme par un aimant.

Au prix d'un effort, il leva les yeux sur le visage délicat de Celia. Elle était magnifique avec ses traits réguliers, son petit nez aquilin, ses fins sourcils arqués. Pourtant, son regard bleu clair manquait de chaleur. On l'imaginait mal berçant un bébé pour l'endormir, ou agenouillée sur le sol, entourée d'une armée de petits soldats de plomb. Comme l'avait fait Mary avec leur fils.

De quelle couleur étaient les yeux de Sarah ?

Le regard de Mary était si expressif qu'il trahissait tous ses sentiments : l'amour qu'elle éprouvait pour Christopher, la rancœur qu'elle avait fini par vouer à son mari... Peter n'avait jamais eu aucun mal à deviner ce qu'elle pensait. Avec Celia, en revanche, il était toujours dans le flou, l'expectative. On ne savait jamais ce qui se passait dans sa tête. Elle l'avait toujours épaulé et soutenu, mais éprouvait-elle pour lui un sentiment amoureux ? Il n'en avait pas la moindre idée. Ayant hérité une somme coquette de son défunt mari, elle n'avait aucune raison de souhaiter se remarier pour assurer son train de vie. Par conséquent, si elle monopolisait sa compagnie, et si elle voyait d'un mauvais œil qu'il fréquente d'autres femmes, c'était sans doute par égocentrisme.

Jusqu'à présent, cette attitude exclusive ne l'avait pas dérangé. Ce soir, en revanche, il se sentait proche de la claustrophobie.

Plongé dans ses pensées, il saisit son verre de merlot, se gardant bien de le porter à ses lèvres.

Pour quelle raison Sarah le fascinait-elle autant ?

— Je vous remercie de m'avoir présenté August Belmont, Celia. Une telle clientèle est loin d'être négligeable.

La moue de la jeune femme s'accentua et elle se renfonça dans son siège.

— Bien sûr, soupira-t-elle d'un air déçu. Tout le plaisir était pour moi. De toute façon, il a trop d'argent pour l'investir en totalité dans une seule entreprise et je sais que vous servirez ses intérêts au mieux. Lui-même en a bien conscience, sinon il n'aurait jamais accepté ce rendez-vous. J'ai simplement servi d'intermédiaire.

— Vous êtes trop modeste. Jamais je ne pourrai vous rendre ce que vous avez fait pour moi.

— Je n'ai jamais rien exigé de votre part, objecta-t-elle, inclinant la tête de côté pour le dévisager entre ses paupières mi-closes.

C'était exact mais, néanmoins, il se sentait redevable envers elle. Mis au pied du mur, il soutint son regard un moment, puis détourna les yeux sans répondre.

— Seigneur, je n'aime pas du tout votre silence ! s'exclama-t-elle d'un ton dur.

Il se rendit compte qu'il l'avait offensée, alors que telle n'était pas son intention. Avec brusquerie, il reposa son verre. Le liquide déborda et forma une auréole mauve sur la nappe.

— Que se passe-t-il, Peter ?

— Rien, je vous assure. J'ai l'esprit ailleurs, voilà tout.

— Et comment s'appelle-t-elle ?

— Pardon ?

— Je ne suis pas stupide, vous savez.

— Je n'ai jamais prétendu le contraire.

— Vous n'avez pas l'esprit ailleurs, vous êtes carrément dans la lune ! Même quand vous discutiez avec M. Belmont, vous paraissiez à cent lieues d'ici. Il y a une femme là-dessous, j'en mettrais ma main au feu !

Comme il demeurait silencieux, elle insista :

— De qui s'agit-il, Peter ?

— Vous faites erreur, Celia. Je suis simplement fatigué. Si vous le voulez bien, je vais vous raccompagner.

— Oh, parfait ! Mais je saurai tôt ou tard si j'avais raison ou pas, répliqua-t-elle en se levant dans un froufrou de soie.

Elle saisit le verre intact de Peter et, en quelques gorgées, le but.

— Ce n'est pas la peine de gâcher du bon vin ni de me raccompagner, d'ailleurs. Je vais appeler un fiacre. Au revoir, chéri.

Et, dans un bruissement de jupes, elle s'éloigna rapidement.

Ruth Holland n'était pas un adversaire à négliger, Sarah en avait bien conscience. Il n'empêche, sa théorie sur l'éducation n'avait rien de fumeux et méritait qu'on s'y attarde. À six ans, Christopher était bien trop jeune pour apprendre à lire. Les enfants de son âge n'allaient pas encore à l'école et se souciaient fort peu de leur alphabet. Pourtant, son intelligence sautait aux yeux. Alors ?

Sarah n'avait pas réfléchi au problème auparavant pour une simple et bonne raison : elle ne songeait qu'à sa mission. Maintenant encore, elle ne pensait qu'au journal disparu.

Où se cachait-il ?

Tel un lion en cage, elle se mit à arpenter la chambre. Peut-être Mary l'avait-elle dissimulé ici même, dans la pièce où elle dormait ? Cela semblait logique. Et pourtant, six années s'étaient écoulées depuis sa mort et, entre-temps, quelqu'un l'aurait forcément trouvé. La pièce au décor spartiate recelait peu de cachettes, sans compter que la police de New York – à l'instar, peut-être, du mari assassin – avait déjà fouillé les lieux de fond en comble.

Pensive, Sarah alla ouvrir l'armoire d'acajou, qu'elle découvrit vide, comme elle s'y attendait, hormis un carton à chapeau joliment décoré. Elle le soupesa un instant… et se figea en entendant un objet ricocher contre la paroi intérieure.

Soulevant le couvercle, elle écarta le papier de soie rose et découvrit une minuscule clé en or fixée à une chaînette.

On eût dit une breloque de bracelet, bien que Sarah ne se souvînt pas d'avoir vu Mary porter un tel bijou. Perplexe, elle examina la clé un moment, avant de la reposer au fond de la boîte qu'elle rangea à la place où elle l'avait trouvée.

Ensuite, elle s'intéressa aux tiroirs de la coiffeuse. Le premier contenait une petite couverture bleu roi soigneusement pliée. Après l'avoir étalée sur ses genoux, Sarah constata qu'une broderie en ornait le centre. En regardant plus attentivement, elle aperçut, fichée dans la bordure, une aiguille dont le chas emprisonnait encore un fil bleu. La broderie représentait des initiales. On voyait distinctement un C ; la deuxième lettre, inachevée, pouvait passer pour un J.

Sarah se rendit compte qu'elle ne connaissait même pas le deuxième prénom de Christopher. Était-ce John ? Jack ?

Distraite, elle suivit du doigt le tracé en relief. Ainsi donc, Mary s'était mise à la broderie. Les points, bien que malhabiles, avaient visiblement été exécutés avec amour. Mary avait-elle abandonné l'ouvrage par manque de patience ? Sans doute pas. Elle n'était pas velléitaire. Lorsqu'elle s'attelait à une tâche, elle la menait à terme, quoi qu'il lui en coûtât. En outre, si la couverture était destinée à Christopher, jamais elle ne s'en serait désintéressée. Cela signifiait donc que la mort l'avait fauchée avant qu'elle puisse finir son travail.

Le chagrin submergea Sarah. La vie était si injuste ! Le visage enfoui contre la couverture, elle tenta d'étouffer les sanglots qui lui déchiraient la gorge. En définitive, elle n'avait pas vraiment pris le temps de faire son deuil. La mort de sa cousine lui était apparue dans toute son horreur, au point de lui faire échafauder ce plan incroyable. Pourtant, elle ne l'avait pas appréhendée dans toute sa réalité, et il avait suffi d'un objet personnel, cette couverture, pour qu'un vide béant s'ouvrît en elle. Comme Mary lui manquait ! Elle avait été sa plus proche amie, presque sa sœur. Elles avaient tout partagé... Et pourtant, il existait un pan entier de l'existence de Mary dont Sarah ignorait tout.

Incapable de se contenir, elle se mit à pleurer, secouée de petits sanglots, tandis que la colère se mêlait peu à peu à sa peine.

Qui était le monstre qui lui avait ôté l'affection de sa cousine ?

Qui était Peter Holland ? Pourquoi Mary avait-elle renoncé à tous ses rêves de jeunesse pour l'épouser ?

Aurait-elle le courage de revoir cet homme demain matin, après avoir dormi dans la chambre où Mary avait été assassinée ?

Peter Holland avait peut-être le visage d'un ange, mais son cœur était plus noir que celui du démon. Et il paierait pour les atrocités qu'il avait commises.

Sarah y veillerait.

En rentrant chez lui, Peter ne s'attendait certes pas à un accueil aussi tumultueux.

Il avait insisté pour raccompagner Celia à son domicile, car l'idée de l'abandonner dans les ruelles de New York la nuit lui était insupportable. Celia aimait à penser qu'aucun homme ne pourrait jamais la contraindre à quoi que ce soit mais, en vérité, elle représentait une proie facile pour n'importe quel gredin en quête d'un mauvais coup.

Peter avait déjà la mort d'une femme sur la conscience, et il n'avait aucune envie d'alourdir son fardeau.

À peine avait-il franchi le seuil de la maison que sa sœur lui tomba dessus en vitupérant et en faisant de grands gestes pour prouver à quel point elle était en colère. De son discours haché, Peter crut comprendre qu'elle avait eu des mots avec Sarah Hopkins, qui avait refusé de dîner avec Christopher. L'enfant s'était montré particulièrement déçu. Et Ruth était manifestement hors d'elle.

Peter la quitta en lui promettant de parler à la préceptrice de son fils. Il ignora les protestations de Ruth qui arguait qu'une personne aussi insensible méritait tout bonnement d'être flanquée à la porte sans autre forme de procès.

Peter ne partageait pas cet avis. Sarah Hopkins n'avait pu feindre l'intérêt qu'elle portait à Christopher. Il n'arrivait pas à se l'expliquer, mais il était convaincu que cette femme aurait une influence positive sur son fils. Sarah devait avoir une bonne raison pour s'être fait servir le dîner dans sa chambre. Une migraine, peut-être, ou un accès de fatigue ?

Après avoir longé le couloir, il s'immobilisa devant la chambre de Sarah et leva le poing pour cogner au battant. C'est alors qu'il surprit un bruit étrange de l'autre côté de la porte. Étonné, il suspendit son geste.

La jeune femme pleurait.

Ce simple son fit aussitôt renaître des souvenirs douloureux, tandis qu'un goût amer lui emplissait la bouche. Combien de fois s'était-il tenu derrière cette porte, retenant son souffle, le cœur meurtri par les pleurs qu'il entendait ? Combien de fois avait-il failli entrer et prendre sa femme dans ses bras, avant de renoncer par lâcheté, par crainte d'affronter la réalité ?

Aujourd'hui, ce n'était pas Mary qui se trouvait là, éplorée, mais une parfaite étrangère. Sarah Hopkins lui en voudrait certainement s'il la surprenait dans une situation aussi embarrassante. Après tout, ce qu'il avait à lui dire pouvait bien attendre le lendemain.

À contrecœur, il tourna les talons.

Des années plus tôt, il aurait pu frapper à la porte de la chambre de sa femme et la consoler. Il ne l'avait pas fait.

Mary était morte, il l'avait accepté depuis longtemps. Le chagrin s'était allégé petit à petit, mais pas le sentiment de culpabilité qui lui dévorait l'âme un peu plus chaque jour, telle une bête sournoise et malfaisante.

8

Tout excitée, Mel fit irruption dans la chambre de Sarah.

— Dieu merci, les domestiques sont une mine de renseignements ! s'exclama-t-elle.

— Mellie ! Tu m'as fait une de ces peurs ! protesta Sarah du fond de son lit.

L'œil critique, elle regarda son amie se laisser choir à côté d'elle. L'énergie dont Mel faisait preuve la galvanisait autant qu'elle l'effrayait. Il ne fallait tout de même pas perdre de vue les risques encourus et, parfois, Mel se comportait comme si cela n'était qu'un jeu sans conséquences.

— Devine ce que j'ai découvert ? enchaîna Mel.

— Que tu en avais assez de jouer les suivantes auprès d'une aveugle et que tu voulais rentrer chez toi ?

Mel se contenta de balayer le sarcasme d'un geste désinvolte. Sarah soupira :

— J'ai le sentiment que tu t'amuses beaucoup, au contraire, et cela ne me plaît pas du tout.

— Tu as peut-être raison. C'est plus excitant que de rester à la maison !

— N'oublie pas que cette aventure n'est pas sans danger. Ce n'est pas facile de se faire passer pour une aveugle. Je réagis parfois de façon instinctive, et je dois sans cesse me surveiller pour ne pas me trahir.

— Tu te débrouilles très bien ! Écoute, Sarah, j'ai côtoyé des aveugles presque toute ma vie et je t'assure que tu es tout ce qu'il y a de plus convaincante. D'ailleurs, si j'avais eu le moindre doute à ce sujet, je ne me serais pas lancée dans cette affaire.

— C'est vrai ? Tu me trouves crédible ? s'inquiéta Sarah, tout en se mordillant nerveusement l'ongle du pouce.

— Ai-je l'habitude de cacher le fond de ma pensée ? Bien sûr que c'est vrai ! Sinon, je t'aurais traînée hors de cette maison par les cheveux !

— Je t'en crois parfaitement capable ! riposta Sarah en gloussant.

— Alors, veux-tu savoir ce que j'ai découvert, oui ou non ?

— Je suis tout ouïe.

— Mais d'abord, lève-toi et habille-toi. Comment peux-tu être aussi paresseuse ? Allez oust, debout !

— C'est que je n'ai pas très bien dormi. À cause de cette chambre, tu comprends... C'est là que... cela s'est produit.

— Oh, ma chérie !

Subitement radoucie, Mel poursuivit :

— Je suis désolée, Sarah. Je sais combien tu aimais ta cousine. Mais, pour la venger, tu dois oublier le passé et te tourner vers l'avenir. Ensemble, nous réussirons, je te le promets.

Sarah hocha la tête avec tristesse et déclara :

— J'ai reçu la visite de Ruth, hier soir. Le message était bref mais limpide : elle ne veut pas de moi sous ce toit.

— Bah ! C'est une virago. C'est du moins ce qu'on chuchote aux communs. Elle fait la pluie et le beau temps ici, soit que son frère s'en fiche, soit que, comme tout le monde, il ait peur d'elle.

— Peur ? Je n'imagine pas Peter Holland effrayé par quoi que ce soit.

— Je ne fais que rapporter les bruits qui courent.

— Comment t'ont accueillie les domestiques ?

— Pour ne rien te cacher, la plupart sont renfermés et plutôt distants. Je ne pense pas que cela soit par hostilité, mais beaucoup rentrent chez eux le soir retrouver leur famille, et ils ne se sentent guère concernés par ce qui se passe ici. Heureusement, ils ne sont pas tous comme ça. Ainsi, j'ai eu une discussion très intéressante avec la gouvernante.

— Raconte-moi !

— Sors d'abord du lit, lui intima Mel d'un air sévère. Cela me met mal à l'aise, on dirait que tu es convalescente.

Feignant l'exaspération, Sarah leva les yeux au plafond. Elle obtempéra néanmoins et sauta du lit pour se diriger vers l'armoire dans laquelle elle avait rangé ses affaires la veille.

— Si les gens s'étonnent, je leur dirai que tu es venue m'aider à défaire ma malle, réfléchit-elle à haute voix en fourrageant dans sa garde-robe.

Celle-ci se composait exclusivement de toilettes aux teintes sombres. Sarah, qui n'y avait pas pris garde auparavant, se demanda tout à coup si ce choix lui avait été dicté par son inconscient. Au fond, bien qu'elle ne portât plus de noir depuis longtemps, elle n'avait pas terminé son deuil. Son âme meurtrie ne trouverait le repos que lorsqu'elle aurait enfin élucidé le meurtre de sa cousine.

Distraitement, elle choisit une robe en lainage bordeaux agrémentée d'une tournure très simple. Ces fanfreluches ne lui plaisaient guère, car elle préférait les lignes fluides et sobres. Mais les tournures étaient en vogue et, n'ayant pas envie de se démarquer par son excentricité, Sarah suivait la mode, bon gré mal gré. Ce qui ne l'empêchait pas de pester contre ces accessoires ridicules surchargés de ruchés, dentelles, et froufrous en tous genres.

— Veux-tu que je t'aide? proposa Mel en la voyant saisir une fine chemise de batiste et un jupon.

— Je crois pouvoir me débrouiller seule. Après tout, j'y vois aussi clair que toi, répondit Sarah en lui décochant un regard malicieux.

— On ne dirait pas, à en juger par la tristesse de ta garde-robe. Comment peux-tu porter des tenues aussi austères?

— Il me semble qu'une femme incapable de s'admirer dans la glace ne saurait être coquette et, par conséquent, ne se mettrait pas en frais de toilette.

— S'il en était ainsi, les aveugles porteraient tous le même uniforme. Or, il n'en est rien, je te le garantis. Ceux qui ont la chance d'être guidés dans leurs choix s'habillent avec élégance; les autres enfilent ce qu'ils ont sous la main. Observe bien Christopher quand tu le verras tout à l'heure. Je suis certaine qu'il est vêtu comme n'importe quel petit garçon de son âge.

Se souvenant de sa conversation avec Peter Holland, Sarah se mordit la lèvre inférieure avec embarras.

— Tu as raison, reconnut-elle, piteuse.

— Ne t'inquiète pas. Si on te pose des questions, tu n'auras qu'à dire que c'est moi qui achète tes affaires et que je ne suis qu'une rabat-joie.

— Je n'ai pas choisi consciemment, tu sais.

— De toute façon, cela ne fait aucune différence.

Même si tu étais nippée comme un épouvantail, Peter Holland te regarderait toujours comme la Reine de Saba.

Sarah, qui s'escrimait sur les lacets de son jupon, se tourna dans un sursaut.

— Pardon ?

— Si tu ne t'en es pas aperçue, c'est que tu es vraiment aveugle ! Ou que tu es une idiote. Cet homme-là te dévore des yeux. Et tu ferais bien d'en tirer profit, conseilla Mel en se levant pour l'aider.

— En tirer profit ? Certainement pas ! C'est un assassin !

— Même ces gens-là ont une libido, rétorqua Mel, pragmatique. Peter Holland te désire, c'est un fait.

— Mais… je suis aveugle !

— Quel argument stupide ! Cela ne fait pas de toi un crapaud, que je sache ?

Les joues de Sarah la brûlaient. Certes, son objection était inepte. Elle avait dit la première chose qui lui passait par la tête tant ce sujet la perturbait. Peter Holland, attiré par elle ? Elle ne voulait même pas y penser ! En particulier quand elle-même luttait contre les émotions ambiguës qu'il faisait naître en elle.

Comment rester insensible à sa séduction ?

Prudente, elle s'empressa de changer radicalement de sujet :

— Bon, vas-tu te décider à me dire ce que tu as découvert ?

— Mon Dieu, j'avais presque oublié ! Voilà : tu te souviens que si Peter Holland n'a pas été arrêté, c'est qu'il avait un alibi en la personne d'une jeune domestique peu farouche ? Eh bien, cette fille habite encore dans la maison.

— Tu l'as rencontrée ?

— Non, c'est la gouvernante qui m'a confirmé qu'elle travaillait toujours ici. Elle se nomme Caitlin et, apparemment, c'est une personne tranquille et réservée. Ce n'était pas le cas il y a six ans, quand elle était encore une écervelée qui s'était amourachée de son employeur.

— Tu crois qu'elle voudra bien nous parler ?

— Je l'ignore. J'ai juste appris que quand Peter Holland l'a engagée, elle arrivait directement de son Irlande natale et ne savait où aller. Pour dire les choses crûment, elle crevait de faim et, sans lui, elle aurait fini sur le trottoir ou à l'hospice. Depuis, elle lui voue une reconnaissance sans faille. De là à penser qu'elle a menti pour lui éviter la prison... Il sera sans doute difficile de lui tirer les vers du nez, mais laisse-moi faire. Elle n'a aucune raison de se méfier de moi, et j'espère qu'elle se confiera à moi.

— Mellie, tu es un don du ciel ! Que ferais-je sans toi ?

— Nous ne le saurons jamais ni l'une ni l'autre, répliqua Mel avec humour.

Christopher Holland était un enfant particulièrement brillant. Cette évidence sauta aux yeux de Sarah dès leur première leçon. Vêtu telle une adorable réplique miniature de son père d'un pantalon et d'une chemise amidonnée, l'enfant restait sagement assis devant elle et buvait chacune de ses paroles.

Pourtant, Ruth l'avait amené dans la nursery pratiquement de force. Lorsque sa tante s'était éloignée d'un pas vif, l'enfant s'était tassé sur lui-même, apeuré, et Sarah avait compris que quelque chose clochait. Lors de leur première entrevue, il avait paru si enthousiaste à l'idée d'étudier ! Pourquoi semblait-il aujourd'hui se méfier d'elle ? C'était anormal, tout comme le départ précipité de Ruth Holland. Si celle-ci était aussi inquiète qu'elle le prétendait, elle aurait dû, en toute logique, exiger d'assister à la leçon. Or, après avoir lancé un regard venimeux à Sarah, elle s'en était allée, raide comme la justice.

Sarah passa la première heure à bavarder avec son jeune disciple dans l'espoir qu'il se détendrait. Elle souhaitait également cerner sa personnalité afin de savoir plus précisément par quoi commencer.

Christopher mit du temps à se dérider. En le voyant enfin esquisser un timide sourire, Sarah eut subitement envie de l'emmener dehors. Cet enfant avait besoin de soleil et de grand air, et Central Park se trouvait à deux pas ! Pourtant, ils étaient enfermés dans cette splendide nursery qu'il n'avait jamais vue, au milieu de jouets ravissants avec lesquels il n'avait jamais joué.

Écartant ses envies bucoliques, elle poussa vers Christopher la boîte de petites plaques sur lesquelles étaient gravées en relief les lettres de l'alphabet braille.

Elle avait acheté cette boîte des années plus tôt en pensant à lui. Le vendeur lui avait soutenu qu'elle avait appartenu à Louis Braille en personne et, même si Sarah n'en avait pas cru un mot, c'est à cet instant qu'elle s'était convaincue de pouvoir changer la vie de l'enfant. Bien que cet alphabet fût légèrement différent du braille modifié qu'elle comptait lui enseigner, il pouvait se révéler utile pour une approche globale.

— Les points en relief sont disposés sur un rectangle. Il y aura au plus deux points en largeur et trois en hauteur. Tu comprends, Christopher ?

— Oui, mademoiselle, répondit-il d'une voix étouffée.

— Donne-moi ta main, je veux que tu les touches.

À contrecœur, il obéit, et Sarah guida ses doigts sur les plaques. Au bout d'un moment, fermant les yeux, elle le lâcha pour tenter elle-même de discerner les lettres. Bon, ce n'était pas trop mal, elle n'avait pas oublié les leçons de Mel.

— Voici le A, dit-elle en glissant une plaque sous les doigts de Christopher. C'est facile, il n'y a qu'un point, en haut, à gauche. Tu le sens ?

— Oui, mademoiselle.

— Tu peux m'appeler Sarah, ce sera plus simple.

— Oui, made... Oui, Sarah, se reprit-il avec un petit rire.

Ce rire juvénile soulagea la jeune femme.

— Il n'y a pas de raison pour que nous ne devenions pas amis, et les amis s'appellent par leurs prénoms, n'est-ce pas ? insista-t-elle.

— C'est tante Ruth qui m'a dit d'être respectueux.

— Elle a tout à fait raison, mais ce n'est pas me manquer de respect que de m'appeler par mon prénom. Maintenant, dis-moi combien de points tu sens sur cette plaque ?

Christopher se concentra et répondit d'un ton hésitant :

— Deux ?

— C'est exact. Où sont-ils placés ?

— Sur la rangée du haut.

— Bravo ! Je ne te dirai pas de quelle lettre il s'agit, car je préfère t'enseigner un alphabet moins compliqué que celui-ci. Néanmoins, c'est très bien pour un début.

Comme elle lui pressait gentiment la main, il lui sourit avec spontanéité et elle sentit son cœur fondre de tendresse devant ce petit bonhomme attachant.

— Je sens que nous commençons déjà à être amis, murmura-t-elle. Tu es manifestement doué pour apprendre. On te l'a déjà dit ?

— Papa répète tout le temps que je suis exactement comme ma maman, répondit-il, tandis que son sourire s'élargissait.

Sarah, bien que surprise, se garda du moindre commentaire. Christopher avait peut-être la même soif de connaissances que sa mère, mais il ne possédait ni sa joie de vivre ni son obstination. Mary était tout sauf docile. Cependant, l'on pouvait comprendre que Peter Holland ait souhaité valoriser sa défunte épouse aux yeux de leur fils. C'était même tout à son honneur.

Cette pensée la frappa. Il semblait inconcevable d'associer le mot « honneur » à un homme qui avait tant fait souffrir sa cousine. Était-elle en train de baisser sa garde, de se laisser envoûter par son charme ?

Je ne dois pas perdre de vue mon objectif ! s'admonesta-t-elle.

Les extraits du journal intime de Mary, publiés dans la presse, ne laissaient aucun doute quant à la conduite indigne de Peter : il avait délaissé et bafoué sa jeune épouse, la rendant très malheureuse. Et si l'on admettait le pire, il avait été jusqu'à… Mais elle ne devait pas penser au pire, sinon elle recommencerait à pleurer comme la veille au soir.

Comme elle reportait son attention sur Christopher, elle le vit froncer son petit nez en humant l'air. Ainsi, il ressemblait tellement à un petit lapin qu'elle ne put s'empêcher de pouffer.

— Mmm... Je sens quelque chose de bon ! s'exclama-t-il.

— Vraiment ?

— Oui, une odeur de bonbon !

Sarah ne put s'empêcher de s'esclaffer.

Sarah riait.

Ce son cristallin donna le frisson à Peter.

Figé sur le seuil de la nursery, il regardait son fils et cette étrangère agenouillés face à face sur le tapis. Une étrangère qui, à mesure que le temps passait, lui semblait de plus en plus proche.

Pour quelle raison ? Il était incapable de se l'expliquer.

— Tu as vraiment l'odorat très développé, tu sais ? fit-elle gaiement. Tiens-tu cela de ta mère aussi ?

Tout en parlant, elle fouilla dans la poche de sa jupe et en tira une sucrerie qu'elle déposa dans la main de l'enfant.

— Tu t'es très bien débrouillé jusque-là, mais nous avons encore beaucoup à apprendre, enchaîna-t-elle. Tu es prêt à continuer ?

Christopher ôta habilement le papier d'emballage avant de fourrer le bonbon dans sa bouche. Sarah sourit, et cette réaction spontanée déconcerta Peter l'espace d'un instant. Sourcils froncés, il étudia les traits rieurs de la jeune femme. Mais le cours de sa pensée fut troublé par la vision de ce visage angélique au modelé délicat.

Dieu qu'elle était ravissante !

Même ses affreuses lunettes noires ne parvenaient pas à entacher sa beauté. Sa robe sans chic épousait sa taille mince et, sous le bustier, on devinait le doux renflement de la poitrine qui se soulevait au rythme de sa respiration. Sa jupe, évasée en corolle, dessinait le contour fuselé de ses cuisses.

Le sang de Peter se mit à circuler plus vite dans ses veines. La veille, déjà, il s'était couché obsédé par l'image de la jeune femme. Et voilà qu'aujourd'hui encore, il restait émerveillé par son charme, incapable de détacher son regard d'elle.

En vérité, depuis qu'elle était entrée dans son existence, il n'avait cessé de songer à elle.

C'est normal, avait-il tenté de se justifier. Il s'agit de la préceptrice de mon fils, il est donc logique que je m'y intéresse.

Mais à quoi bon se leurrer ? Ce n'étaient pas ses qualités de pédagogue qui le captivaient, mais bien ce corps de déesse qu'il devinait sous sa robe austère. C'était la première fois qu'une femme lui plaisait à ce point. Même Mary ne lui avait jamais fait cet effet. Il avait adoré sa douceur, sa spiritualité, cet appétit de vivre si contagieux qui la caractérisait, mais jamais elle n'avait hanté son esprit de la sorte, sauf après sa mort, quand la honte et la culpabilité l'avaient dévoré.

Sarah était belle, soit. Mais pourquoi le fascinait-elle autant ?

Peut-être admirait-il tout simplement la détermination et le courage dont elle faisait preuve face à son handicap ? Mis à part ses lunettes noires, rien n'indiquait qu'elle fût diminuée physiquement. Elle avait du caractère et un charme fou, du moins à ses yeux.

S'arrachant à sa contemplation, il se décida enfin à révéler sa présence.

— Je vois que vous travaillez dur, mais il fait si beau que j'ai pensé que nous pourrions faire une promenade au parc. Qu'en dites-vous ?

Il fut le premier surpris de cette proposition qui n'avait rien de prémédité. Bon sang, que lui arrivait-il ? Il payait cette femme pour éduquer son fils, pas pour déambuler dans les allées de Central Park !

Sarah releva vivement la tête, sans toutefois se tourner dans sa direction.

— Monsieur Holland ?

— Papa ! s'écria Christopher tout en mâchouillant son bonbon.

Sa frimousse reflétait une telle joie que Peter sentit son cœur déborder d'amour. Lorsqu'il pénétra dans la pièce, il remarqua tout de suite que la bonne humeur de la jeune femme semblait s'être envolée comme par enchantement. Apparemment, elle n'appréciait pas cette interruption.

— Bonjour, mademoiselle Hopkins.

— Nous venons à peine de commencer la leçon, objecta-t-elle en ignorant son salut.

Fin de non-recevoir. Mais Peter n'entendait pas capituler si vite.

— Une promenade dans le parc nous changera les idées et nous fera le plus grand bien, contra-t-il.

— Nous n'avons pas besoin de nous changer les idées mais, au contraire, de nous concentrer.

— Sans doute, néanmoins je dois vous parler, décréta-t-il d'un ton qui, cette fois, ne souffrait pas de réplique. Vous poursuivrez votre cours cet après-midi.

Il la vit pointer le menton en avant d'un air de défi. Puis, de mauvaise grâce, elle acquiesça :

— Très bien. Comme vous voudrez.

Et, après s'être penchée pour récupérer sa canne, elle se leva gracieusement.

9

Ce n'est pas son antipathie pour Peter qui avait poussé Sarah à refuser son invitation, mais plutôt l'appréhension. En présence de Christopher, elle ne savait trop quel comportement adopter et, sous l'œil vigilant de son père, elle se sentait encore plus mal à l'aise.

Tandis qu'ils marchaient côte à côte, le visage fouetté par la brise légère en ce jour de mai, il lui tenait le bras et la guidait dans les allées du parc. Sarah était bien obligée d'accepter cette sollicitude qui la rendait folle au point qu'elle devait se retenir de se dégager. Elle avait presque l'impression qu'il la tenait en laisse !

Pour tromper sa nervosité, elle se concentrait sur sa canne qu'elle agitait avec application devant elle.

Ignorant son humeur chagrine, le père et le fils bavardaient tranquillement de la leçon. À sa grande surprise, Sarah entendit Christopher expliquer le principe du braille avec une précision étonnante. Ce garçon était décidément un petit prodige. C'était à se demander si on l'avait jamais laissé vivre sa vie d'enfant. Cette pensée irrita au plus haut point Sarah. Les coups de canne redoublèrent sur le sentier.

— Sarah m'a dit que M. Braille avait eu un accident, comme moi, déclara soudain Christopher.

— Vraiment ? fit Peter d'un ton curieux, tandis que son regard volait vers Sarah.

— Oui ! Mais il a quand même été à l'école et, ensuite, il est devenu professeur. Et il a inventé ce système tout seul !

— Pas tout à fait, corrigea Sarah. Disons qu'il s'est inspiré du travail d'un certain Barbier, officier dans l'artillerie, qui s'intéressait aux aveugles et souhaitait leur donner accès à une meilleure éducation. C'est lui qui, le premier, a eu l'idée des points en relief. M. Braille s'est contenté de structurer le code afin qu'il soit plus facile à utiliser.

Le regard de Peter semblait la transpercer. Garder la tête droite était un véritable supplice. Elle avait tour à tour chaud et froid, et son cœur battait la chamade. La peur d'être découverte, sans doute. Car, bien entendu, elle se fichait éperdument que les soupçons de Mel soient vrais…

Se pouvait-il qu'il fût réellement attiré par elle ?

Non, impossible. Mel se trompait certainement.

— Mlle Hopkins sait beaucoup de choses, commenta Peter en souriant.

— Et elle sent bon ! renchérit Christopher.

— Voyons cela…

Sans prévenir, Peter se pencha vers elle, tandis que la pression de ses doigts s'accentuait sur son bras. Il inspira profondément, puis son souffle vint lui chatouiller la joue, la faisant tressaillir.

Sarah se mordit l'intérieur de la joue jusqu'au sang. Voyons, elle devenait folle ! Son corps la trahissait et réagissait à l'inverse de ce que lui dictait son cerveau. C'était à n'y rien comprendre.

La tête lui tourna soudain. Elle aspira une goulée d'air et s'efforça de focaliser son attention sur Christopher.

Tout autre petit garçon aurait gambadé dix mètres devant. Lui marchait sagement à leur côté en s'aidant de sa canne. Il ne s'arrêtait pas pour ramasser une pierre et la lancer dans les fourrés, n'escaladait pas les buttes de terre qui s'élevaient un peu partout dans Central Park et n'essayait pas non plus de grimper aux arbres. Toutes ces activités, normales pour un enfant de six ans, lui étaient interdites à jamais.

Sarah le plaignait de tout son cœur. Sa conversation avec Ruth l'avait fortement ébranlée et elle se posait quantité de questions sur le bien-fondé de son enseignement. La culture n'était pas le plus important. Elle avait envie de le prendre dans ses bras et de lui dire que tout irait bien désormais, qu'elle le protégerait, envers et contre tout.

Mais surtout, elle aurait voulu ramener Peter Holland à la raison, lui ouvrir les yeux sur la réalité, à coups de canne si nécessaire !

Après s'être éclairci la voix, elle commença :

— Dites-moi, monsieur Holland...

— Appelez-moi Peter, coupa-t-il aussitôt.

Sa voix, chaude et grave, la fit frissonner derechef et, paradoxalement, accentua sa colère. Avait-il adopté ce ton enjôleur pour séduire Mary ? Était-ce ainsi qu'il s'y prenait pour charmer ses conquêtes ?

Heureusement, elle n'était pas près de tomber dans le piège !

Ravalant sa haine, elle reprit :

— Dites-moi, Peter... Pourquoi n'avez-vous pas tout simplement inscrit Christopher à l'Institut des Aveugles de New York ? Pourquoi m'avoir engagée, moi, alors que vous aviez à votre disposition l'une des meilleures écoles spécialisées de tout le pays ?

— Pour une raison qui me semble évidente, Sarah. Christopher est encore trop jeune. Je peux vous appeler Sarah, n'est-ce pas ?

La jeune femme sursauta. Il ne fallait surtout pas que leur relation devienne trop familière. Pour cela, il lui suffisait de penser à Mary et à son tragique destin.

— Mais certainement, répondit-elle d'un ton suave.

Et, dans la foulée, elle lui balança le bout de sa canne dans le tibia !

— Aïe !

Avec une grimace, il s'arrêta pour se frotter la jambe. Sarah feignit de s'effarer :

— Mon Dieu, vous ai-je fait mal ?

— Euh... oui.

— Oh ! Je suis vraiment navrée. Je vous prie de me pardonner, dit-elle en refrénant un sourire.

Cette perfidie lui avait procuré une intense satisfaction. Décidément, son oncle avait raison : elle était une vraie harpie !

La mine renfrognée, Peter se redressa.

— Vous avez la main rude, Sarah. Pour en revenir à Christopher, sachez qu'on ne l'aurait pas admis si jeune à l'Institut.

— S'ils ne prennent pas d'enfants de cet âge, sans doute ont-ils leurs raisons, vous ne croyez pas ? Après tout, ce sont des spécialistes en pédagogie. Il faut leur faire confiance.

— Je ne conteste pas leur compétence en ce qui concerne les autres enfants. Toutefois, Christopher est différent. Je suis sûr que vous vous en êtes déjà rendu compte.

Sarah crispa ses doigts sur le pommeau de la canne. Elle se sentait sur le point d'exploser.

— Certes, acquiesça-t-elle, néanmoins je ne vois pas l'utilité d'exploiter si tôt ses aptitudes.

L'accusation à peine voilée fit mouche.

— Exploiter ? répéta-t-il, interloqué. Voilà un mot pour le moins outrancier, Sarah. Pourquoi ce brusque revirement ? Je ne me souviens pas vous avoir entendue émettre de telles réserves lors de notre précédent entretien. Que s'est-il passé ?

Sarah hésita. Devait-elle lui parler de son altercation avec Ruth Holland ? Cette dernière cherchait manifestement à lui mettre des bâtons dans les roues et, cependant, sa théorie n'était pas dénuée de fondement. Elle agissait dans l'intérêt de l'enfant, comme Sarah. Tout compte fait, les deux femmes poursuivaient le même but.

Le plus logique aurait été d'en discuter raisonnablement avec Peter et de lui faire comprendre que, mû par l'orgueil, il se montrait trop exigeant avec son fils. Mais pouvait-elle se permettre de remettre en cause ses certitudes quant à l'éducation de ce dernier ? Si, froissé par son audace, il la licenciait sur-le-champ, que ferait-elle ? Elle ne détenait encore aucune preuve, et si elle allait trouver la police en accusant Peter de surmener l'enfant… on lui rirait au nez !

Prudence, prudence… s'admonesta-t-elle, avant de répliquer :

— Je me demande simplement pourquoi vous souhaitez le voir entreprendre des études complexes qui sont peut-être un peu… prématurées ?

Peter ouvrait la bouche pour répondre quand Christopher s'exclama soudain :

— Ça sent le caramel ! Papa, pouvons-nous en acheter ? S'il vous plaît ?

— J'aurais dû me douter que tu sentirais l'odeur

à dix pas ! dit Peter en souriant. Bon, attendez-moi ici tous les deux…

Il s'éloigna vers le vendeur ambulant installé un peu plus loin, laissant Sarah et Christopher sous un vieux chêne dont les branches commençaient tout juste à bourgeonner.

Sarah ne put s'empêcher de suivre des yeux sa haute silhouette bien découplée, aux épaules larges mises en valeur par son manteau à basque. Oui, il avait de l'allure, c'était incontestable. À cette heure-ci, Central Park était animé et quelques femmes tournèrent la tête sur son passage, bien qu'il ne semblât pas y prendre garde. Le fait s'était déjà produit plusieurs fois alors qu'ils se promenaient dans les allées. Même les femmes accompagnées de leur galant ne pouvaient s'empêcher de lui décocher des œillades admiratives. Sarah s'en était parfaitement rendu compte et, à chaque fois, elle avait éprouvé un curieux pincement au cœur.

— Tu aimes te promener à Central Park, Christopher ?

— Oui, mademoiselle, répondit-il en levant son visage vers le ciel pour humer le vent, une expression quasi extatique sur les traits.

— C'est plus agréable que de rester enfermé toute la journée, hein ? Que dirais-tu si, de temps en temps, la leçon se déroulait en plein air ? Cela te plairait ?

— Oui, mademoiselle, beaucoup.

Sarah le considéra avec perplexité. Il était si calme, si pondéré hors de la présence de son père. Il prenait rarement la parole, à moins d'y être sollicité, et les conversations à bâtons rompus finissaient toutes de façon abrupte.

— J'imagine que tu ne sors pas souvent ? s'enquit Sarah dans l'espoir de lui délier la langue.

— Papa m'emmène au parc tous les samedis et parfois aussi le dimanche.

— Vraiment ? s'étonna-t-elle.

— Oui, mademoiselle.

— Seigneur, Christopher ! Cesse de me répondre à tout bout de champ « Oui, mademoiselle » !

— Euh... d'accord, mademoiselle, dit-il piteusement.

Puis il éclata de rire, et Sarah ne put que l'imiter.

Malheureusement, ce moment de complicité fut de courte durée. Déjà, Peter revenait vers eux, une sucette au caramel dans une main, un bouquet dans l'autre.

À la vue des fleurs, Sarah se raidit et son rire mourut instantanément.

— Tiens, dit Peter en glissant la sucette entre les doigts de son fils. Savoure-la bien car tu n'auras rien d'autre avant le dîner. Compris ? Sinon... tu sais ce qui se passera ?

— Tante Ruth se mettra en colère, prédit Christopher, sans paraître s'en soucier le moins du monde.

— Exactement. Mais je ne lui dirai rien si, de ton côté, tu tiens ta langue, promit son père en lui ébouriffant les cheveux.

— D'accord !

Sarah, qui les observait, eut soudain la sensation d'être une intruse. Ce devait être merveilleux d'avoir une famille, de partager ses repas avec ceux qu'on aimait, de rire ensemble, de s'embrasser...

— Et, pour m'assurer du silence de Sarah, je lui ai apporté un pot-de-vin, poursuivit Peter en se tournant vers la jeune femme.

Bien entendu, elle ignora le bouquet qu'il lui présentait. Christopher fronça le nez et supputa :

— Des fleurs ? Du lilas !

— Oh oui ! Je les sens, moi aussi, prétendit-elle, alors qu'elle était bien loin de posséder l'odorat exceptionnellement développé de Christopher.

— Bravo ! acquiesça Peter en lui mettant le bouquet entre les mains.

Une émotion dangereuse grandit en elle et lui noua la gorge. C'était stupide de s'attendrir de ce simple cadeau, une manœuvre de plus d'un Casanova qui avait recours à la flatterie comme arme de séduction. Pourtant, c'était plus fort qu'elle, Sarah était troublée.

— Elles sont absolument merveilleuses, dit-elle en plongeant son nez dans les fleurs pour respirer leur délicat parfum.

Immédiatement, elle réalisa son erreur. Peter Holland s'était figé et la dévisageait, interdit.

— J'adore l'odeur du lilas, je la trouve merveilleuse, se reprit-elle maladroitement. Merci beaucoup !

Il ne la quittait pas des yeux et la fixait d'un air si inquisiteur qu'elle sentit ses cheveux se hérisser sur sa nuque.

— C'est la première fois qu'on m'offre des fleurs, poursuivit-elle gauchement dans l'espoir de détourner son attention.

— Tiens ? Votre fiancé n'était donc pas très romantique...

— Mon fiancé ? Oh... ! fit-elle en se rappelant *in extremis* l'histoire que Mel et elle avaient inventée. Ce n'était pas son style, en effet. Il était... plutôt pragmatique.

Le silence retomba, et Sarah devina qu'il hésitait à la questionner sur son prétendu accident. Manifestement, il en avait causé avec Mel. Mais il n'y avait rien à raconter car les deux complices étaient convenues d'en dire le moins possible et de ne pas s'enferrer dans le mensonge. Son employeur n'avait pas besoin de savoir dans quelles circonstances elle avait perdu la vue.

— Je n'aime guère en parler, précisa-t-elle pour bien lui signifier que le sujet était clos.

— Je comprends. Désolé.

Peter se résolut à ne pas insister en dépit de la curiosité qui le taraudait. À quoi ressemblait l'homme qu'elle avait aimé ? Et pourquoi ne lui avait-il jamais offert de fleurs ? Étaient-ils sincèrement amoureux l'un de l'autre ou s'apprêtaient-ils à contracter une union de convenance, comme cela avait été son cas ?

Il lui semblait difficile, voire inconcevable, de côtoyer une femme telle que Sarah sans avoir envie de la toucher, de l'embrasser et de la couvrir de présents. Elle avait eu un sourire si éclatant, tout à l'heure, en humant la fragrance délicieuse des lilas ! Eût-il été son fiancé, il aurait fait des folies pour le simple plaisir de contempler ce ravissant visage illuminé de bonheur. Puis, il aurait caressé sa joue rose, certainement aussi duveteuse qu'une peau de pêche...

De quelle couleur étaient ses yeux ? Il mourait d'envie de le savoir. Et plus encore de goûter la saveur de ses lèvres framboise dont la seule vue le rendait fou...

Sans même s'en rendre compte, il tendit la main pour lui frôler le visage. Sarah sursauta.

— Vous êtes très belle, chuchota-t-il avant de laisser retomber son bras.

Comment réagirait-elle si, en cet instant, il se penchait pour l'embrasser ?

Bien sûr, il ne se permettrait pas de telles privautés. Néanmoins cela ne l'empêchait pas de fantasmer et d'imaginer la douceur de sa bouche.

La voix de Christopher s'éleva alors, l'arrachant à ses rêves.

— Vous ne lui direz rien, n'est-ce pas, Sarah ?

La jeune femme parut elle aussi reprendre brusquement pied dans la réalité :

— Pardon ? À qui ? demanda-t-elle.

— À tante Ruth.

— Oh ! Je serai muette comme une tombe. Si ton père décide de t'acheter une sucette, cela ne regarde que lui.

Peter se pencha et, de façon qu'elle seule l'entende, souffla :

— Vous êtes décidément une femme hors du commun, Sarah.

Comme elle enfouissait de nouveau son visage dans les fleurs, il poursuivit sur le même ton, dans une sorte de mise en garde :

— Et je suis très impatient de mieux vous connaître.

10

Une voix de femme péremptoire retentit dans le vestibule:

— Inutile de m'annoncer, Gunther. Je connais le chemin!

— Mais... madame! protesta Gunther, tandis qu'un bruit de pas précipités résonnait dans le couloir.

Peter, qui avait reconnu la voix de Celia, leva le nez de ses papiers et la vit faire irruption dans son bureau, les yeux étincelants de colère.

— N'avez-vous pas reçu mon message? lança-t-elle en se plantant devant lui, les poings sur les hanches.

— Quel message?

— Celui dans lequel je vous disais de me rejoindre chez August Belmont!

— Non, je vous assure...

— Allez au diable, Peter! Vous rendez-vous compte à quel point c'est embarrassant d'attendre quelqu'un qui ne daigne pas se montrer?

— Celia, je vous répète que je n'ai rien reçu.

Elle le fusilla de son regard clair, puis se radoucit devant la stupéfaction de Peter et esquissa cette moue familière qui donnait un pli boudeur à ses lèvres.

— Vous ne semblez pourtant pas être débordé. J'ai appris que vous vous étiez promené au parc aujourd'hui.

Eh bien ! Les nouvelles vont vite ! songea Peter, avant de confirmer à voix haute :

— C'est exact.

Il comprit alors le but de sa visite et se prit même à douter qu'elle lui ait envoyé le moindre message. Ces petites manœuvres lui ressemblaient bien. Quoi qu'il en soit, il n'avait aucune envie de subir une scène. Mieux valait amadouer la jeune femme.

— Je vous jure que je n'ai reçu aucun courrier de votre part, insista-t-il. Je ne me serais pas permis de vous laisser en plan. Mais maintenant que vous êtes ici, pourquoi ne pas vous joindre à nous pour le dîner ?

— Je ne crois pas que ma présence vous enchante, objecta-t-elle en accentuant sa lippe.

Mais une lueur s'était allumée dans ses yeux bleus.

— Voyons, Celia, rien ne me ferait plus plaisir que de vous avoir à dîner.

— Dans ce cas... Il est vrai que je meurs d'envie de faire la connaissance de votre invitée.

Peter réprima un petit rire entendu. Ainsi donc, voilà de quoi il retournait. Celia n'était venue que pour apaiser sa curiosité. Il ne lui restait plus qu'à en prendre son parti, et à se résigner à passer une soirée éprouvante sous l'œil inquisiteur de la jeune femme.

Sarah s'éveilla en percevant un bruit léger, semblable au grincement d'une porte qui se referme. Elle ouvrit les yeux, distingua vaguement la flamme pâlotte d'une bougie près de la fenêtre, puis referma aussitôt ses paupières qui lui paraissaient de plomb.

Elle était si fatiguée... Sans doute parce qu'elle avait tant pleuré la nuit passée. Elle qui croyait avoir fait son deuil s'était manifestement trompée. Sa douleur, toujours vivace, s'était réveillée depuis son installation dans cette chambre.

Épuisée, elle sombra dans un demi-sommeil, peuplé de pensées agitées.

Ce matin, au parc... Elle s'était sentie tellement désorientée. L'attitude de Peter, les émotions incontrôlables qui s'étaient emparées d'elle... tout cela était si étrange... Où était le monstre d'égoïsme dépeint par sa cousine dans son journal intime? Cette description ne cadrait absolument pas avec l'homme qu'elle découvrait. Au contraire, il lui témoignait du respect et de l'amitié, et peut-être même un peu plus que cela. Elle lui avait flanqué un bon coup de canne et, en retour, il lui avait offert des fleurs!

L'odeur des lilas restait gravée dans sa mémoire. Elle pouvait encore la sentir, tenace et capiteuse, flottant autour d'elle...

Aucun homme avant lui ne lui avait jamais offert de fleurs.

Que lui voulait-il donc?

Elle ne se comportait nullement de manière ambiguë: pas une fois elle n'avait tenté de l'aguicher. Elle était même plutôt distante, presque agressive même. Ainsi, tout à l'heure, sous prétexte de migraine, elle avait refusé son invitation à dîner, au risque de paraître grossière. Après cette journée émotionnellement chargée, elle n'aurait pas été capable de s'asseoir entre lui et son invitée et de supporter son regard brûlant. De toute façon, elle n'avait pas faim. On lui avait servi un plateau dans sa chambre, mais elle n'y avait pas touché, se contentant de boire une tasse de thé. Puis, se sentant très lasse, elle s'était couchée.

Les lilas…

Leur parfum entêtant imprégnait l'atmosphère de la chambre. Il s'y mêlait une autre odeur, âcre, piquante… qui devenait de plus en plus forte.

De la fumée !

Dans un sursaut, Sarah ouvrit les yeux et tourna la tête vers la lueur dansante près de la fenêtre. Ce n'était pas le halo rassurant de la bougie, mais bien des flammes qui étaient en train de dévorer les rideaux !

Un cri s'étrangla dans sa gorge.

Elle se redressa d'un bond, mais un vertige soudain l'obligea à s'agripper au rebord du lit, tandis que la pièce se mettait à tourner autour d'elle, comme si elle s'était trouvée sur un manège. Elle avait si mal à la tête !

Au prix d'un effort surhumain, elle se leva, vacillante, et s'empara du premier objet qui lui tomba sous la main : la couverture brodée par Mary, qu'elle avait abandonnée sur le dossier de la chaise. Puis elle leva un bras qui paraissait peser une tonne pour abattre le lainage sur les tentures enflammées.

La fumée envahissait la chambre et commençait à la faire tousser.

Galvanisée par la peur, elle puisa en elle la force de frapper furieusement les rideaux. Les flammes léchaient maintenant le plafond et Sarah commençait à suffoquer. En proie à une panique grandissante, elle se mit à taper sur les flammes à coups redoublés. Peine perdue. En l'espace d'un instant, le feu se propagea au jeté de lit et aux tapisseries.

Hagarde, Sarah prit conscience que ses efforts étaient vains. La couverture noircie à la main, elle se précipita vers la porte. Son pied se prit dans le tapis et elle tomba à genoux.

Seigneur, ce ne pouvait être qu'un mauvais rêve ! Sa vision devenait floue. Autour d'elle, le décor valsait en une ronde infernale. Une affreuse nausée lui soulevait l'estomac.

À quatre pattes, elle parvint à atteindre la porte et à l'ouvrir, avant de s'affaler dans le couloir, presque inconsciente. Là, elle demeura prostrée quelques secondes. Puis le crépitement des flammes qui s'intensifiait derrière elle lui insuffla un ultime sursaut d'énergie.

Elle se mit à hurler de toutes ses forces.

Le passé se rejouait dans une sinistre parodie.

L'esprit engourdi de Peter enregistra des cris stridents. Il ouvrit les yeux et mit quelques secondes à comprendre qu'il ne s'agissait pas d'un cauchemar. Après avoir écarté les couvertures, il sauta hors du lit et s'élança dans le couloir.

Les cris provenaient de la nursery.

Il se mit à courir, aussi vite que ses jambes le lui permettaient, renversa au passage un guéridon et un vase, qui alla s'écraser par terre dans un fracas de porcelaine brisée. Sans s'attarder, Peter poursuivit sa course jusqu'à l'angle du corridor.

Tout au bout, il aperçut une silhouette de femme chancelante auréolée d'un halo rougeâtre.

Le feu ! Il y avait le feu dans la chambre de Sarah !

Lorsqu'il l'eut rejointe, elle s'écroula dans ses bras. Il la souleva, et ses pensées se tournèrent aussitôt vers Christopher dont la chambre se trouvait près de la sienne. S'il ne perdait pas de temps, il parviendrait à circonscrire l'incendie avant que celui-ci ne se propage à toute la maison.

Il le fallait absolument !

Sarah était à peine consciente. Ses bras retombaient mollement le long de son corps. Peter hésita. Devait-il les sortir d'ici, elle et Christopher ? Ou s'occuper d'abord du feu ?

Sachant qu'il n'avait guère le temps d'atermoyer, il transporta Sarah jusque dans la chambre de son fils et la déposa sur le lit. Réveillé en sursaut, Christopher poussa un petit cri d'angoisse. Peter se pencha sur Sarah.

— Restez avec lui et ne quittez cette pièce sous aucun prétexte ! ordonna-t-il avant de rebrousser chemin à toute allure.

Le temps leur était compté, il le savait. En ville où les bâtisses étaient à touche-touche, un incendie pouvait faire des ravages en quelques instants. Des dizaines de vies étaient en jeu.

Sarah luttait pour s'arracher à la torpeur qui paralysait ses membres.

Même plongée dans la pénombre, la pièce semblait tournoyer. Seigneur ! Elle avait cédé à la panique, la peur l'avait tétanisée. Heureusement, elle reprenait peu à peu ses esprits. Et, tout à coup, une idée s'imposa à elle : ils ne pouvaient pas rester ici, au risque de mourir carbonisés. Il fallait sortir de la maison, et vite !

Encerclant de ses bras un Christopher apeuré, elle le redressa et l'obligea à se lever.

— Dépêche-toi ! lui intima-t-elle.

— Où allons-nous ?

— Il y a le feu à la maison, mais ton père s'en

occupe. Tout ira bien, ne t'inquiète pas. Nous allons simplement l'attendre dehors.

Rapidement, elle l'entraîna vers la porte. Christopher se mit à crier:

— Où est papa ? Je veux papa !

Sans répondre, Sarah le tira dans le couloir. Elle se souvenait parfaitement des consignes de Peter, mais elle ne patienterait pas bien sagement ici jusqu'à ce qu'ils grillent comme des saucisses ! Pour ce qu'elle en savait, Peter Holland avait peut-être lui-même allumé l'incendie !

Ignorant les protestations de Christopher, elle se dirigea en tâtonnant vers l'entrée. Ici, il n'y avait pas de fumée, mais on n'y voyait goutte, et elle ne cessait de se cogner contre les murs et les meubles. Enfin, ils atteignirent le vestibule faiblement éclairé par les rayons de lune qui traversaient les œils-de-bœuf. Sarah fit sauter le loquet de la porte et, criant presque de soulagement, fit irruption dans la rue.

Les larmes se mirent alors à couler sur les joues de la jeune femme tandis que la brise nocturne lui soufflait au visage. D'une main tremblante, elle enveloppa Christopher dans la couverture à moitié calcinée qu'elle avait machinalement gardée avec elle. Quelques noctambules de passage leur jetèrent des regards curieux. Certains, comprenant ce qui se passait, se mirent à crier « Au feu ! », avant de s'éloigner en hâte.

Encore haletante, Sarah leva les yeux vers l'étage où une fenêtre rougeoyait de façon menaçante dans la nuit, tel l'œil d'un démon maléfique. De la fumée s'élevait maintenant en volutes grises dans le ciel étoilé.

Elle serra Christopher plus étroitement contre elle et se mit à le bercer.

— Papa ! Où est papa ? sanglotait-il.
— Je te promets qu'il va bientôt arriver.
Elle s'efforçait de rester éveillée, alors que ses paupières se fermaient irrésistiblement.
C'est alors qu'une certitude s'imposa à son esprit.
On l'avait droguée.
Un instant, le vertige la reprit, puis elle se domina. Les pensées se bousculaient dans son esprit. Quelqu'un avait drogué son thé et allumé volontairement le feu ; quelqu'un qui ne voulait pas d'elle dans cette maison.
Pourquoi ?
Elle venait à peine d'être engagée. Personne ne pouvait la soupçonner de ne pas être celle qu'elle prétendait être. Et pourtant... quelqu'un voyait en elle une menace et cherchait à la supprimer.
Qui ?

11

Arrêter l'incendie se révéla long et difficile, et l'aube blanchissait à l'horizon lorsque la dernière flamme fut étouffée.

Quand Peter voulut juger des dégâts dans la chambre de Sarah, il constata que les rideaux s'étaient entièrement consumés, tout comme la tapisserie autour de la fenêtre dont les vitres avaient éclaté sous l'effet de la chaleur. Il vit également que les tringles étaient détachées de leur support et supposa que Sarah les avait arrachées, ce qui leur avait sans doute sauvé la vie. En effet, si le plafond s'était embrasé à son tour, la maison entière se serait rapidement transformée en une fournaise.

Tout danger était écarté lorsque les pompiers de New York daignèrent enfin faire leur apparition.

La gorge irritée par la fumée, les yeux larmoyants, Peter était couvert de suie de la tête aux pieds. Malgré son épuisement, sa première pensée fut pour Christopher… et pour Sarah. Il les avait abandonnés dans la chambre de l'enfant en pensant venir les récupérer si jamais l'incendie prenait de l'ampleur. Et ce n'est que maintenant qu'il se rendait compte que sa décision aurait pu avoir de terribles conséquences.

Une vague nauséeuse l'assaillit tandis que des images d'épouvante défilaient dans son esprit. Mon Dieu ! Que se serait-il passé si... s'il avait été incapable de maîtriser l'incendie ?

Il aurait pu être blessé, perdre connaissance, et personne alors n'aurait su où se trouvaient la jeune femme et le petit garçon.

Et Sarah ? Pourquoi diable avait-elle laissé une bougie allumée dans sa chambre alors qu'elle n'avait aucun besoin de lumière ?

L'épuisement le gagna, engourdissant son cerveau. Quelqu'un avait sans doute apporté cette maudite chandelle, puis l'avait oubliée. Mlle Frank, peut-être ? Mais se pouvait-il qu'elle soit stupide au point de placer une flamme près d'un rideau ?

Il avait trouvé le bougeoir en cuivre sur l'appui de la fenêtre. La croisée était restée légèrement entrebâillée, suffisamment pour qu'au plus petit courant d'air, le tissu aille chatouiller la flamme de la bougie.

Ce n'était plus de l'étourderie, mais de l'inconscience ! À cause de cette bévue, ils avaient tous frôlé la mort. Sarah et son assistante devraient en répondre. Il avait quelques questions à leur poser !

Mais il lui fallait tout d'abord s'assurer que personne n'était blessé.

Comme il pénétrait dans la chambre de Christopher, son cœur manqua un battement.

Elle était vide !

Où étaient-ils passés ?

— Sarah ! Christopher ! appela-t-il en s'élançant dans le couloir.

Il croisa des inconnus qui inspectaient la maison, dont certains étaient des pompiers et des policiers. Ces derniers lui jetèrent des regards soupçonneux qu'il ignora, tout à son inquiétude. À bout de souffle, il déboucha dans la rue et, avec un immense soulagement, il aperçut enfin Sarah et Christopher blottis l'un contre l'autre.

Sans se soucier des journalistes qui se massaient déjà devant la maison, pareils à des hyènes au moment de la curée, il s'avança vers la jeune femme et l'enfant, écartant au passage un reporter qui s'approchait.

Paupières closes, Sarah berçait doucement Christopher. Quelques journalistes faisaient cercle autour d'eux et posaient des questions qu'elle ne semblait pas entendre.

— Sarah, chuchota-t-il pour ne pas lui faire peur.

Sans ouvrir les yeux, elle tourna la tête dans la direction de sa voix.

— Peter ? balbutia-t-elle.

Sans réfléchir, il l'attira contre lui et, dès qu'il sentit sa chaleur, son corps réagit. Dans son cœur, la peur s'effaça pour se muer en une espèce d'espoir ténu enfoui en lui depuis longtemps. Sarah n'avait pas lâché Christopher et ils se tenaient tous trois enlacés, dans une sorte de communion troublante. C'était si bon de les tenir ainsi, de les protéger, avec la certitude que, cette fois, il n'avait pas échoué !

Sarah paraissait incapable de parler, et lui-même ne savait que dire. Elle avait l'air d'une pauvre chose abandonnée et sale, avec sa chemise de nuit maculée de taches noires et sa figure striée de suie.

Elle ne portait pas ses lunettes et, pour la première fois, Peter voyait son visage dans son intégralité. Il était parfait. *Sarah* était parfaite, si l'on faisait abstraction de sa cécité, bien sûr. D'ailleurs, quelle importance ? Il n'était pas de ces gens qui regardent les aveugles comme des bêtes curieuses.

De tels préjugés le mettaient hors de lui, surtout quand son fils en pâtissait. L'aimait-il moins parce qu'il était aveugle ? Certes non !

— Papa ?

— Je suis là, fiston. N'aie pas peur.

Il attrapa son fils qui lui noua les bras autour du cou. Voyant que les journalistes s'approchaient, Peter saisit Sarah par le coude.

— Venez, dit-il, au moment où un reporter plus audacieux que les autres se plantait devant eux.

— Monsieur Holland, William Neil du...

— Pas de commentaire ! coupa Peter avec sécheresse, tout en entraînant la jeune femme qui tenait à peine sur ses jambes. Sarah, je vous en prie, secouez-vous ! supplia-t-il à mi-voix.

Ils avaient presque atteint le perron quand, s'arrachant à sa torpeur, la jeune femme bégaya :

— Le... thé... C'était... le thé.

De nouveau, elle chancela et serait tombée si Peter ne l'avait tenue d'une main ferme. Avait-elle bu ? Non, il ne pouvait l'imaginer en train de s'enivrer. Était-elle sous l'effet d'une drogue ? Certaines femmes, à l'instar de Ruth par exemple, avaient recours au laudanum à la moindre migraine. Mais, une fois encore, ce n'était pas le style de Sarah Hopkins.

Sur ces entrefaites, ils tombèrent sur Ruth dans le vestibule.

— Seigneur Tout-Puissant ! Que fait cet enfant dehors ? s'exclama-t-elle.

— Je ne sais pas comment ils se sont retrouvés là, l'informa rapidement Peter. Conduis Christopher dans sa chambre, veux-tu, et reste auprès de lui. Je m'occupe de Mlle Hopkins, elle n'a pas l'air de se sentir très bien. Oh ! et va chercher Mlle Frank, ajouta-t-il, comme Ruth prenait la main de Christopher. Dis-lui de nous rejoindre dans la grande chambre de Mary.

— La grande chambre de Mary ! répéta Ruth, outrée.

— Oui, je n'ai pas le choix, il faut bien que je loge Mlle Hopkins quelque part. Et fais-nous aussi porter du thé, elle en a réclamé.

Sachant son fils entre de bonnes mains, il souleva Sarah et la transporta jusque dans sa suite.

Comme ils entraient dans la chambre principale, Sarah porta la main à son front avec un gémissement.

— Oooh... J'ai mal à la tête, se plaignit-elle.

L'irritation de sa gorge s'était calmée, mais l'air frais de la nuit la transperçait jusqu'aux os. Elle frissonnait dans sa légère chemise de nuit.

— Ne vous inquiétez pas, murmura Peter en la déposant doucement sur le lit.

Sarah s'obligea à garder les yeux fermés pour ne pas croiser son regard. À présent que la tension nerveuse retombait, elle n'avait plus la force de lutter contre la drogue. Pourtant, l'idée de sombrer dans l'inconscience la terrifiait. Craignant que Peter ne l'abandonne, elle se cramponna à lui. Il s'assit à côté d'elle et tenta de l'apaiser en lui chuchotant des paroles rassurantes.

— Sarah, comment vous êtes-vous retrouvée dehors ? s'enquit-il enfin, quand elle se fut un peu calmée.

— J'ai emmené... Christopher. Il fallait sortir... J'avais si peur !

— Mais vous-même n'aviez personne pour vous guider. Vous rendez-vous compte à quel point c'était dangereux ?

— Moins dangereux… que de rester… à l'intérieur, réussit-elle à articuler.

Il ne pouvait réfuter cet argument, fort heureusement, car elle n'avait pas le courage de se justifier. Elle n'avait pas réfléchi en quittant la chambre, seul l'instinct de survie avait guidé ses pas dans la maison obscure. La terreur avait décuplé son énergie, gommant légèrement les effets de la drogue qu'on lui avait fait prendre. Mais, maintenant, l'épuisement et le contrecoup du choc la terrassaient. Elle avait besoin de sommeil.

— Il faut que… je dorme, bredouilla-t-elle en ouvrant les yeux.

Peter la considérait, sourcils froncés. Était-il en colère contre elle ? De toute façon, elle était incapable de penser avec lucidité pour le moment.

— Dormir, répéta-t-elle en se tournant sur le côté pour se lover en chien de fusil.

Peter se redressa.

— Fort bien. Reposez-vous, Sarah. Nous parlerons plus tard.

Avec douceur, il remonta la couverture sur elle et la borda, avant de dégager sa manche de chemise sur laquelle elle avait gardé les doigts crispés. Sarah eut à peine conscience de ce geste, et la seconde suivante elle dormait d'un sommeil de plomb.

12

Ses yeux étaient bleus.

Et elle n'était pas aveugle.

Cette seconde révélation s'était imposée à son esprit juste après la première, au moment où elle s'était tournée vers lui pour demander qu'il la laisse dormir.

Tout d'abord, il avait été frappé par la vivacité de ses prunelles bleues comme un ciel d'été sans nuages. Puis, la supplique qu'il avait lue dans son regard l'avait confondu.

Comprenant qu'elle n'était pas en état de répondre aux questions qu'il aurait voulu lui poser, il avait été contraint de se retirer. Mais elle ne perdait rien pour attendre et il faudrait bien qu'elle s'explique.

En attendant, les questions se multipliaient dans son esprit. Sarah Hopkins était de toute évidence ici dans un but précis. Elle n'avait pas déployé tous ces efforts en vain. Alors, qui était-elle ? Que cherchait-elle ?

Il se tourmentait ainsi depuis de longues minutes quand une idée germa dans son cerveau. Pourquoi ne pas feindre l'ignorance et la laisser poursuivre ce petit jeu ? De cette manière, il pourrait l'observer à son aise, et peut-être en apprendrait-il plus que s'il la mettait au pied du mur. S'il l'interrogeait, elle risquait de tout nier en bloc et de claquer la porte. Il resterait alors sur sa faim, sa curiosité frustrée. Alors que s'il l'épiait à son insu…

L'idée était bonne. Il garderait le silence pour mieux la démasquer et découvrir la raison de cette comédie.

Depuis le début, cette femme l'intriguait sans qu'il sache vraiment pourquoi. Même si cet incendie n'avait pas eu lieu, il aurait fini tôt ou tard par avoir la puce à l'oreille. Sapristi, son propre fils était aveugle ! Il ne se serait pas laissé berner très longtemps, bien que Sarah Hopkins – si tel était bien son nom – fût une excellente actrice.

À présent, certains détails significatifs lui revenaient en mémoire. Comme ce sourire que Sarah n'avait pu s'empêcher d'esquisser lorsque Christopher avait gobé avec gourmandise le bonbon qu'elle venait de lui offrir, dans la nursery. Sur le moment, il avait pensé qu'il s'agissait d'une coïncidence. Maintenant, il comprenait. Puis elle avait fait ce lapsus, à Central Park, en parlant des fleurs : « Elles sont merveilleuses ! », avant de se reprendre maladroitement.

Oui, toutes les pièces du puzzle s'assemblaient. Du moins, presque. Il n'arrivait pas à deviner la raison de sa présence sous son toit. Était-elle envoyée par des journalistes pour l'espionner ? À moins qu'il ne s'agisse de la police ? Mais après tout ce temps, il en doutait.

Quoi qu'il en soit, il en aurait le cœur net. Il serait patient afin de lui laisser une marge de manœuvre… juste assez pour qu'elle tombe dans son propre piège !

— Mellie, tu penses vraiment à tout !

— Dès que j'ai appris que tu allais mieux, je suis retournée chez toi chercher des vêtements. J'ai aussi pris la liberté de t'acheter une autre paire de lunettes.

Fouillant dans la poche de son manteau, Mel en tira des lunettes identiques à celles utilisées par Sarah ces derniers jours et les posa délicatement sur le nez de la jeune femme alitée.

— Ma foi, tu es la seule personne que je connaisse capable de porter une telle horreur avec distinction, commenta-t-elle en dévisageant sa protégée.

— Tu es si gentille ! dit Sarah avec un petit rire.

Puis, jetant un regard inquiet vers la porte :

— Personne ne t'a suivie jusque chez moi, tu en es bien sûre ?

— Pourquoi diable m'aurait-on suivie ? Tu n'as rien fait qui puisse attirer les soupçons sur toi, n'est-ce pas ?

— Non... du moins, pas à ma connaissance.

— Dans ce cas, pourquoi se donnerait-on la peine de surveiller quelqu'un d'aussi insignifiant que ton assistante ? Crois-moi, tous ces gens sont bien trop occupés à réparer les dégâts causés par l'incendie. Personne ne se soucie de moi... ni de toi !

Sarah se sentait encore engourdie et prête à dormir un siècle. Cette pensée lui rappela soudain que sa fatigue n'avait rien de naturel.

— Mel, je pense qu'on m'a droguée.

— Comment ? s'exclama son amie, abasourdie.

— Et ce n'est pas tout. Jamais je n'ai apporté de bougie dans ma chambre. Ce n'est pas toi qui l'y as déposée, n'est-ce pas ?

— Certainement pas ! J'ai bien pensé venir te

voir, mais je ne l'ai pas fait, finalement. Et de toute façon, jamais je n'aurais oublié une chandelle allumée près d'une fenêtre !

— Quant à moi, je ne me sers jamais de lumière pour ne pas me trahir. Pourtant, cette chandelle n'est pas venue dans ma chambre toute seule ! Je me souviens de m'être réveillée parce que j'avais l'impression que quelqu'un venait de quitter la pièce. Mais, quand j'ai ouvert les yeux, elle était vide et je me sentais tellement lasse que je me suis rendormie sans m'inquiéter davantage.

— Tu es certaine qu'on t'a droguée ?

— Oui.

Sourcils froncés, Mel laissa passer quelques secondes avant de déclarer avec fermeté :

— Bien, réfléchissons. Qu'as-tu mangé hier soir ?

— Rien. J'ai sauté le repas. En revanche, j'ai bu une tasse de thé. Il avait un goût différent, mais je n'y ai pas vraiment pris garde. J'étais si soucieuse…

— Je vois. Qui a préparé ce thé ?

— Comment veux-tu que je le sache ? Tu connais les domestiques mieux que moi. Une servante, j'imagine. Peut-être cette Caitlin, sur l'ordre de son cher patron !

Mel plissa la bouche en une moue dubitative et Sarah s'en voulut d'avoir employé un ton si agressif.

— Désolée, je suis un peu sur les nerfs, s'excusa-t-elle.

— Je comprends. Simplement, cela n'a aucun sens. Peter Holland t'a engagée pour être la préceptrice de son fils. Pourquoi voudrait-il se débarrasser de toi maintenant ? Surtout en droguant tes aliments et en te faisant griller vive ! Il aurait quand même été plus simple de ne pas t'embaucher du tout.

— Tu as raison, convint Sarah avec un soupir. À moins… à moins qu'il ne soit totalement fou ! Un de ces maniaques qui attirent les femmes chez eux pour mieux les assassiner. Peut-être cache-t-il les cadavres dans sa cave à vin ? insinua-t-elle, tout en étant bien consciente du ridicule de cette allégation.

Elle n'arrivait pas à croire que l'homme qui l'avait arrachée à la fournaise, puis enlacée si tendrement dans la rue, soit un forcené. Pourtant, elle se devait de rester méfiante. Sa vie et celle de Mel en dépendaient.

Mais si Peter n'était pas coupable, qui l'était ?

— Je ne crois pas qu'il soit fou, objecta Mel. C'est peut-être un arriviste, un coureur de dot, peut-être même un assassin, mais il me semble avoir toute sa tête.

— Une chose est sûre : quelqu'un ne veut pas de moi dans les parages. La question est : qui ? À mon avis, cette personne n'en restera pas là, puisque sa machination a échoué.

— J'ai le même pressentiment, en effet.

Sarah se pencha soudain pour presser la main de son amie.

— Tu n'es pas obligée de rester, tu sais. Je ne veux pas te faire courir de risques et étant donné l'évolution des événements… Enfin, si tu décidais de partir, je ne t'en voudrais pas.

— Et dans ce cas, partirais-tu avec moi ?

Sarah secoua la tête :

— Je ne peux pas laisser Christopher. J'aimais déjà cet enfant avant de le connaître et, maintenant, je serais incapable de l'abandonner. Non, Mellie, je reste.

— Eh bien, moi aussi ! décréta Mel avec conviction. Après tout, nous nous sommes lancées ensemble dans l'aventure et, ensemble, nous terrasserons le dragon ! Tu as besoin de moi, je ne vais pas te faire faux bond.

Sarah savait que sans Mel ses chances de réussite auraient été fortement compromises. Elle seule connaissait parfaitement le braille que Sarah était censée enseigner à Christopher. Sans la présence d'esprit de son amie, elle n'aurait rien eu à se mettre sur le dos à l'heure qu'il était, puisque sa garde-robe avait été entièrement détruite dans l'incendie. Et, plus important, Mellie savait lui insuffler le courage nécessaire à la poursuite de sa mission.

Elle lui sourit avec reconnaissance.

— Merci d'être une amie aussi loyale, Mellie. Je te l'ai déjà dit cent fois mais, vraiment, je ne sais pas ce que je ferais sans toi.

— Marché conclu : je t'aide et, en échange, tu me sacrifieras la vie de ton premier enfant, plaisanta Mel.

Sarah rit doucement, avant de se rembrunir brusquement.

— Et si je n'ai jamais d'enfant ? s'inquiéta-t-elle.

Mel la dévisagea avec surprise, avant de poser les mains sur ses hanches, goguenarde.

— Tiens, tiens ! Si je t'avais fait la même remarque il y a une semaine, tu m'aurais affirmé haut et fort que je n'avais aucune chance de te voir un jour mère de famille ! On dirait que tu as changé d'avis. Tu ne considères donc plus les hommes comme des monstres d'égoïsme ? Aurais-tu renoncé à tes idéaux féministes ?

Sarah rougit jusqu'aux oreilles.

— Jamais de la vie ! protesta-t-elle.

— Hum !

Au supplice, Sarah regarda désespérément autour d'elle pour tenter de trouver un sujet de diversion. Ce faisant, elle se rendit compte qu'elle ne reconnaissait absolument pas la chambre où elle se trouvait.

— Oh ! Ma question va sans doute te paraître stupide, mais... où suis-je donc ? demanda-t-elle, déconcertée.

Mel lui décocha un coup d'œil narquois et répondit de manière fort imagée :

— Ma chère, on ne t'a sauvée du brasier que pour mieux te passer à la casserole. Tu es dans la suite du maître de maison !

13

C'était malheureux d'être arrivée dans l'ancienne chambre de Mary à cause d'un incendie, mais Sarah ne regrettait cependant pas ses ecchymoses et ses brûlures légères.

La chambre qu'elle venait de quitter ne contenait que très peu d'objets ayant appartenu à sa cousine. Celle-ci, en revanche, regorgeait de souvenirs. Sarah allait de l'un à l'autre, en reconnaissait certains, en découvrait de nouveaux, les touchait avec émotion. Un petit cadre, posé sur la coiffeuse, attira en particulier son attention. En le contemplant, elle mesura d'un coup l'ampleur de la colère que Mary lui avait vouée.

Elle se souvenait parfaitement de cette esquisse qui les représentait, Mary et elle, assises dos à dos, leurs visages tournés vers le portraitiste. Aujourd'hui, il ne restait que la moitié du dessin, celle où figurait Mary. L'autre moitié avait été arrachée.

Sarah s'empara de l'esquisse, et s'assit sur le lit pour l'étudier à loisir, tout en se demandant une fois de plus quelles circonstances insensées avaient réussi à les séparer.

Comment aurait-elle pu savoir qu'elle ne reverrait plus jamais sa cousine vivante ?

Sa rancœur de l'époque lui paraissait si dérisoire

et si bête, désormais. Comme elle avait eu tort de se murer dans son entêtement ! Elle avait cru pouvoir influencer Mary avant que celle-ci ne commette l'irréparable et s'était convaincue qu'elle agissait ainsi dans l'intérêt de sa cousine. À présent, ses motifs lui paraissaient beaucoup moins nobles.

Elle avait eu peur de la solitude, telle était la vérité. Déterminée à rester célibataire, elle comptait sur Mary pour l'accompagner dans la vie, ce qui n'était guère courageux. Lorsque sa cousine lui avait préféré Peter Holland, elle s'était sentie trahie et avait réagi comme une enfant gâtée. Ulcérée, Mary l'avait tout bonnement rayée de son existence, comme en témoignait le dessin déchiré.

Comment l'en blâmer ? Elle avait dû se sentir si seule et désemparée...

Avec un soupir, Sarah posa le portrait sur la table de chevet, avant d'aller examiner le contenu de l'armoire. Elle y trouva une extravagante collection de robes de toutes les couleurs, dans ces coupes fluides en vogue quelques années plus tôt. Il y en avait en soie, en velours, en brocart... Les étagères abritaient également d'innombrables paires de gants, en chevreau pour la plupart, des étoles, des fichus de soie, des manchons, des réticules. Contrairement à Sarah qui se souciait peu de son apparence, Mary avait toujours adoré la mode et les fanfreluches. Sa garde-robe témoignait d'un goût très sûr et d'un net penchant pour l'originalité.

Sarah referma l'armoire et poursuivit son inspection des lieux. Son regard fut attiré par une pile de livres sur un guéridon tendu de soie bleue. Se penchant, elle lut le titre sur la tranche : *Retour au pays natal*, de Thomas Hardy. En dessous se trouvait *Idylles du roi* de Tennyson.

Mais toujours pas de trace du fameux journal intime. Existait-il seulement ? Ou Mary, trop déprimée à la fin de sa vie, avait-elle tout simplement cessé d'écrire ?

Sarah se détourna et engloba la pièce d'un regard circulaire. Spacieuse et lumineuse, celle-ci possédait une atmosphère typiquement féminine. Peter Holland y avait-il déjà dormi, ou était-ce Mary qui allait le rejoindre dans la chambre voisine, lorsque…

Une succession d'images érotiques défilèrent dans sa tête, lui mettant le rouge au front. Elle les chassa bien vite pour se concentrer sur la tapisserie murale à fond bleu clair, semée de mouchetis lavande et de petits rubans ivoire. Les lourdes tentures qui encadraient la fenêtre étaient d'un bleu plus soutenu et laissaient passer les rayons mordorés du soleil couchant qui illuminaient les particules de poussière dansant dans l'air. Comme dans la nursery, le tapis était d'un bleu pimpant, une couleur que Mary avait toujours aimée.

Sarah pivota et son regard tomba sur la porte de communication avec la chambre voisine.

Après une minute d'hésitation, elle s'approcha. Elle mourait d'envie d'aller voir ce qui se trouvait de l'autre côté du battant, mais ce n'était certes pas le moment. Elle attendrait plutôt un soir et profiterait de l'heure du dîner pour aller fouiller tranquillement la pièce. Il lui faudrait s'assurer au préalable que les domestiques ne préparaient pas la chambre à cette heure-là. Mel la renseignerait sur leurs habitudes.

Tout en réfléchissant, elle s'était penchée pour coller son oreille contre le bois. La pièce était-elle occupée ?

Au moment où un léger bruit l'avertissait d'une présence, elle se rendit compte avec horreur que le loquet n'était pas fermé. Sous la pression de son corps, la porte pivota sur ses gonds dans un léger grincement.

Affolée, Sarah se rejeta en arrière d'un coup de reins et, tournant les talons, courut se jeter sur le lit.

Le cœur battant la chamade, elle se glissa sous les couvertures et saisit ses lunettes posées sur la table de nuit pour les mettre précipitamment… juste à l'instant où la porte s'ouvrait en grand.

Paniquée, la jeune femme s'obligea à fermer les yeux et retint son souffle. Elle laissa passer quelques secondes, puis demanda d'un ton innocent :

— Il y a quelqu'un ?

— C'est moi… Peter.

Le parquet craqua à plusieurs reprises, puis le bruit de ses pas fut étouffé par le tapis. Il s'approchait.

Le cœur de Sarah s'emballa de plus belle.

Peter s'immobilisa près du lit et baissa les yeux sur la jeune femme étendue. Son regard glissa sur sa poitrine, à demi dissimulée par la couverture, qui se soulevait à un rythme beaucoup trop rapide.

La sale petite fouineuse !

Désireux de la laisser se reposer, il s'était abstenu de la déranger. Mais, à peine réveillée, elle avait tenté de s'introduire dans sa chambre.

Que cherchait-elle ?

À présent, elle feignait de ne pas avoir quitté son lit. Ah, elle voulait jouer ! Eh bien, à malin, malin et demi !

— Avez-vous bien récupéré ? demanda-t-il poliment.

— Euh… oui, merci, répondit-elle en remontant la couverture jusqu'à son cou.

Il s'assit près d'elle et le matelas s'enfonça sous son poids. À sa grande satisfaction, il la vit se raidir.

— Vous portez vos lunettes au lit ? s'étonna-t-il.

— Mes lunettes ? Non, enfin… Je veux dire, pas d'ordinaire, mais je ne suis pas chez moi et je sais que certaines personnes sont gênées par le regard fixe des aveugles. Mellie est passée me voir tout à l'heure et m'en a apporté une nouvelle paire.

Peter hocha la tête. L'explication était parfaitement sensée. Elle mentait avec aplomb. Il aurait juré qu'elle gardait les yeux fermés sous ses verres fumés, afin d'éviter toute bévue. Ah, elle avait une sacrée technique !

— Votre ancienne chambre a été condamnée, annonça-t-il. Tout n'a pas été brûlé, cependant les pompiers doivent s'assurer que la structure n'a pas été abîmée dans l'incendie. J'espère qu'ils en auront terminé demain.

— Je vois.

— L'armoire est intacte, toutefois je ne peux vous garantir que son contenu n'ait pas souffert de la fumée. En attendant, vous n'aurez qu'à utiliser les toilettes qui se trouvent ici. Elles appartenaient à ma femme, précisa-t-il sans émotion apparente. Vous avez à peu près la même taille qu'elle, je crois.

— C'est très généreux de votre part, mais… Voyez-vous, je ne serais pas à l'aise dans les vêtements de votre épouse.

— Je puis vous assurer qu'elle n'y verra aucun inconvénient !

Cette pointe d'humour macabre la fit frémir.

— Merci, mais cela ne sera pas nécessaire, objecta-t-elle d'un ton plus ferme. Mon assistante est passée chez moi et m'a rapporté de quoi me vêtir correctement.

Peter s'en voulut aussitôt d'avoir raté cette occasion de suivre Mel Frank. À l'avenir, il surveillerait les allées et venues de cette dernière, se promit-il.

— Elle pense à tout, commenta-t-il.

— Oui, Mel est très prévoy…

Elle eut un hoquet de stupeur et acheva dans une sorte de gargouillis :

—… oooyante… !

Et Peter comprit qu'elle venait d'ouvrir les yeux.

Sarah avait failli pousser un cri. Seigneur ! Il était torse nu !

Il lui fallut faire appel à toute sa volonté pour ne pas reculer contre le montant du lit, affreusement mortifiée. Que pouvait-elle dire ? Rien ! Car elle n'était pas censée savoir qu'il se trouvait devant elle à moitié nu. Dieu Tout-Puissant ! Un homme à demi nu dans sa chambre ! Et elle ne pouvait même pas détourner la tête !

Ses joues la brûlaient, elle devait être écarlate, pourtant il poursuivait son bavardage, comme si de rien n'était. Par chance, il n'était guère observateur ! Sarah ne comprenait pas un traître mot de ce qu'il lui racontait. Sa voix bourdonnait à ses oreilles, presque couverte par les battements désordonnés de son cœur.

Elle déglutit avec peine et s'efforça de se concentrer sur ses paroles.

— J'espère sincèrement que ce malheureux incendie ne remet pas en cause notre arrangement, Sarah. Je suis soucieux de l'éducation de mon fils et très impressionné par l'étendue de vos connaissances, ainsi que par vos méthodes de travail.

— Par… don ? Vous disiez ? articula-t-elle.

— Acceptez-vous de rester ?

Un curieux petit sourire jouait sur ses lèvres. Pour un peu, elle aurait cru qu'il la taquinait.

— Où cela ?

— Mais… ici, vooyons. Vous allez poursuivre les leçons de braille, n'est-ce pas ?

— Oui, bien sûr.

— Christopher vous aime beaucoup, vous savez.

— C'est… une chance et j'espère lui inculquer ce dont il a besoin, ânonna Sarah, qui ne pouvait détacher les yeux de ses larges épaules.

— Si cela ne vous dérange pas, vous garderez cette chambre. Comme je vous l'ai dit, c'était celle de ma femme. Y voyez-vous un inconvénient ?

— Pas du tout. Mais… ne dormez-vous pas… ?

Gênée, elle s'interrompit.

— Dans la chambre voisine ? Certes. Toutefois, je vous donne ma parole que je respecterai votre intimité.

Son regard avait pris une intensité particulière qui mettait Sarah au supplice. Pourquoi jouait-il ainsi avec ses nerfs ? Essayait-il de la séduire ? Se moquait-il d'elle ? Elle ne savait plus que penser.

Dire qu'elle se trouvait au lit, en tête à tête avec un homme presque nu qui était peut-être le meurtrier de sa cousine ! Il était bien normal qu'elle soit troublée.

D'autant plus qu'elle n'avait jamais vu un homme si peu vêtu. Sarah n'était pas une oie blanche et savait ce qui se passait entre un homme et une femme lorsqu'ils étaient attirés l'un par l'autre.

Mais devant elle se tenait Peter Holland ! L'homme le plus séduisant qu'elle ait jamais vu. Et Mel avait raison : c'était bien du désir qui luisait dans ses prunelles gris-bleu.

Une vague de chaleur la submergea, comme si des torrents de lave s'engouffraient soudain dans ses veines. Son regard s'arrêta sur son torse puissant, sur ses lèvres sensuelles… Et elle ne put s'empêcher de se demander ce qu'elle ressentirait s'il lui donnait un baiser.

Jamais on ne l'avait embrassée, et jamais elle ne s'était posé ce genre de questions. Pourtant, en cet instant, des images débridées traversaient son esprit en déroute…

Peter observait avec attention la jeune femme dont les pommettes avaient rosi, et il eut toutes les peines du monde à ne pas éclater de rire. Mais son hilarité s'envola d'un coup lorsqu'il remarqua que la peau laiteuse de sa gorge s'était empourprée elle aussi. Désemparée, elle triturait nerveusement le drap entre ses doigts et sa bouche pulpeuse tremblait.

Elle était adorable.

La passion l'embrasa subitement. Il mourait d'envie de toucher sa peau, de la sentir, brûlante, contre la sienne. Ses seins étaient-ils aussi fermes qu'ils le paraissaient ? Sa bouche aussi douce ?

En cet instant, peu lui importait de ne pas savoir qui elle était en réalité. Le désir montait en lui. Il ne se souciait même pas de dissimuler son érection.

Incapable de se contenir, il se pencha et posa la main sur le bras de la jeune femme.

— Sarah…

Elle frémit, et il retira aussitôt sa main. Il ne devait pas l'effaroucher, sinon elle s'en irait, emportant avec elle son secret. Et puis, une partie de lui-même lui commandait de ne pas profiter de sa vulnérabilité.

Cependant, elle avait été malhonnête avec lui et ne méritait guère son respect. Peter n'était pas homme à s'embarrasser de scrupules lorsque les circonstances l'exigeaient. Autrefois, il avait été un vrai gentleman, mais cela ne lui avait apporté que des déboires : sa franchise envers Mary l'avait détournée de lui, elle l'avait même soupçonné d'adultère ; lorsqu'il avait cherché à protéger sa famille de la presse, on l'avait accusé d'être un fourbe, un manipulateur doublé d'un assassin et, pour finir, les détails les plus intimes de sa vie avaient été publiés.

Non, en général, on ne gagnait rien à se comporter honorablement.

Sarah avait voulu le manœuvrer, il n'avait pas à la ménager. Elle paierait plus tard le prix de sa duplicité mais, pour l'heure, il patienterait. Il ne comptait pas d'ailleurs mettre Ruth au courant de ce qu'il avait découvert.

— Je vous laisse vous reposer, déclara-t-il enfin. Ne vous souciez de rien pour aujourd'hui. Il est trop tard, de toute façon, et vous devez d'abord vous remettre de vos émotions.

— Merci.

— J'ai pris la liberté de demander qu'on vous fasse couler un bain. Dois-je appeler Mlle Frank ou saurez-vous vous débrouiller seule ?

La seule pensée de la jeune femme entrant nue dans la baignoire le rendait fou. Elle-même parut troublée qu'il parle d'une chose aussi intime que sa toilette. Machinalement, Sarah s'éventa de la main.

— Appelez Mlle Frank, s'il vous plaît, répondit-elle d'une voix hachée.

Il se releva et se dirigea vers sa propre chambre, notant que Sarah se gardait bien de suivre son mouvement de la tête. Oh non ! Elle était beaucoup trop maligne pour cela.

Une fois de plus, il admira ses talents d'actrice, sans trop savoir si cela l'amusait ou l'irritait.

Il s'immobilisa, la main sur la poignée de la porte.

— Dormez bien, Sarah, dit-il encore, avant de refermer la porte derrière lui.

14

— Je te jure, Mellie ! Il doit se douter de quelque chose !

— Fadaises ! Si c'était le cas, nous ne serions plus ici pour en parler, rétorqua Mellie. Pourquoi ces craintes subites ? A-t-il dit quelque chose ?

Tout en parlant, elle entreprit de frictionner le dos de son amie, avec le plus de douceur possible. Sarah grimaça. Ses brûlures la faisaient encore un peu souffrir en dépit des onguents.

— Aïe ! Non, il n'a rien dit. C'est juste une impression. Il me regarde d'une façon bizarre, comme s'il nourrissait des soupçons à mon égard.

— Hum...

Mellie plongea le gant de toilette dans l'eau, puis le pressa au-dessus des épaules de Sarah pour rincer les dernières traces de savon.

— Ne crois-tu pas plutôt qu'il te regardait étrangement parce qu'il était assis sur ton lit torse nu alors que tu étais en chemise de nuit ? suggéra-t-elle, avant d'enchaîner : Tu devrais peut-être montrer ton dos à un médecin.

— À quoi penses-tu, Mel ? Il ne manquerait plus que je me fasse examiner et que le médecin me déclare en parfaite santé et douée d'une excellente vue !

— Tu n'as pas tout à fait tort.

— Quand je repense à cette scène affreuse ! reprit Sarah en sautant allégrement du coq à l'âne. Comment a-t-il osé entrer dans ma chambre à moitié nu ! Si tu avais vu ça !

— Je regretterai toute ma vie d'avoir manqué le spectacle.

— Tu es une dépravée. C'était... intolérable !

— Dépravée, moi ? Non, c'est celui qui a allumé cet incendie qui est un pervers. Quant à toi, ma chère, tu ne vas pas me faire croire qu'aucune pensée polissonne ne t'a traversé l'esprit au cours de ce face-à-face.

— Je te jure, j'ai failli mourir de honte ! assura Sarah en levant la main d'un geste solennel. J'étais absolument horrifiée !

— Bon, si tu le dis... Tu sais, ce type n'a rien d'un saint, cela se voit tout de suite. Il n'empêche que j'ai beaucoup de mal à l'imaginer assoiffé de sang, un couteau à la main.

— Tu ne peux avoir un jugement objectif après si peu de temps. Les gens ne portent pas leurs vices inscrits sur le front. Certains ont beau être follement séduisants, ils sont corrompus jusqu'à la moelle.

— Ainsi, tu le trouves séduisant ?

— Là n'est pas la question.

— Je ne suis pas entièrement d'accord avec toi. L'âme d'un homme se reflète souvent dans ses yeux. Et quand je vois Peter Holland regarder son fils...

— Le fait qu'il adore Christopher ne l'empêche pas d'être un assassin potentiel, s'obstina Sarah.

— Peut-être. Quoi qu'il en soit, ce n'est sûrement pas lui qui a mis le feu à la maison où dormait son fils. Par conséquent, il faut chercher le coupable ailleurs.

— Tu vas un peu vite en besogne. Rien ne dit qu'il ne soit pas coupable.

— Tu es prête à l'accuser des pires maux parce que c'est un homme et que, de surcroît, il t'a volé l'affection de ta cousine.

L'analyse de Mel ne manquait pas de finesse. Désarçonnée, Sarah se tut un instant.

— Mellie, tu as lu comme moi les extraits du journal de Mary, reprit-elle. Pour l'incendie, tu as raison, on ne peut guère trouver de mobile à Peter Holland. Cependant, tu oublies un peu vite ce dont il est capable.

— De quoi parles-tu ?

— Tu le sais très bien ! s'énerva Sarah. Il a rendu Mary très malheureuse et, selon toute vraisemblance, il a fini par la tuer !

— Maintenant, c'est toi qui vas vite en besogne. Que fais-tu de la présomption d'innocence ? Un homme ne saurait être déclaré coupable tant que la preuve de son crime n'a pas été démontrée.

— Nous parlons du meurtre de ma cousine !

— Certes, néanmoins tu ne trouveras jamais l'assassin si tu ne gardes pas un esprit impartial. En toute objectivité, Mary a très bien pu être assassinée par un vulgaire cambrioleur pris en flagrant délit. Tu ne dois pas te laisser aveugler par le fait que la presse ait condamné d'emblée son mari.

— Chut ! Ne parle pas si fort, on va nous entendre ! souffla Sarah, irritée par la logique imparable de son amie.

Mel baissa d'un ton, sans chercher toutefois à dissimuler sa colère.

— Et si jamais il disait la vérité ? S'il était innocent, Sarah ? T'es-tu demandé pourquoi tu es injuste avec lui ?

— Quoi ? C'est faux, je...

— Dis-moi, est-il aussi superbe déshabillé que vêtu de pied en cap ? coupa Mel en changeant radicalement de sujet.

Sarah s'empourpra. La réponse était oui, mais du diable si elle se laisserait entraîner sur ce terrain glissant !

— Comment peux-tu me poser une question pareille ? s'insurgea-t-elle.

— Ma question est très naturelle. Je n'ai pas fait vœu de chasteté, moi ! Si je vis seule, ce n'est pas par choix.

— Pourtant, des hommes t'ont fait la cour depuis la mort d'Andrew. Qu'est-il advenu de ce professeur qui te comptait fleurette ?

— Qui ça ?

— Celui de l'Institut, John... John Quelque chose...

— Oh, celui-là !

— Comment s'appelait-il, déjà ?

— John Secks, répondit Mel à contrecœur.

Puis elle éclata de rire :

— Mon Dieu, tu imagines porter un nom pareil ? Mme Secks ! Plutôt mourir !

— Oui, je te comprends ! acquiesça Sarah en s'esclaffant à son tour.

Mel reprit son sérieux et demeura pensive quelques instants, avant de confesser :

— En réalité, je pense souvent à lui. Et, parfois, je me dis que, finalement... Enfin, je ne suis plus très jeune et je n'ai pas envie de finir ma vie toute seule. John est quelqu'un d'absolument charmant. Et, après tout, il y a pire dans l'existence que de s'appeler Mme John Secks.

Sarah garda prudemment le silence. La dernière

fois qu'elle avait pris position contre le mariage, cela s'était fort mal terminé. Pour rien au monde elle n'aurait voulu s'opposer au bonheur de Mellie.

Cette dernière n'en devina pas moins sa désapprobation.

— Tu t'es peut-être résignée à une vie sans amour parce que tu estimes n'avoir besoin de personne, mais ce n'est pas mon cas, poursuivit-elle. Ce n'est pas drôle de se glisser dans un lit froid le soir. Et c'est si bon, la main d'un homme qui vous caresse !

— Oh non, Mellie ! Pas toi ! Tu ne vas pas t'y mettre ! gémit Sarah d'un ton mélodramatique.

— Et pourquoi non ? s'offusqua brusquement Mel.

D'une main vigoureuse, elle appuya sur la tête de la jeune femme et Sarah disparut sous l'eau. Elle en émergea en crachant du liquide savonneux.

— Mel !

— Tu l'as bien mérité.

— Écoute, tu as un caractère indépendant, tu t'assumes entièrement et tu mènes une brillante carrière. Pourquoi aurais-tu besoin d'un homme ? Je ne peux pas concevoir que toi, entre toutes les femmes, tu cèdes à cette émotion abjecte qu'est...

— Le désir ? l'interrompit Mel en lui shampouinant hargneusement les cheveux. Ma parole, tu as vraiment un cœur de pierre ! N'as-tu jamais contemplé la bouche d'un homme en te demandant ce que tu éprouverais s'il t'embrassait ? Ou, plus simplement, s'il te prenait la main ? Ne t'es-tu jamais enflammée à cause d'un seul regard passionné ?

Très gênée, Sarah se boucha les oreilles. Pour un peu, on aurait cru que Mel l'avait espionnée lorsqu'elle se trouvait en compagnie de Peter. C'était abominable de l'entendre traduire avec une telle précision les pensées troubles qui l'avaient assaillie bien malgré elle.

— Non, non et non ! s'exclama-t-elle. Il n'en est pas question !

— Attention, respire ! lui intima Mel, avant de lui plonger de nouveau la tête sous l'eau.

Quand Sarah émergea, ruisselante, les cheveux dans les yeux, son amie décréta :

— La preuve est faite : tu as un cœur de pierre, Sarah Woodard ! Laisse-moi seulement te dire une chose. Nous nous connaissons suffisamment maintenant pour que je sois franche avec toi, même si je sais que tu m'en voudras par la suite...

— Non, je ne me fâcherai pas. De toute façon, tu n'as jamais mâché tes mots avec moi.

— Bref, voilà le fond de ma pensée : tu étais jeune et impétueuse, tu as commis une erreur en te brouillant avec Mary et, depuis, tu te sens coupable. Mais, bon sang, assume ! Tu ne vas pas te punir pour le restant de ton existence en te cramponnant bêtement à une idée de jeunesse, tout cela par fierté ! Ce n'est pas être faible que de chercher l'âme sœur. Ce n'est pas un crime que d'aimer un homme. Tu n'es pas responsable de la mort de Mary. Et elle ne t'en voudrait pas le moins du monde si tu changeais d'avis aujourd'hui.

Sarah retint un soupir. Mel ne comprenait pas. Le problème, c'est qu'elle n'était pas attirée par n'importe quel homme, mais précisément par le mari de sa cousine, celui-là même qui l'avait peut-être assassinée ! Et cette pensée lui était insupportable.

— Laisse parler tes émotions, Sarah ! Oublie ta colère avant de devenir une vieille femme aigrie.

Sarah leva un regard horrifié sur Mel qui enchaînait :

— Et cesse de juger si sévèrement ceux qui ne se conforment pas aux règles absurdes que tu t'es fixées !

Le silence retomba. Sarah était incapable de trouver les mots pour se justifier. Partagée entre la colère, la tristesse et la peur, elle demanda enfin :

— Tu as fini ?

— Oui. Je reviendrai tout à l'heure, quand tu seras sortie de cette baignoire.

Mel quitta la salle de bains, claquant la porte derrière elle, laissant Sarah sans serviette, ni habits. Et sans aucune parade contre les vérités que Mel venait de lui lancer à la figure.

15

Se pouvait-il que Mel eût raison ?

Prostrée dans la baignoire, Sarah réfléchissait à la conversation qu'elle venait d'avoir avec son amie et qui lui laissait un goût amer dans la bouche.

Cherchait-elle réellement à se punir pour s'être opposée au mariage de Mary ? Avait-elle vraiment *besoin* de détester Peter ?

Certes, elle avait trouvé les accusations de Mel injustes, pourtant elle ne pouvait s'empêcher de se dire qu'elles étaient en partie fondées. Mel était sa meilleure amie et sa seule confidente depuis la mort de Mary et d'oncle Frank. Jamais elle n'aurait prononcé de telles paroles si elle n'avait été profondément sincère.

Comme Mel ne revenait pas, Sarah en déduisit qu'elle n'était toujours pas calmée et qu'elle préférait être seule. Tant bien que mal, elle s'extirpa de l'immense baignoire et, nue comme un ver, traversa la chambre de ce dernier tout en maudissant son amie.

Lorsqu'elle eut refermé la porte de sa chambre, Sarah poussa un soupir de soulagement. Quelle humiliation si Peter était entré à l'improviste et l'avait surprise dans le plus simple appareil ! D'ailleurs, connaissant Mel et son esprit retors, c'était peut-être précisément dans ce but qu'elle l'avait plantée là.

Inquiète, elle jeta un coup d'œil au loquet de la porte de communication. Peter Holland n'avait pas hésité à pénétrer dans sa chambre la veille, pourquoi aurait-il des scrupules à recommencer ? Mieux valait s'habiller sans tarder.

Étant donné l'heure tardive, elle ne voyait pas l'utilité d'enfiler une robe. Ayant passé une chemise de nuit propre, elle se sécha les cheveux et se mit au lit même si elle n'avait aucune envie de dormir.

Les minutes passèrent, interminables, et Sarah, étendue dans le lit de sa défunte cousine, fixait bêtement le plafond et pensait à Peter Holland.

Le mari de sa cousine.

Fallait-il qu'elle ait une nature perverse !

Elle tenta de faire le vide, en vain. Et, petit à petit, elle s'abandonna aux images et aux sensations qui l'envahissaient. Elle se remémora le beau visage de Peter, lorsqu'il lui avait frôlé le bras, et les battements précipités de son cœur, sa poitrine musclée, ses épaules carrées…

Que ressentirait-elle si sa bouche se posait impérieusement sur la sienne ? Si sa langue se glissait entre ses lèvres, insidieuse, tentatrice ?

Une chaleur étrange naquit au creux de son ventre, tandis qu'elle s'imaginait haletante et éperdue sous ce baiser. Posant la paume sur son ventre, elle fut prise de vertige quand la sensation qu'elle éprouvait sembla se décupler. Elle la retira aussitôt, comme brûlée, puis la remit doucement.

Était-elle si prude ?

Redoutait-elle de perdre le contrôle d'elle-même au point de s'interdire d'apprécier, en toute intimité, la séduction d'un homme ?

Pourquoi les remarques de Mel l'avaient-elles mise dans une telle colère ? Et pourquoi culpabilisait-elle lorsqu'elle admettait que Peter Holland lui plaisait ?

Il était si beau ! C'était bien naturel.

Comme l'image du jeune homme s'imposait de nouveau à elle, son corps réagit à une nouvelle vague de désir. Elle sentit une légère humidité entre ses jambes et, choquée, elle porta la main à son intimité dans un geste de dénégation.

Elle s'étira langoureusement, partagée entre l'excitation et le refus de céder à ses pulsions. Son regard se porta vers la fenêtre. Dehors, le crépuscule tombait et la luminosité baissait de minute en minute. Les rideaux tirés obscurcissaient la chambre. Sarah tourna la tête vers le portrait de sa cousine posé sur la table de chevet. Elle se mit à le fixer, sans penser à rien. Puis, d'un geste vif, elle s'en saisit et le retourna.

La brûlure de son ventre s'intensifiait. Ses doigts frémissaient sur le coton de la chemise de nuit. Seigneur, à quoi pensait-elle ? Que faisait-elle ?

Détends-toi, Sarah ! Tu as le droit d'éprouver des émotions ! se tança-t-elle.

Fermant les yeux, elle osa se représenter le visage de Peter Holland, la lueur qui habitait son regard lorsqu'il l'avait contemplée, couchée sur le lit... Si seulement elle avait l'audace d'imaginer le contact de sa main sur sa poitrine...

Plongée dans une sorte de transe, elle sentit sa propre main descendre jusqu'à l'ourlet de sa chemise. Puis, elle serra le pan de tissu dans son poing, comme pour réduire à néant la tentation.

Laisse-toi aller, bon sang ! s'emporta-t-elle, comme pour se lancer un défi.

De nouveau, la figure de Peter se matérialisa devant elle, si réelle qu'elle aurait cru pouvoir lui toucher la joue... sentir sa peau râpeuse sous ses doigts.

Oserait-elle ?

La vague de chaleur reflua et des frissons incoercibles la parcoururent tandis qu'elle retroussait sa chemise de nuit. Ses doigts effleurèrent le buisson de boucles au creux de ses cuisses, et sa frustration s'accentua. Une partie d'elle-même avait soif de caresses, elle ne pouvait ni ne voulait plus le nier.

Fermant les yeux avec force, Sarah fit glisser sa main encore plus bas...

En pénétrant dans la nursery, Sarah ne s'attendait pas à trouver Peter Holland assis par terre avec son fils.

Comme elle s'arrêtait sur le seuil, le fantasme auquel elle s'était laissée aller la veille lui revint en mémoire et elle sentit le feu de la honte empourprer ses joues.

N'y pense pas ! Surtout, n'y pense pas ! s'enjoignit-elle.

Dans l'ensemble, la nursery avait assez peu souffert de l'incendie. Seul le mur qui la séparait de la chambre adjacente avait été partiellement endommagé. La peinture avait cloqué sous l'effet de la chaleur et la tête de la licorne avait disparu. Les étagères, naguère si bien rangées, s'étaient effondrées, déversant sur le tapis les petits soldats de bois ainsi que les blocs de construction.

L'air était encore imprégné de fumée et, de la pièce voisine, s'élevait le bruit des scies et des marteaux. Les ouvriers avaient déjà commencé les réparations.

Le père et le fils, agenouillés sur le tapis bleu, avaient rassemblé entre eux les jouets abîmés ou salis de suie. Peter avait ôté sa veste qui reposait sur le dossier d'une chaise d'enfant. Sa chemise, qui sortait de son pantalon, n'était qu'à moitié boutonnée et dévoilait le haut de son torse et sa pomme d'Adam.

Sarah déglutit avec peine et détourna rapidement le regard de cette troublante vision.

L'homme et l'enfant n'avaient pas encore remarqué sa présence, aussi se permit-elle de les observer à loisir. Peter saisit un petit soldat et, à l'aide d'un pan de chemise, le nettoya. Puis il le déposa dans la pile des jouets déjà propres.

Hypnotisée par le spectacle de ses gestes minutieux, Sarah sentit l'émotion lui serrer la gorge. Peter remettait en état les jouets de son fils en prenant tout son temps. Ce n'était pas le fait d'un homme cruel et insensible, au contraire. Combien de pères auraient pris une journée de congé pour demeurer avec leur fils et polir de petits jouets de bois avec un tel soin ?

Tous deux parlaient à mi-voix et, soudain, Christopher pouffa à une plaisanterie de son père. Ce dernier sourit et Sarah retint son souffle devant la métamorphose qui s'opérait sur son visage. Lorsqu'il souriait, ses traits plutôt sévères se détendaient dans un mélange de charme juvénile et de virilité éclatante.

Comme il plaçait un soldat bien astiqué dans la main de son fils, Sarah tendit l'oreille pour saisir leurs propos :

— Celui-ci est bleu, n'est-ce pas, papa ? s'enquit Christopher en retournant le soldat entre ses doigts.

— Il *était* bleu. À présent, il est plutôt gris. Il faudra lui repeindre le visage.

— D'accord. Papa ?

— Oui, fiston ?

— C'est quoi, bleu ?

La question prit Peter par surprise. Il dut réfléchir un instant car jamais auparavant il ne s'était posé une telle question.

Comment définir une couleur ?

— Eh bien, bleu, c'est...

Il ferma les yeux et pensa très fort à la couleur bleue. Il ne pouvait répondre que c'était celle du ciel ou de l'océan, ce serait stupide. Il devait fournir une réponse que son fils soit à même de comprendre. L'univers de Christopher se résumait à des odeurs, des sons, des goûts et des sensations tactiles.

— Le bleu, c'est... la tranquillité, déclara-t-il en rouvrant les yeux. C'est ce qu'on ressent quand on est étendu dans une prairie au soleil, un jour d'été, que les rayons vous chatouillent le visage... et que les oiseaux gazouillent dans les branches.

Christopher hocha la tête, visiblement satisfait par cette explication.

— Et le noir ? reprit-il sans cesser de tripoter son soldat.

— Mmm, voyons... C'est plus difficile. Le noir est vide, comme une ardoise effacée...

— Une ardoise effacée ?

— Oups ! Non, ce n'est pas une bonne image... Le noir, c'est...

Il s'efforça de penser à quelque chose que son fils connaissait et qui ne serait pas effrayant, et il ajouta :

— Imagine-toi assis dans une grande baignoire vide en attendant qu'on la remplisse d'eau. Tu comprends ?

— Je crois, acquiesça Christopher sans grande conviction.

— Parfois, le noir peut faire peur. Comme...

— Je sais ! De temps en temps, je me sens noir.

Peter considéra son fils avec perplexité.

— Vraiment ? Explique-moi ça, dit-il.

— Eh bien... par exemple, quand je suis dans un endroit que je ne connais pas. Ou quand tante Ruth m'emmène au parc, que je ne sais pas où elle est et que j'ai peur de bouger. Ce doit être ça, le noir. Non ?

— Oui, tu as raison, convint Peter, en songeant que la description de son fils était bien meilleure que la sienne. Mais, dis-moi, te sens-tu toujours noir quand tu te promènes au parc ?

— Non. Seulement quand je ne sais pas où est tante Ruth.

Subitement mal à l'aise, Peter insista :

— Parce qu'il lui arrive de te laisser seul ?

L'enfant hésita.

— Je n'en sais rien. Parfois, elle ne dit rien pendant longtemps et j'ai peur qu'elle ne soit partie.

Le malaise de Peter s'accrut. C'était la première fois que Christopher laissait entendre qu'il ne se sentait pas en sécurité en compagnie de sa tante. Arrivait-il à Ruth de s'éclipser alors qu'elle avait la garde de l'enfant ? Ou observait-elle simplement un silence persistant que ce dernier interprétait de façon erronée ?

Quoi qu'il en soit, ce comportement perturbait Christopher. Il faudrait y remédier.

— J'en discuterai avec tante Ruth et nous veillerons à ce que tu ne te sentes plus noir quand elle t'emmène au parc, promit-il. Je suis sûr qu'elle ne s'en est pas rendu compte.

Christopher joua un instant avec son soldat, puis il demanda :

— Et moi, papa ? De quelle couleur suis-je ?

Retenant un éclat de rire, Peter répondit :

— Toi ? Voyons, je dirais... jaune.

— Jaune ? Pourquoi ?

— Tu es jaune et brillant, comme le soleil.

Christopher fronça les sourcils.

— Je croyais que le soleil était bleu ? s'étonna-t-il.

— Non, non... Jaune, c'est comme une pièce inondée de lumière.

— Et moi, je suis jaune ? répéta Christopher, encore plus déconcerté.

— Oui.

— Pourtant, je ne peux pas voir la lumière.

Il se contentait d'énoncer un fait, sans songer une seule seconde à s'apitoyer sur lui-même. Peter sentit sa gorge se nouer. Mon Dieu, comme il se sentait coupable ! Si, cette nuit-là, il n'avait pas noyé dans l'alcool sa colère et sa solitude, s'il ne s'était pas lamenté sur son sort, son fils serait sans doute capable de voir aujourd'hui.

— C'est toi, la lumière, répondit-il doucement.

Christopher réfléchit longuement, comme s'il essayait de comprendre ce que son père venait de lui dire.

— Et Sarah ? De quelle couleur est-elle ? Bleue ? Moi, je la vois bleue.

Peter, lui aussi, voyait du bleu en Sarah. Un bleu intense, comme le cœur d'une flamme, là où la température est le plus élevée.

— Attends que je réfléchisse, marmonna-t-il. Sarah est...

Aucune réponse ne lui venait spontanément.

Sarah était rose pêche lorsqu'il songeait au velouté de sa peau, rose carmin quand il pensait à ses lèvres, et bleu céruléen quand il revoyait ses yeux.

— Je crois qu'elle est rouge, acheva-t-il enfin.

Rouge. La couleur de la passion.

Sarah était une femme sensuelle, il l'avait deviné au premier coup d'œil. Lors de son entretien d'embauche, elle s'était exprimée avec fougue et, plus tard, elle n'avait pas hésité à extérioriser ses sentiments avec virulence. Et il se souvenait de ses joues qui s'étaient empourprées lorsqu'il avait pris place sur son lit, torse nu.

Soudain, les mensonges qu'elle avait proférés et la comédie qu'elle lui jouait depuis qu'elle habitait sous son propre toit lui revinrent en mémoire, et il s'écria d'un ton durci :

— Non, elle est noire !

— Noire ? Oh non, je ne pense pas ! se récria Christopher. Vous vous trompez, papa.

À cet instant, du pas de la porte, s'éleva la voix indignée de Sarah :

— Noire ? Vous me trouvez noire ?

Peter haussa un sourcil en l'apercevant debout dans l'encadrement.

— Oui. Noire comme une ardoise effacée ou une baignoire vide, confirma-t-il en guettant sa réaction.

Elle s'avança dans la pièce, prenant soin de tapoter le plancher du bout de sa canne.

— Je ne suis pas certaine de comprendre ces images ni de les apprécier, répliqua-t-elle.

— Aucune importance. Ce n'est que ma perception des choses, rétorqua-t-il.

Elle s'arrêta près de lui et il entrevit ses chevilles délicates comme elle soulevait de quelques centimètres le bas de sa robe. Bon sang ! Il mourait d'envie de glisser sa main sous ses jupons et d'emprisonner cette cheville, puis de remonter le long de sa jambe fine pour…

Au prix d'un effort, il se domina et demanda :

— Depuis combien de temps êtes-vous là, Sarah ?

— Assez longtemps, je le crains, pour qu'on puisse m'accuser d'avoir écouté aux portes, admit-elle.

Peter hocha la tête. Enfin un peu de franchise !

Le silence retomba. De sa petite voix sérieuse, Christopher s'enquit alors :

— Dites, Sarah, à votre avis, de quelle couleur est mon papa ?

16

Prise au dépourvu, Sarah balbutia :

— Eh bien… je ne sais pas…

— Est-il noir, lui aussi ? insista Christopher.

« Pas tant que ça », songea-t-elle en observant Peter à la dérobée.

Dans son esprit, tel le soldat que Christopher tenait en main, Peter commençait peu à peu à se débarrasser de sa couche de suie.

En tout cas, elle n'allait pas entrer dans le jeu des couleurs.

— Je ne connais pas assez bien ton papa pour te répondre, objecta-t-elle. Et d'ailleurs, la réciproque est vraie. Je ne vois pas sur quoi il se base pour affirmer que je suis noire !

Elle le vit sourire, avec cette expression étrange qu'il adoptait parfois en la regardant. À cet instant, le souvenir de ce qu'elle avait fait la veille, seule dans son lit, revint la hanter. Tout à coup, elle eut envie de fuir loin de lui, d'échapper à sa présence envahissante, et il lui fallut faire appel à toute sa volonté pour ne pas prendre ses jambes à son cou.

— Puis-je me joindre à vous ? demanda-t-elle d'une voix mal assurée.

— Bien sûr.

S'efforçant d'ignorer son regard, Sarah s'agenouilla à côté de Christopher en étalant les plis de sa jupe autour d'elle.

— Que faites-vous ? demanda-t-elle.

— Nous nettoyons les jouets, expliqua Christopher. Papa dit qu'il faudra repeindre le visage de ce soldat. Je regrette de ne pouvoir le voir, confessa-t-il avec un soupir attristé.

Du doigt, il tâtait le petit soldat de bois, comme pour chercher l'empreinte du visage disparu. Sarah eut pitié de lui. En dépit de son handicap, ce petit bonhomme faisait preuve d'une incroyable bravoure. Jamais il ne se plaignait. Peter avait raison : Christopher avait la force et l'énergie du jaune. Il affrontait son destin avec un courage impressionnant.

— Veux-tu savoir à quoi je ressemble ? lui demanda-t-elle soudain avec une audace qui la surprit elle-même.

— Mais… je ne peux pas vous voir.

— Bien sûr que si ! Je t'ai appris comment « voir » avec tes mains.

Après s'être tournée vers lui, elle lui saisit doucement les poignets et le guida afin qu'il pose les mains sur son visage.

— Vas-y, regarde-moi, l'encouragea-t-elle.

Christopher hésitait. La sensation tactile qu'il éprouvait en ce moment devait lui être aussi étrangère que la notion de lumière. Sarah avait déjà remarqué, en observant le père et le fils ensemble, leur manque d'intimité physique. Et, selon toute vraisemblance, Ruth Holland ne devait guère se montrer très affectueuse avec son neveu. Ce n'était pas dans sa nature. Elle avait beau aimer l'enfant et le protéger farouchement, il était sûr et certain qu'elle n'était pas très câline. Christopher ne venait-il pas d'avouer que, même en sa présence, il se sentait abandonné ?

— Vas-y, insista-t-elle.

Cette fois, l'enfant obéit, et Sarah ferma les yeux, tandis que les doigts du petit garçon se promenaient lentement sur son visage, explorant les contours de ses joues, le relief du front et des pommettes, la forme du menton. Elle gloussa lorsque, par inadvertance, il glissa l'index dans sa narine. Christopher laissa aussitôt retomber ses bras. Il ne semblait guère à l'aise dans cet exercice, ce dont elle ne pouvait le blâmer. Ils ne se connaissaient pas assez.

— Alors, qu'as-tu vu ? questionna-t-elle.

— Une bouche et un nez.

— Heureusement !

Il éclata de rire et se détendit enfin.

— Tu n'avais jamais fait cela auparavant, n'est-ce pas ?

— Non.

— C'est pourtant un bon moyen de faire connaissance avec les gens. Maintenant, au tour de ton père.

Christopher tendit les mains vers Peter qui se prêta volontiers au jeu. Sans hâte, il explora sa figure, s'arrêtant sur chaque détail : les commissures des lèvres, le lobe des oreilles, les sourcils... Il alla même jusqu'à lui tirer un cheveu.

— Aïe !

Le père et le fils éclatèrent de rire, et Sarah les regarda émue.

— Vous devriez avoir honte, Peter Holland ! déclara-t-elle soudain. Il a fallu attendre aujourd'hui pour que Christopher découvre votre physionomie. Pourquoi cet excès de pudeur ? Décidément, je ne comprendrai jamais les hommes. Le moindre contact physique les effraie !

— Pas vous ? rétorqua Peter, toujours immobile sous les petites mains qui l'exploraient.

— Non ! répondit Sarah avec un agréable sentiment de supériorité. Les femmes ne redoutent pas l'intimité, c'est ainsi.

— Dans ce cas, à votre tour.

Une note de défi vibrait dans sa voix. Désarçonnée, Sarah resta bouche bée. La pensée de toucher Peter l'effrayait et l'excitait.

— Ce ne serait pas convenable, monsieur Holland...

— *Monsieur* Holland ? Je croyais que nous étions convenus de nous appeler par nos prénoms ? Je vous trouve bien distante, *mademoiselle* Hopkins. Pourquoi ? Cela vous pose-t-il un problème de m'appeler Peter ?

Sarah se passa la langue sur ses lèvres sèches. Était-elle donc si transparente ? Après tout, elle n'était pas si bonne comédienne que cela.

Prenant une profonde inspiration, elle se raisonna. Allons, elle devenait paranoïaque. Peter n'avait aucun soupçon, il lui proposait juste de découvrir son visage, comme son fils venait de le faire... selon son idée à elle ! Et puis, c'était encore elle qui avait ironisé sur la pudeur des hommes, et Peter n'était pas du genre à se laisser moucher sans riposter.

— De quoi avez-vous peur ? la taquina-t-il.

— Je ne suis pas peureuse ! répliqua-t-elle avec une assurance qu'elle était bien loin d'éprouver.

— Dans ce cas, qu'attendez-vous ? Je vous promets, je ne mords pas !

L'étincelle de malice qui pétillait dans ses yeux irrita Sarah. Le butor ! Il se moquait d'elle.

— Très bien, à mon tour, déclara-t-elle, piquée au vif.

Facile à dire... Toucher cette bouche sensuelle, cette mâchoire carrée, après ce qu'elle avait fait la nuit dernière, au fond de son lit... C'était insensé. Pourquoi jouer ainsi avec le feu ?

Peter attendait patiemment qu'elle veuille bien se décider. Légèrement penché en avant, il arborait une expression franchement ironique qui lui donna envie de le gifler.

D'ailleurs, pourquoi se priver ?

Tendant les bras, elle balaya l'air devant son nez, puis recommença et, cette fois, fit claquer sa paume contre sa joue.

— Aïe !

— Mon Dieu ! Je vous prie de m'excuser, je ne m'étais pas rendu compte que vous étiez si près !

— Je commence à croire que vous êtes une femme dangereuse à fréquenter, marmonna-t-il avec une grimace.

— Oh ! Je suis confuse, vraiment !

— Je ne sais si je dois vous croire. Vous ne semblez pas avoir beaucoup d'estime pour les hommes, Sarah.

Après le sermon que lui avait infligé Mel la veille, Sarah accueillit cette remarque avec indignation.

— Bien sûr que si ! Pourquoi dites-vous ça ?

Elle se mit à déplacer ses mains sur son visage, en s'efforçant de penser à tout autre chose et, gênée par son regard si proche, elle ferma les yeux.

— C'est ce que m'ont fait croire certains de vos propos, poursuivit-il. Mais peut-être me suis-je trompé ? Peut-être est-ce moi que vous n'appréciez pas ?

Elle éluda la question.

— Je respectais beaucoup mon oncle. Toutefois, je trouve que fort peu d'hommes lui ressemblent.

Elle se mit mentalement à réciter l'alphabet à l'envers.

— Vous étiez très proches ?

Proches ? Trop proches, beaucoup trop proches, se dit-elle, comme lui parvenait subitement son odeur virile et grisante.

Elle était sur le point de perdre la tête.

— Pardon ? se reprit-elle dans un sursaut.

— Votre oncle ? Étiez-vous très proche de lui ?

— Oh, oui ! Malheureusement... il est mort il y a quelques années.

— Je suis désolé.

Les mains de Sarah se mirent à trembler. Incapable d'en supporter davantage, elle s'apprêtait à retirer ses mains quand Peter, devinant son intention, emprisonna ses doigts dans les siens.

— Alors ? Peur d'un simple contact physique ? ironisa-t-il.

La chaleur de ses paumes fut comme une brûlure. Vivement, elle se libéra.

— Ce n'est que mon visage, Sarah.

— Il est râpeux, intervint Christopher en se rappelant soudain à leur souvenir. Celui de Sarah est plus doux.

Peter leva alors la main pour frôler le menton de Sarah. Elle frémit et retint une exclamation. Puis, sentant ses doigts effleurer sa joue, elle se figea, le souffle court.

— Beaucoup plus doux, tu as raison, acquiesça Peter en fermant les yeux.

Ses traits exprimaient un tel plaisir, sa caresse était si douce, qu'elle ne pouvait se résoudre à se dégager comme le lui dictait son bon sens. Le pouce de Peter lui caressait maintenant la tempe, lentement, dans un mouvement circulaire qui déclencha chez elle une vague de frissons. Seigneur ! C'était si bon…

Involontairement, elle se pencha en avant et inclina légèrement la tête, pour presser sa main contre son épaule.

— Oui, beaucoup plus doux, répéta-t-il dans un murmure.

Une langueur dangereuse s'insinuait en elle. Elle reconnut les sensations étourdissantes qui l'avaient emportée la veille au soir, dans le secret de sa chambre, et la peur l'envahit. Dans un sursaut, elle s'écarta.

— Pardonnez-moi… j'ai… oublié quelque chose, bredouilla-t-elle.

Elle eut la présence d'esprit de tâtonner un peu autour d'elle à la recherche de sa canne. Puis, se relevant brusquement, elle quitta la nursery aussi vite que possible.

17

Assise près de la fenêtre de sa chambre – autrefois celle de Mary –, Sarah avait les yeux rivés sur le portrait de sa cousine qu'elle tenait à la main.

Elle avait cédé à la panique.

Comment expliquer autrement cette fuite précipitée hors de la nursery, comme si un péril s'annonçait ? Elle avait craqué, incapable de gérer la violence des émotions qui se bousculaient en elle. Il existait un lien tangible entre Peter et elle, une attirance dont elle avait une conscience aiguë. Ce n'était pas un effet de son imagination, elle l'avait lu dans son regard étincelant, ce regard avide qu'elle n'était pas censée surprendre, mais qui l'avait touchée en plein cœur.

Peur d'un simple contact physique ?

Impitoyable, il avait retourné contre elle sa pique. Et, depuis, elle n'avait toujours pas recouvré sa sérénité.

Totalement déroutée, elle étudia le portrait de Mary. Sa cousine avait-elle ressenti les mêmes transports pour Peter, ces sensations vibrantes, cet attrait presque magnétique qui, au moindre regard, lui donnait la chair de poule ? Avait-elle rêvé de ses lèvres sur les siennes ? De ses mains sur sa peau ?

Son estomac se noua au souvenir de cette bouche qu'elle avait frôlée.

Mary avait-elle jamais eu des pensées aussi audacieuses ?

Il paraissait incroyable que Sarah ait condamné sa cousine pour des sentiments qu'elle éprouvait à son tour aujourd'hui, envers le même homme, de surcroît ! À son arrivée chez lui, elle était prête à le haïr de toutes ses forces. Aujourd'hui, elle n'en était plus capable. Comment aurait-elle pu mépriser un homme si attentionné avec son enfant ? Un homme qui s'asseyait par terre pour astiquer de petits soldats de bois, qui achetait des sucettes au caramel et posait sur son fils des yeux brillants d'amour ?

Une seule chose gênait Sarah dans cette relation père-fils : l'obstination insensée avec laquelle Peter poussait son enfant vers les études. À croire qu'il n'acceptait pas son handicap. Était-ce parce qu'il se sentait terriblement coupable à l'égard de son fils ? Avait-il besoin que Christopher surmonte sa cécité pour assumer enfin ses propres remords ?

Il est vrai que Christopher était d'une intelligence exceptionnelle pour un enfant de son âge et que les exigences de son père ne semblaient pas lui peser particulièrement. Il avait parfaitement saisi ce que Sarah lui avait inculqué jusqu'à présent, et ce en un temps record. Même son langage n'était pas celui d'un enfant de six ans.

Quoi qu'il en soit, il devenait de plus en plus difficile d'imaginer Peter Holland en assassin. Mais peut-être Sarah se voilait-elle la face parce qu'elle avait *envie* de croire à son innocence ?

Comme un coup léger retentissait à la porte, elle reposa vivement le portrait sur la table.

— Qui est-ce ?

— C'est moi, Mel.

— Entre ! s'exclama Sarah en se levant d'un bond.

C'est à peine si elle attendit que son amie ait refermé la porte derrière elle pour demander :

— Sapristi, où étais-tu passée ?

— Je suis sincèrement désolée, Sarah. Pardonne-moi de ne pas être revenue hier soir, mais je me suis dit que tu devais être bouleversée par mes paroles. En tout cas, j'ai découvert quelque chose depuis qui, je pense, ne te laissera pas...

— Tu m'as abandonnée toute nue dans la baignoire !

Un éclair de malice s'alluma dans les yeux de Mel.

— Voyons, tu n'es plus une gamine, tu n'as pas besoin que je te tienne la main. Notre hôte ne t'a pas surprise en tenue d'Ève, au moins ?

— Non, Dieu merci ! Mais cela aurait fort bien pu se produire.

Mel ne parut pas émue le moins du monde par cette éventualité.

— Eh bien, tout est bien qui finit bien ! remarqua-t-elle avec philosophie.

— Cesse de me faire languir et dis-moi ce que tu as découvert, la pressa Sarah.

Mel la prit par la main et l'entraîna vers la chaise. Puis, la saisissant aux épaules, elle la força à s'asseoir.

— Te souviens-tu de ce que je t'ai dit à propos de l'alibi de Peter ?

— La fameuse Caitlin ?

— Oui. Je lui ai parlé ! Figure-toi que, ce soir-là, elle était avec lui.

— Je le sais bien, puisque c'est son témoignage qui l'a disculpé...

— Non, non ! l'interrompit Mel avec un regard entendu. Elle était *avec* lui.

Sarah comprit soudain ce que ces mots impliquaient, et une tristesse subite s'empara d'elle.

— Oh, je vois ! murmura-t-elle.

Ainsi, même s'il n'était pas dit que Peter était un meurtrier, il avait bel et bien trompé sa femme. Ce geste était certes moins répréhensible mais Sarah ne se sentait pas particulièrement soulagée.

— Sa maîtresse vivait sous son propre toit ? Eh bien, Mary avait raison, en fin de compte. Il la bafouait bel et bien.

— Non, pas selon Caitlin. D'après elle, il était ivre ce soir-là, à tel point qu'il a fini par s'évanouir, même si ses intentions premières étaient tout autres. Caitlin est restée près de lui parce qu'elle craignait qu'il ne fût malade.

Mel s'assit sur le lit, face à Sarah, et précisa :

— Du moins, elle est restée jusqu'à ce qu'elle soit certaine qu'il allait bien. Puis, elle est partie se coucher, seule, dans les quartiers des domestiques. En tout cas, Peter Holland a bien une maîtresse actuellement, une femme que Caitlin estime du genre rouée et manipulatrice.

Bien que dévorée de curiosité, Sarah s'efforça de demeurer impassible.

— Qui est-ce ? s'enquit-elle d'un ton détaché.

— Elle s'appelle Celia Morgan.

— Oh ! La femme qui a dîné ici le soir de l'incendie ?

— Exactement ! opina Mel avec un regard lourd de sens.

— J'avais cru qu'il s'agissait d'une relation d'affaires.

— L'un n'empêche pas l'autre.

Songeuse, Sarah fronça les sourcils. Elle ne parvenait pas à établir un lien entre ces diverses informations.

— Mary est morte depuis six ans. Que vient faire Celia Morgan dans tout cela ? s'interrogea-t-elle à voix haute.

— Toujours selon Caitlin, Ruth Holland a présenté Celia Morgan à son frère il y a un peu plus de sept ans. À l'époque, Celia était mariée à un riche homme d'affaires beaucoup plus âgé qu'elle. Et tiens-toi bien : elle a fait la connaissance de Peter Holland et, quelques mois plus tard, le mari était retrouvé mort dans son lit !

— Ne me dis pas que c'est elle qui l'a envoyé *ad patres*... de par son zèle à remplir ses devoirs conjugaux !

— Chut ! Laisse-moi terminer. Il paraît que la belle-mère de Celia, une femme d'un âge avancé, a clamé à qui voulait l'entendre que sa bru avait empoisonné son fils. Personne ne l'a crue et Celia, l'ayant décrétée sénile, l'a envoyée dans un hospice.

— Une histoire intéressante, commenta Sarah en hochant la tête.

— N'est-ce pas ? Surtout quand on songe que seulement quelques mois plus tard Mary était assassinée... ici même.

— Es-tu en train de me dire que tu soupçonnes de nouveau Peter ?

— S'il est vrai qu'ils sont amants... eh bien, oui, l'hypothèse se tient.

— Sarah conclut avec amertume :

— Par conséquent, Peter est maintenant un assassin et un mari infidèle.

Machinalement, elle reprit le portrait de sa cousine et se demanda ce que Mary avait éprouvé, seule, si seule dans cette maison vide, pendant que son époux batifolait avec une autre.

— Sarah ?

— Oui, soupira-t-elle en retournant le portrait contre le plateau de la table.

— Je t'en prie, sois prudente, ma chérie. Je crains de t'avoir induite en erreur en ce qui concerne Peter Holland.

— Je ne vois pas du tout de quoi tu parles, prétendit Sarah en se mettant à tripoter nerveusement le tissu qui recouvrait l'arrière du portrait.

— Je crois bien que si ! En le voyant en compagnie de son fils, je me suis forgé une opinion qui était peut-être trompeuse.

— Oui, moi aussi.

— Bon, cela ne signifie pas qu'il est forcément coupable. Malgré tout, cette éventualité reste à considérer. Il reste quelques inconnues dans cette équation bizarre. Je ne conçois toujours pas qu'il t'ait engagée en toute bonne foi, puis qu'il essaie de te tuer. Peut-être y a-t-il dans cette maison quelqu'un d'autre qui t'en veut ? De toute façon, promets-moi de rester sur tes gardes.

— Je te le promets.

Il était primordial qu'elle conserve toute sa lucidité. Tomber amoureuse d'un meurtrier ne la mènerait nulle part. Certes, elle n'en était pas encore là... Mais elle avait été bien sotte de lui accorder le bénéfice du doute. Cela ne se reproduirait pas.

Baissant les yeux, elle se rendit compte que, dans son énervement, elle avait déchiré un coin de la toile qui protégeait le dos du tableau.

— Zut ! Je l'ai abîmé...

Un détail attira alors son attention : un repli de

papier qui formait une épaisseur sous la doublure. Avec curiosité, elle arracha le reste du tissu et dégagea le dessin.

Son cœur se mit à battre la chamade tandis qu'elle étalait l'esquisse sur la table pour la lisser.

— Qu'est-ce que c'est ? demanda Mel en se penchant.

Envahie d'une émotion intense, Sarah refréna ses larmes tout en tournant vers Mel le dessin qui les représentait, Mary et elle. Sa cousine n'avait pas déchiré mais seulement plié la feuille, afin que seule la moitié où elle se situait apparaisse dans le cadre.

Ainsi, Mary ne l'avait pas totalement rayée de son existence.

Le cœur de Sarah se gonfla de joie. Ayant retourné le dessin, elle aperçut quelques mots griffonnés d'une écriture fine et racée : « Loin des yeux... mais pas loin du cœur. Je t'aime, Sarah chérie, tu me manques... »

18

— Et vous ne l'aviez jamais rencontrée avant de l'embaucher comme préceptrice ?

La question du détective privé laissa Peter songeur. Certes, il n'avait pu se départir de l'impression qu'il connaissait déjà Sarah. Mais c'était un je-ne-sais-quoi dans son attitude qui avait induit cette sensation, et non une quelconque ressemblance physique.

— Non, jamais, répondit-il avec fermeté.

Il avait hésité à engager un détective, jusqu'à ce qu'il apprenne que Mel Frank menait une enquête discrète de son côté. En effet, Caitlin était venue le trouver, très soucieuse, à cause de ce qui avait commencé comme une banale conversation pour devenir bien vite un interrogatoire en règle.

Après coup, la jeune domestique, persuadée d'en avoir trop dit, avait pris peur.

Mis au courant, Peter s'était décidé à contacter une agence de détectives, autre bien sûr que celle à laquelle il avait eu recours après la mort de Mary. Il n'était toujours pas sûr d'avoir choisi la bonne solution. La dernière fois qu'il avait eu affaire à des enquêteurs privés, ceux-ci n'avaient pas découvert le moindre indice concluant à propos du meurtre de Mary. De l'avis du précédent détective, la jeune femme avait été la malheureuse victime d'un cambrioleur. Son enquête bâclée, l'homme avait été tout droit chez les journalistes pour leur vendre les livrets du journal intime de Mary, sauf un que Peter avait conservé mais dont il n'avait jamais retrouvé la clé.

Furieux, Peter avait mis à l'abri des curiosités ce qui restait du journal que, du coup, il n'avait même pas pris la peine d'ouvrir. Le courage lui manquait pour lire les dernières pensées de sa femme.

Il reprit pied dans le présent en entendant le détective interroger Caitlin :

— Et cette femme vous a posé des questions ?

— Oui, monsieur.

— Quel genre de questions ?

Caitlin rougit en se tortillant gauchement. Elle s'en voulait beaucoup d'avoir commis ce qu'elle considérait maintenant comme une terrible indiscrétion.

— Au début, commença-t-elle avec ce fort accent irlandais qu'elle n'avait jamais perdu, elle voulait juste savoir si j'étais présente cette nuit-là... De fil en aiguille, nous avons bavardé et... Oh, je vous demande pardon ! gémit-elle en tournant vers Peter un regard implorant.

— Vous n'avez rien fait de mal, lui assura ce dernier. De toute façon, tous les détails ont déjà été largement étalés dans la presse.

L'allusion à ce qui s'était passé entre eux ce soir-là la fit rougir violemment. Il lui adressa un sourire bienveillant. Sans son témoignage qui avait révélé dans quel état lamentable il se trouvait au moment du meurtre, il aurait très certainement échoué entre les quatre murs d'une geôle et sans doute s'y trouverait-il encore aujourd'hui, à moins d'avoir été pendu.

— Je regrette tellement de lui avoir parlé ! se lamenta Caitlin d'une voix étouffée. Mais sa curiosité m'a paru naturelle... je n'y ai pas vu de mal.

— Ce n'est pas un drame, la calma Peter. Mais vous avez bien fait de venir me trouver ensuite.

Le détective intervint :

— Bien. Entre ce que vous venez de me confier et le curriculum de cette préceptrice, nous avons déjà de quoi faire.

— Elle prétend avoir travaillé à l'Institut des Aveugles. M. John Secks pourra peut-être nous renseigner, suggéra Peter.

— Êtes-vous entré en contact avec lui ? Non ? Dans ce cas, je prendrai rendez-vous.

— Merci, David, fit Peter en se levant. J'ai confiance en vous. J'espère que vous parviendrez à démêler cette affaire.

— Je ferai tout mon possible, promit le détective.

Les deux hommes échangèrent une poignée de main.

— Au revoir, mademoiselle O'Connell, ajouta le détective à l'intention de Caitlin.

Puis, il quitta la pièce, emportant avec lui le dossier de Sarah.

Peter avait bon espoir d'obtenir très rapidement des réponses à ses questions. David Schweiz avait une réputation de fin limier.

Même si Peter n'avait formulé aucune objection précise lorsque Sarah lui avait demandé la permission d'emmener Christopher se promener au parc, la jeune femme avait eu la nette impression qu'il ne voyait pas cette idée d'un très bon œil. Depuis quelque temps, il se comportait étrangement et la regardait bizarrement, comme s'il s'attendait à... à quoi au juste ? Elle l'ignorait mais commençait à redouter qu'il n'ait découvert la vérité.

L'épiait-il en espérant qu'elle se trahisse ?

Ces questions tournaient sans fin dans sa tête depuis que Mellie, Christopher et elle avaient quitté la maison. Installés sur une couverture étalée sur l'herbe, tous trois avaient assisté à un concert, profitant du temps superbe de ce mois de mai.

La journée était si agréable que Sarah se prit à souhaiter qu'elle ne finisse jamais. Christopher s'était endormi, la tête posée sur ses genoux, et elle savourait intensément cette intimité. L'affection qu'elle lui portait grandissait de jour en jour. Il était si courageux, si débordant d'énergie ! Et, chaque fois qu'il évoquait son père, l'amour et le respect qu'il lui portait bouleversaient la jeune femme.

Sarah apprenait peu à peu à voir Peter à travers le regard aveugle de son fils.

L'enfant n'était pas avide de compliments sur son père. En fait, il ne doutait absolument pas de l'estime que celui-ci lui portait et, par conséquent, il avait acquis une certaine confiance en lui en dépit de sa cécité.

Comment un homme capable d'une telle sensibilité envers son enfant aurait-il pu assassiner sa femme ? Cela n'avait aucun sens. Et, pourtant, Mary en parlait comme d'un monstre.

Décidément, Peter Holland demeurait une énigme.

Ils se décidèrent enfin à rentrer, et Sarah prit la main de Christopher dans la sienne, tandis que Mel, qui marchait en tête, se lamentait sur la distance qui restait à parcourir.

Avec enthousiasme, Christopher racontait ses impressions du concert, démontrant par là même ses aptitudes pour la musique. Doté d'une mémoire phénoménale, il se rappelait des morceaux entiers, qu'il commentait avec une pertinence remarquable. Bien qu'il eût entamé sa journée d'humeur assez maussade, il était finalement sorti de sa réserve habituelle pour devenir un petit garçon presque turbulent. Sarah en était enchantée et ne se lassait pas de l'observer.

Ce n'est qu'en atteignant la Cinquième Avenue qu'elle commença à ressentir un malaise croissant… comme si quelqu'un les épiait.

Il n'était guère difficile de suivre discrètement quelqu'un dans les rues de New York.

Le concert de Central Park venait de s'achever et la Cinquième Avenue grouillait de monde. Restant à distance prudente de son fils et des deux femmes qui l'escortaient, Peter avançait d'un pas nonchalant.

Sa méfiance s'était éveillée dès que Sarah lui avait annoncé qu'elle partait pour le parc avec Christopher.

Elle était peut-être ravissante, mais elle n'en demeurait pas moins une menteuse et une hypocrite. Il n'était pas question qu'il la laisse emmener son fils hors de la maison avant d'avoir découvert ce qu'elle mijotait. Après tout, peut-être avait-elle des intentions criminelles ? Durant tout le temps qu'avait duré le concert, il s'était tenu en retrait, surveillant de loin le trio. Ne se sachant pas épiée, Sarah n'avait pas pris la peine de jouer son rôle d'aveugle, même si elle avait gardé ses lunettes. Toute son attention s'était concentrée sur Christopher que, manifestement, elle dévorait du regard. Elle se montrait si attentive aux moindres gestes de l'enfant que Peter, une fois de plus, avait trouvé quelque chose de familier dans son attitude.

Pour l'heure, trois choses lui apparaissaient évidentes : primo, Sarah Hopkins n'était certainement pas aveugle ; secundo, pour une raison inconnue, elle vouait une immense affection à Christopher ; et, tertio, elle l'obnubilait totalement.

Le simple fait de la regarder faisait naître en lui un désir presque douloureux.

La veille, alors qu'elle prenait son bain, il avait été incapable de se concentrer sur le dossier qu'il devait étudier et qui concernait un projet d'investissement dans un nouveau restaurant. Il avait beau s'en défendre, l'image de son corps nu et alangui ne cessait de le hanter. Il imaginait ses cheveux sombres cascadant sur ses épaules nacrées, ses seins se parant de mousse. Quelques gouttes perlant à ses longs cils noirs, elle ouvrait les paupières et levait vers lui ses immenses prunelles bleues…

Ces images avaient défilé dans son esprit sans lui laisser le moindre répit.

Maintenant encore, parmi la foule pressée, et bien que séparé d'elle par plusieurs dizaines de mètres, il sentait l'excitation monter en lui.

Mais il y avait pire.

Le spectacle attendrissant de Sarah, la tête de Christopher sur les genoux, avait réveillé une envie profonde qu'il gardait enfouie en lui depuis une éternité.

Depuis la mort de Mary, pas une fois il n'avait envisagé de refaire sa vie. Son fils le comblait et il se satisfaisait amplement d'être père.

Or, aujourd'hui, ce bonheur ne lui suffisait plus.

Le soir, quand il se couchait, sa main se portait brusquement vers l'espace vide et froid à côté de lui… Ses pensées l'entraînaient alors vers celle qui occupait la chambre voisine et la passion enflammait ses sens.

Quant à Celia, il avait parfois du mal à se souvenir de son existence. D'autres désirs s'étaient emparés de lui, des désirs qu'il n'avait jamais connus auparavant, même avec Mary.

Curieusement, cette étrangère qui s'était installée chez lui avait réussi à lui faire prendre conscience qu'un autre homme existait en lui. Un homme qui aspirait à l'Amour tel que le chantent les poètes. Auparavant, il se moquait de ces discours enflammés sur le sentiment amoureux et l'exaltation de l'âme. Fariboles ! Sornettes ! pensait-il avec un certain mépris. Non, il n'avait jamais cru à l'amour.

Jusqu'à ce qu'il se réveille, chaque matin, obsédé par la pensée de Sarah toute proche.

Elle le rendait fou.

Il se rendit compte tout à coup qu'il les suivait de bien trop près. Sarah venait de se retourner pour jeter un coup d'œil par-dessus son épaule. L'avait-elle repéré ?

Ralentissant l'allure, il décida d'attendre que les deux femmes et l'enfant aient traversé la rue pour reprendre sa filature.

Peter les suivait, elle en était convaincue, à présent.

Sarah était furieuse. Il ne lui faisait donc pas confiance. Confiance qu'elle ne méritait pas mais, pourtant, contre toute logique, ce constat la mettait hors d'elle.

Était-elle seulement vexée ? Ou anxieuse parce qu'il avait deviné quelque chose ? Et d'ailleurs, que savait-il au juste ?

Tout à coup, elle ne parvenait plus à réfléchir.

— Mel, peux-tu prendre la main de Christopher, s'il te plaît ? pria-t-elle.

— Pourquoi ? Que se passe-t-il ?

— Rien, je suis juste un peu fatiguée.

— La journée a été plutôt longue, convint Mel en prenant la main de l'enfant pour lui faire traverser la rue.

Sur le trottoir, Sarah hésita. Devait-elle attendre, pour voir si Peter l'apostropherait ? Peut-être sa présence n'était-elle qu'une coïncidence ? Peut-être les avait-il aperçus de loin et se contentait-il de les observer, pour juger de la façon dont ils se déplaçaient dans la rue ? Après tout, il n'avait aucune raison de la soupçonner. En sa compagnie, elle avait toujours été d'une grande vigilance.

À moins que…

Avait-il surpris son mouvement quand, à l'instant, elle avait jeté un regard par-dessus son épaule ? S'était-elle trahie au parc, tout à l'heure ? Quelle idiote ! Toute à sa joie d'être avec Christopher, elle en avait oublié de se surveiller. Depuis combien de temps les espionnait-il ?

Sarah descendit du trottoir et, incapable de se retenir, se retourna pour voir si Peter était toujours là. Elle ne le vit nulle part, ce qui la conforta dans l'idée qu'il les avait sans doute épiés un instant par curiosité, avant de vaquer à ses affaires du moment.

Une dernière fois, elle scruta la foule afin de s'assurer qu'il ne se dissimulait pas derrière quelqu'un, ou dans le renfoncement d'une porte cochère.

Absorbée, elle ne vit pas l'attelage qui se rapprochait à toute vitesse dans un sinistre martèlement de sabots…

Peter vit la voiture trop tard.

Il avait profité du passage d'un groupe de jeunes gens pour traverser la Cinquième Avenue et garder une certaine distance entre Sarah et lui. Les yeux écarquillés d'horreur, il vit l'attelage foncer sur la jeune femme immobilisée au milieu de la chaussée.

Le cocher allait la voir, il ne pouvait faire autrement. Il l'éviterait…

Pourtant, la voiture ne déviait pas de sa trajectoire et, lancés à toute allure, les chevaux filaient, crinière au vent.

Inconsciente du danger qui fondait sur elle, Sarah n'avait toujours pas bougé. Seigneur, était-elle sourde ?

— Saraaaah ! hurla-t-il.

Il s'élança, tout en sachant qu'il ne pourrait la rejoindre à temps. C'était impossible.

— Sarah ! Sarah !

19

Alertée par le cri d'un passant, Sarah pivota légèrement. Ce mouvement lui évita d'être fauchée et piétinée par le cheval de tête. Seule son épaule heurta le flanc de l'animal et elle fut projetée sur le côté, le souffle coupé par le choc. Sa tête heurta le pavé.

Et les ténèbres l'engloutirent.

Lorsqu'elle reprit conscience, sa vision était brouillée. Elle distinguait vaguement un visage penché sur elle. Sa tête lui faisait horriblement mal. Elle referma les yeux. Il lui était impossible de fixer son attention sur quoi que ce soit.

— Vous avez décidé de vous suicider, c'est ça ?

La voix masculine, frémissante de colère, lui parvenait de très loin. Désorientée, elle tenta de rouvrir les paupières. En vain. La douleur pulsait dans son crâne, impitoyable. Elle poussa un gémissement.

La voix de Mel s'éleva, outrée :

— Vous avez vu cela ? Le conducteur ne s'est même pas arrêté !

— Oui, j'ai vu, répondit Peter avec un calme déconcertant.

Sarah dut fournir un effort démesuré pour articuler :

— Que… s'est-il… passé ?

— Ce type a essayé de te tuer ! s'écria Mel, au comble de l'indignation.

— J'ai si mal à la tête…

— Ce n'est pas étonnant, dit Peter, radouci.

— Il n'a même pas ralenti ! L'immonde salaud ! vitupérait toujours Mel.

Sarah avait renoncé à ouvrir les yeux. Elle entendit la voix effrayée de Christopher tout près :

— Est-ce qu'elle va bien, papa ?

— Je ne sais pas.

— Je… Ça va, Christopher, balbutia-t-elle.

Elle tenta de se redresser et, avec un cri de douleur, retomba sur le dos.

— Restez tranquille ! lui intima Peter. Dites-moi plutôt pourquoi quelqu'un en voudrait à votre vie.

— Personne… ne m'en voulait… avant que je fasse votre connaissance.

Comme il se penchait pour glisser un bras sous ses épaules, elle sentit son parfum musqué et, avec un abandon total, elle se blottit contre lui. Il la souleva, et elle poussa un soupir, le nez enfoui contre sa chemise tiédie par les rayons du soleil.

— Vous n'allez tout de même pas insinuer que tout cela est ma faute, rétorqua-t-il d'un ton qui manquait d'assurance.

— Vous pourriez peut-être m'apporter quelques éclaircissements à ce propos, riposta-t-elle en dépit de la douleur persistante.

— Papa, que s'est-il passé ? demanda Christopher.

Le pauvre enfant ne comprenait rien à la situation, personne n'ayant jugé utile de lui expliquer ce qui s'était produit. Tout le monde avait été surpris par la rapidité avec laquelle l'accident s'était déroulé.

— Je n'en sais trop rien, fiston. On dirait bien que quelqu'un n'aime pas Sarah autant que toi et moi.

Doucement, il remit la jeune femme sur pied. Un vertige la saisit, sans qu'elle sût au juste s'il était provoqué par le traumatisme subi ou les paroles que Peter venait de prononcer.

— Vous... vous m'aimez bien ? bredouilla-t-elle sans réfléchir.

Aussitôt, elle s'en voulut d'avoir posé une question aussi idiote. Mais, c'était plus fort qu'elle, elle se sentait toute chose.

— Cela vous surprend ? murmura-t-il en baissant les yeux sur elle.

— Un peu, oui.

— Pourtant, c'est la vérité. Je vous aime. Beaucoup.

Et c'était la vérité, même s'il n'avait pas confiance en elle.

Ils étaient tous installés dans le salon, Sarah, Ruth, Christopher et lui, Peter, dans une atmosphère détendue qui lui rappelait l'époque lointaine où il était en famille, avant que son père ne commence à boire.

En ce temps-là, Ruth était une jeune fille sérieuse et solitaire, toujours plongée dans ses pensées.

Aujourd'hui, le dos droit contre le dossier de sa chaise, elle regardait d'un air réprobateur Sarah et Christopher qui s'étaient assis sans façon sur le tapis.

Peter n'avait pas manqué de remarquer l'hostilité de sa demi-sœur à l'égard de Sarah. Sans doute parce que cette dernière était si jolie. Étant elle-même dépourvue de toute beauté, Ruth avait toujours eu du mal à tolérer cette vertu chez les autres femmes. Peter y voyait une référence à leurs propres mères, si différentes l'une de l'autre. Ruth parlait toujours de la seconde épouse de son père comme d'une personne vaine et superficielle, ce qui était faux. Elle était tout simplement charmante et d'un caractère heureux.

Aux yeux de Peter, Ruth avait parfois l'air égarée dans un monde où elle n'était jamais à sa place. Il regrettait les luttes de pouvoir qui existaient entre eux et, cependant, il était heureux de lui offrir un toit où elle se sentît bienvenue et utile. En vérité, il la plaignait car quelque chose en elle, qui n'avait rien à voir avec son physique ingrat, éloignait les hommes et les effrayait.

Sarah, en revanche, possédait une qualité plus précieuse encore que la beauté : une sorte d'aura lumineuse qui agissait comme un aimant sur son entourage.

Pour l'heure, penchée vers Christopher, elle tenait un livre composé de feuillets métalliques imprimés de points que l'enfant touchait du bout des doigts avec une extrême concentration.

— Tu sens la différence, Christopher ?

— Oui.

— Quelle est cette lettre ?

— Un F.

Sarah tâtonna à son tour et passa la pulpe de son index sur la lettre que Christopher venait d'examiner. Elle avait repris avec conviction son rôle d'aveugle.

— Non, chéri, c'est un D. Elles se ressemblent beaucoup, mais le dessin est inversé.

— Je suis fatigué ! protesta soudain Christopher.

— Essaie encore, lui intima Peter.

En dépit de la méfiance que lui inspirait Sarah, il ne pouvait nier qu'elle savait s'y prendre avec son fils. Elle semblait également maîtriser le braille, ce qui l'amena à se demander pourquoi elle avait pris la peine d'apprendre ce système si elle n'était pas aveugle.

Qui diable était-elle ?

Cette question le harcelait.

Qui était cette femme qui donnait autant de son temps à Christopher et lui enseignait le braille avec une patience angélique ?

À cet instant, la jeune femme se redressa.

— Peter ? appela-t-elle sans tourner la tête vers lui.

Elle était plutôt bonne à ce petit jeu, mais pas assez pour le tromper.

— Oui ?

— Si Christopher est fatigué, nous allons arrêter la leçon.

Il la vit se raidir imperceptiblement, comme pour se préparer à la bataille, et il réprima un sourire. De façon étrange, cette comédie, qui aurait dû l'irriter et décupler ses soupçons, l'amusait et excitait sa curiosité. Loin de s'emporter contre son incroyable culot, il se surprenait à admirer la pureté de son profil et ses lèvres pulpeuses couleur framboise. Comme elle ne se séparait jamais de ses lunettes, il avait pris l'habitude de regarder sa bouche chaque fois qu'il s'adressait à elle.

Brusquement, il eut envie de se retrouver seul avec elle.

— Tu as envie d'aller te coucher, Christopher ?

— Oui, papa. Mes yeux se ferment tout seuls.

— Bon. Ruth, veux-tu l'accompagner dans sa chambre, s'il te plaît ?

— Peter…

Il savait ce qui allait suivre. Ruth avait intercepté le regard qu'il posait sur Sarah. Elle savait parfaitement pourquoi il souhaitait rester en tête à tête avec la jeune femme. Et elle ne l'entendait pas de cette oreille.

— Il est temps que Christopher aille au lit, coupa-t-il d'un ton qui ne souffrait pas la réplique.

— Je peux m'en occuper, proposa Sarah.

— Non, inutile.

Avec un regard lourd de reproche, Ruth se leva et prit son neveu par la main.

— Bonne nuit, fiston, dit doucement Peter.

— Bonne nuit, papa.

Tandis que Ruth s'éloignait avec l'enfant, un silence tendu retomba dans la pièce. Enfin, Sarah murmura :

— Je crois que votre sœur ne m'apprécie guère.

— Voilà qui ne manque pas d'intuition, acquiesça Peter, qui ne voyait aucune raison de nier l'évidence.

— J'ai essayé de lui parler mais, apparemment, elle n'a pas apprécié mes efforts de conciliation. Si je l'ai offensée de quelque manière que ce soit, j'en suis navrée. Je n'avais pas l'intention de…

— Vous n'êtes pas responsable. Voyez-vous, ma sœur est très protectrice envers sa famille. Et depuis la mort de mon épouse, je crains que Celia ne soit la seule personne à s'attirer ses bonnes grâces.

À ces mots, l'intérêt de Sarah s'éveilla. Enfin elle avait l'occasion d'en apprendre plus.

— J'imagine que votre sœur aimait beaucoup votre femme ?

— À vrai dire, j'ignore quelle opinion Ruth avait

de Mary. Ma sœur n'a jamais été très prolixe sur les femmes qui ont compté dans ma vie. Toutefois, elle sait que le décès de Mary m'a beaucoup affecté. En fait, mon existence entière a été dévastée, ajouta-t-il tristement.

Sarah retint son souffle. Il lui était très difficile d'aborder le sujet, mais c'était la première fois que Peter évoquait Mary si librement, et elle devait l'inciter à continuer.

— Vous étiez très amoureux d'elle ? demanda-t-elle doucement.

— Bah, je ne suis pas sûr qu'à l'époque je savais en quoi consistait l'amour.

— Que voulez-vous dire ?

— J'adorais Mary et je lui ai donné autant que j'ai pu. Elle était ravissante, charmante, pleine d'esprit. J'ai cru pouvoir la rendre heureuse.

Mais tout le monde sait que vous avez fait de sa vie un enfer ! eut-elle envie de répliquer, envahie par une soudaine révolte.

Ses yeux se remplirent de larmes et elle fut soulagée que ses lunettes masquent le chagrin qu'elle ne pouvait réprimer.

— Vous n'y êtes donc pas arrivé ? s'enquit-elle d'une voix brisée.

— Non. J'ai essayé, pas assez sans doute. Mary méritait mieux.

Cette franchise sans fard dérouta Sarah. Était-il en train de lui jouer la comédie du veuf éploré et bourrelé de remords ? Mais quel intérêt de mentir au sujet de ses sentiments, alors que Mary était morte et enterrée depuis si longtemps ?

— Mary était une excellente mère, précisa-t-il encore avec un sourire nostalgique.

Sarah brûlait de lui poser des questions mais

n'osait pas, de peur d'éveiller ses soupçons. Saisissant sa canne, elle se leva.

— Je devrais peut-être aller me coucher, moi aussi, dit-elle en prenant bien garde à fixer le motif alambiqué de la tapisserie murale. La journée a été éprouvante.

— C'est un euphémisme !

Il laissa passer quelques secondes, puis demanda :

— Vous ne savez vraiment pas qui pourrait en vouloir à votre vie ? Le conducteur de cet attelage a délibérément tenté de vous écraser.

— Non, je n'en ai pas la moindre idée, je vous l'ai dit.

— Vous avez eu beaucoup de chance. Vous auriez pu être tuée.

— Heureusement, je suis toujours en vie.

— J'en suis très heureux.

Sarah frémit à ces mots. Puis, ne sachant comment réagir, elle toussota.

— Je… je vais me retirer pour la nuit, balbutia-t-elle.

— De quoi avez-vous peur, Sarah ?

— Je… je ne suis pas sûre de comprendre ?

Figée, elle le vit appuyer son coude sur le bras du fauteuil et poser son menton sur son poing, tandis qu'il l'enveloppait d'un regard scrutateur.

— Je ne mords pas, vous savez.

— Vraiment ? Eh bien, moi si !

La situation dérapait. Elle devait quitter cette pièce au plus vite. De nouveau, il s'amusait à jouer avec ses nerfs. Elle n'allait pas rester là, telle une biche aux abois.

Le voyant se lever brusquement, elle tourna les talons pour se diriger vers la porte, le cœur battant. Plus rapide qu'elle, il l'attrapa par le poignet.

— Qu'est-ce qui vous prend ? s'exclama-t-elle, furieuse qu'il ose porter la main sur elle.

— Quoi ? Vous auriez peur d'un simple contact physique ? se moqua-t-il.

Elle retint une exclamation lorsqu'il lui ôta ses lunettes d'un mouvement preste qu'elle n'avait pas anticipé. D'instinct, elle chercha à récupérer son bien qu'il mit promptement hors de sa portée. Consciente de son erreur, Sarah se força à laisser retomber son bras et ferma les yeux.

— Vous avez un visage superbe... et des yeux magnifiques, murmura-t-il.

— Vous devenez trop familier, monsieur Holland. Cessez de prendre des privautés avec moi et rendez-moi mes lunettes.

— Ouvrez les yeux, Sarah.

— Non. Je ne suis pas à l'aise sans mes lunettes.

— Vous oubliez que j'ai un fils aveugle et que je suis habitué...

— Je ne suis pas votre fils ! Ni votre femme, au demeurant, et vous n'êtes pas autorisé à me donner des ordres.

Loin d'obtempérer, il glissa la main sous son menton pour tourner son visage vers lui. Du pouce, il lui caressa la joue et elle tressaillit, suffoquée par les sensations qui se déchaînaient en elle à ce simple contact. Mon Dieu ! Que se passerait-il s'il lui prenait l'envie de l'embrasser ?

Aurait-elle la force de le repousser ?

D'un geste vif, elle se dégagea. Il n'insista pas.

— Eh bien, bonne nuit, mademoiselle Hopkins, dit-il d'une voix où perçait l'amusement.

Partagée entre le soulagement et la déception, Sarah demeura immobile quelques secondes. Puis, elle bredouilla :

— B… bonne nuit, monsieur Holland.

Comme elle se détournait, il la rappela avec ironie :

— Vous n'oubliez pas quelque chose ? Vos lunettes…

Il lui glissa l'objet dans la main et elle frémit en le devinant tout proche d'elle.

— Faites de beaux rêves, dit-il encore, lui chatouillant la nuque de son haleine.

— Vous… aussi.

Ses jambes se dérobaient sous elle. Prenant une profonde inspiration, Sarah redressa les épaules et s'éclipsa sans attendre, de peur de se ridiculiser en tombant en pâmoison à ses pieds.

20

Extrait du journal de Mary Holland.
Le 5 janvier 1880

Je ne sais que croire.

Peter et moi, nous ne parlons plus. Il passe tout son temps en compagnie de Celia. Quand elle vient à la maison, elle m'adresse à peine un regard et va tout de suite le rejoindre dans son bureau. Se sent-elle coupable ? Me déteste-t-elle ? J'ignore quels sont ses sentiments à mon égard, mais il me semble que Peter et elle seraient ravis d'être débarrassés de moi ! Je n'ose provoquer une confrontation. Si jamais ils étaient innocents, comment Peter réagirait-il ?

D'un autre côté, s'ils sont amants, je me dois d'intervenir. Je ne vais pas laisser sombrer mon couple sans rien faire. Papa ne m'a certainement pas élevée dans la résignation ni la lâcheté.

Que faire, mon Dieu ?

Je dois parler à Celia, c'est la seule solution raisonnable…

Avec un soupir, Sarah referma le journal.

Elle commençait à comprendre que le temps allait bientôt lui manquer. Son instinct l'avertissait que Peter savait quelque chose. Si elle ne découvrait pas rapidement le dernier livret du journal de Mary, elle perdrait tout. Peter la jetterait dehors et jamais elle ne reverrait Christopher.

En revanche, si elle parvenait à prouver qu'il avait bel et bien tué sa femme…

Mais comment chercher les indices qui le confondraient quand son cœur lui criait qu'il était innocent ?

De nouveau, un soupir lui échappa. Elle s'était vraiment mise dans une situation inextricable.

Sarah se leva brusquement et tira le rideau pour jeter un coup d'œil au-dehors. Un mouvement furtif attira son attention et elle se mit à scruter la rue, tandis qu'un malaise sournois l'envahissait. Il n'y avait personne, hormis quelques passants pressés. Pourtant, elle aurait juré avoir entraperçu une silhouette, quelques secondes plus tôt, là-bas, près de cette porte cochère…

Quelqu'un l'épiait, elle en aurait mis sa main au feu. Mais qui ?

Ce n'était pas la première fois qu'elle éprouvait cette impression désagréable, cependant elle n'avait jamais réussi à prendre la personne sur le fait.

Celia Morgan n'avait pas reparu depuis le soir de l'incendie. Sarah ne l'avait jamais croisée, mais elle l'avait entendue faire irruption dans le bureau de Peter en vitupérant. Quelle était la raison de cette colère ? S'agissait-il d'une banale querelle entre amants ? Ou d'un conflit beaucoup plus sérieux ? Était-ce la jeune femme qui l'espionnait, tapie dans la rue ?

D'un geste énervé, Sarah laissa retomber le rideau et se mit à arpenter la chambre. Depuis un bon moment déjà, elle attendait Mel qu'elle avait fait quérir par une domestique. Et l'impatience la gagnait. Oui, elle n'avait que trop perdu de temps. Ce soir, elle mettrait son plan à exécution.

Quand enfin un coup retentit à la porte, Sarah ne put s'empêcher de sursauter, tant ses nerfs étaient mis à rude épreuve. Dès que Mel franchit le seuil, elle l'attira vivement à l'intérieur.

— Vite ! lui intima-t-elle en la repoussant loin de la fenêtre.

— Seigneur, que se passe-t-il ? Je commence à croire que cet accident t'a dérangé le cerveau ! protesta Mel.

— Ce n'est pas impossible. Plus je réfléchis, plus j'aboutis à des conclusions insensées.

Mel lui décocha un regard soupçonneux.

— Sarah, tu me fais peur ! Il se passe vraiment des choses étranges dans cette maison. Je me fais beaucoup de souci pour toi et je commence à croire que nous devrions...

— Quelqu'un surveille ma chambre de la rue, la coupa Sarah avec animation. Je le sais, j'ai entrevu une silhouette à plusieurs reprises. Et je suis sûre que cette personne est là, en ce moment même, cachée dans un recoin.

Mel émit un grognement entendu :

— Tout cela ne me dit rien qui vaille. Je ne vois pas ce que nous gagnerions à rester ici. J'ai beau chercher, je ne trouve aucune preuve de la culpabilité de Peter. En fait, tous les habitants de cette maison sont persuadés qu'il n'a pas tué sa femme.

— Je suis d'accord avec eux.

— Dans ce cas, faisons nos valises et partons. Je t'en prie, Sarah ! Cette ambiance me donne la chair de poule...

— Laisse-moi encore une nuit, Mel. Je vais

tâcher de mettre la main sur ce maudit journal. Demain matin, quoi qu'il advienne, nous partirons, je te le promets. Mais accorde-moi cette dernière chance.

— Que vas-tu faire ? s'enquit Mel avec une inquiétude soudaine.

— J'ai besoin de ton aide. Comme je te l'ai dit, quelqu'un m'épie de l'extérieur. Tu vas rester ici pour faire croire à ma présence, pendant que moi, j'irai fouiller la bibliothèque et le bureau.

— C'est trop dangereux ! Et si jamais Peter te surprenait ? N'oublie pas de quoi il est peut-être capable...

— Je n'ai pas le choix. Je dois prendre ce risque.

— Sarah...

— Réfléchis, Mellie. Si Peter est innocent, que se passera-t-il demain ? Vais-je aller le trouver pour lui dire : « Désolée, je vous ai menti et, devinez quoi ? Je suis en réalité la cousine de Mary et je souhaite désormais faire partie de la vie de Christopher » ? Comment crois-tu qu'il réagira ? Penses-tu vraiment qu'il passera l'éponge ? Non, il m'interdira de revoir son fils. Et ça, je ne le supporterai pas !

Mel se déplaça dans la pénombre qui avait envahi la pièce. Elle s'assit sur le lit.

— Je comprends ce que tu ressens, acquiesça-t-elle enfin. Mais tout cela était prévisible, non ?

— Au début, j'étais convaincue de sa culpabilité. Je n'ai pas réfléchi et je me suis jetée dans cette aventure. Aujourd'hui, une nouvelle logique s'impose à moi, et je suis terrifiée à l'idée de perdre Christopher. Oh, Mellie ! Qu'allons-nous faire ?

Le cri désespéré de Sarah résonna contre les murs. Mellie secoua la tête :

— Je n'en sais rien. Trouve ce maudit journal !

Le silence retomba. Puis, Sarah se mit à battre nerveusement du pied contre le plancher.

— Je dois absolument découvrir si Peter est coupable ou non. Je ne supporte plus ce doute. Veux-tu m'aider, Mellie ?

— Bien entendu. Qu'attends-tu de moi ?

— Que tu prennes ma place et dormes dans cette chambre pendant que je cherche ce fameux journal. Ainsi, la personne qui m'observe n'y verra que du feu.

— Ce n'est pas compliqué, convint Mel. N'empêche, je m'inquiète pour toi. Qu'arrivera-t-il si Peter te surprend dans son bureau ?

— Je serai très prudente. Dis-moi, les lumières sont-elles éteintes dans la maison ?

— Oui. Apparemment, tout le monde dort.

— Bon. Alors, je ferais mieux de ne pas perdre de temps.

— Attends encore un peu ! supplia Mel. On ne sait jamais...

— D'accord. Mais, après mon départ, promets-moi de ne pas allumer la lumière, quoi qu'il advienne.

Mel hocha la tête. Elle garda le silence un moment, puis demanda :

— Sarah, qu'y a-t-il entre Peter et toi ?

— Je... je ne sais pas. C'est très déroutant. Quand il entre dans la même pièce que moi, je n'arrive plus à respirer ni à réfléchir...

— Tu as peur ?

— Seulement de moi-même, confessa Sarah. Si tu savais les pensées diaboliques qui me viennent alors à l'esprit... Oh, Mellie ! Je ne me reconnais pas !

Sur le trottoir d'en face, la femme tapie à l'angle d'un immeuble risqua un coup d'œil vers la fenêtre de Sarah.

Vêtue d'un pantalon et d'une veste, les cheveux dissimulés sous un large chapeau, elle passait aisément pour un garçon maigrichon. Personne ne pouvait deviner qu'elle était du beau sexe et s'étonner de voir une femme traîner ainsi accoutrée dans la rue à une heure pareille.

Sarah Hopkins n'était pas seule dans sa chambre.

Était-il possible qu'elle soit en compagnie de Peter ? Cette pensée la révulsait. Elle n'avait pas réagi assez vite. S'il lui prenait l'envie d'épouser cette garce... que lui resterait-il, à *elle* ?

Non, elle devait intervenir, et cette fois prendre les choses en main, au lieu de confier le travail à des abrutis incapables. Il fallait agir et ce soir même, avant que la situation ne dérape et qu'elle ne perde tout... avant que quelqu'un ne devine que tous ces accidents n'en étaient pas.

Peter commençait à avoir des soupçons. Elle avait bien vu son visage lorsqu'il s'était penché sur le corps inerte de Sarah, juste après le passage de l'attelage. Une fois rassuré sur le sort de la jeune femme, il avait regardé l'endroit où avait disparu la voiture avec une expression terrible. Oui, sa méfiance était en éveil, c'était indubitable.

La femme reporta son attention sur la fenêtre. Entre les pans de rideaux, elle distingua deux silhouettes proches du lit. Impossible de discerner leurs traits dans cette pénombre ! Mais quelque chose lui disait que Peter était là, avec cette traînée.

« Va-t'en ! Laisse-la, elle ne peut t'apporter que du

malheur ! Va-t'en ! Va-t'en ! », se mit-elle à prier rageusement.

Que fabriquaient-ils, seuls dans le noir ?

Elle retint son souffle comme la porte s'entrouvrait. Puis, l'une des silhouettes disparut dans le couloir.

Un soupir de soulagement lui échappa. Sarah était seule.

Elle s'attarda encore quelques minutes, épiant la jeune femme qui se préparait à se coucher. Puis, quand tout mouvement cessa dans la pièce, elle se rapprocha furtivement.

Une forme humaine se dessinait sous les draps. À l'intérieur, Sarah Hopkins dormait dans le lit de Mary Holland. Cette vision lui donna une forte impression de déjà-vu. Un sourire mauvais lui vint aux lèvres et une jubilation cruelle l'envahit.

Ce soir, elle passerait à l'action.

21

La grande maison était silencieuse. Sur la pointe des pieds, Sarah se dirigea vers la bibliothèque. Elle comptait chercher là avant de s'intéresser au bureau de Peter, juste au cas où celui-ci se serait attardé à son travail. Il lui faudrait déjà un bon moment pour faire le tour des rayonnages.

Doucement, la jeune femme poussa la porte restée légèrement entrebâillée. La pièce était plongée dans l'obscurité, mais les volets ouverts laissaient entrer les rayons de lune qui tombaient sur le parquet ciré et luisant. Au parfum de la cire se mêlait celui des livres anciens, odeur familière qui évoquait pour Sarah son enfance.

Elle était si petite au moment du décès de ses parents qu'elle se souvenait à peine d'eux. Seules quelques vagues réminiscences lui revenaient parfois : la bibliothèque de son père, le parfum de sa mère, sa voix douce et tranquille… Tous deux avaient péri dans des circonstances tragiques après un dîner un peu trop arrosé. Sa mère avait perdu l'équilibre au bord d'une falaise et son père avait tenté de la retenir… Ils avaient basculé dans le vide et Sarah, leur fille unique, était partie vivre chez son oncle à Boston.

Aujourd'hui encore, sa peine demeurait vive. Elle

avait plus que jamais le sentiment d'être orpheline. Plus tard, son oncle l'avait quittée et, tout de suite après, Mary. Sarah avait toujours cru qu'elles se réconcilieraient un jour mais, sans prévenir, la mort avait fauché sa jeune cousine, l'arrachant à son affection, la laissant seule avec ses remords et son chagrin.

Et qu'avait-elle fait pour racheter ses erreurs passées ? Elle s'était introduite dans la maison de Mary et était tombée amoureuse de l'homme qu'elle avait tant critiqué sans le connaître.

Cet aveu fait à sa conscience la tétanisa.

Aimait-elle réellement Peter Holland ?

Oui, elle le sentait au plus profond de son cœur. Il était si facile de l'aimer quand on le voyait en compagnie de Christopher, que Sarah se plaisait à considérer comme son neveu. Depuis des jours, elle était obsédée par son visage viril, son regard, son sourire… Comment ne pas aimer un homme aussi séduisant ?

La beauté du diable…

Résolument, elle se secoua. Elle devait se concentrer. La bibliothèque était vaste et il lui fallait en examiner les moindres recoins. Le temps pressait.

Elle s'occupa tout d'abord des étagères placées près de la porte. Son regard se promena sur la tranche des recueils, à la recherche d'une logique de classement : *Histoire de l'Angleterre, de la chute de Wolsey à la défaite de l'Armada espagnole*, de J. A. Froude ; *Étude de l'histoire de la Renaissance*, de Walter Peter…

Son regard remonta sur le rayon supérieur et accrocha une plaque de cuivre sur laquelle était gravée l'inscription : « Recueils historiques ».

Sachant que sa cousine portait peu d'intérêt à ce domaine, Sarah décida de sauter cette section pour passer à la suivante. Mary préférait les réflexions mystiques sur l'existence, la théologie, ainsi que les classiques de la littérature. Voyons, quels étaient ses auteurs favoris… ?

Les titres défilaient : *Loin de la foule*, de Thomas Hardy ; *Tom Sawyer*, de Mark Twain, *De l'origine des fables*, de Bernard de Fontenelle… La collection d'œuvres contemporaines de Peter Holland était impressionnante.

Comme elle tendait la main pour saisir *L'Origine des mythes*, elle se figea en percevant un bruit léger. Elle n'eut pas le temps de se retourner. La voix de Peter claqua, la faisant sursauter :

— Vous avez des insomnies ?

Le cœur de Sarah bondit dans sa poitrine et elle pivota sur elle-même. Bon sang ! que faisait-il là ? L'avait-il entendue ? Mais non, elle n'avait fait aucun bruit. Quant à lui, il avait vraiment une démarche de chat.

Prise sur le fait, elle ne savait que dire.

— Je… j'ai perdu mon chemin, expliqua-t-elle avec gaucherie.

— On le dirait bien.

— J'ai fait mander Mel tout à l'heure… et comme elle n'est pas venue… j'ai cru devoir aller la chercher moi-même, improvisa-t-elle encore.

— Dans la bibliothèque ?

— J'y suis entrée par erreur, je vous le répète.

— Et pourquoi y êtes-vous encore ?

— Je… j'essayais de retrouver la sortie.

Sa voix sonnait faux. Elle pesta mentalement contre elle-même. À présent, elle passait pour ce qu'elle était : une menteuse doublée d'une idiote.

— Je vois, dit-il. Vous cherchiez donc la porte ?

Il la regardait droit dans les yeux et, soudain, avec un frisson de terreur, elle se rendit compte qu'elle ne portait pas ses lunettes.

Le voyant faire un pas dans sa direction, elle déglutit avec peine.

Son visage restait dans l'ombre, mais le clair de lune illuminait sa large poitrine. Il était torse nu et ce spectacle la troubla autant que l'autre jour, lorsqu'il était entré dans sa chambre.

Seigneur, il avait un corps superbe !

Et son regard implacable lui disait que, cette fois, elle ne s'en tirerait pas avec une excuse bancale.

Une sueur froide lui inonda le dos.

— Dites-moi, heureusement que je passais par là, poursuivit-il d'un ton ironique. Vous auriez pu tourner en rond dans cette pièce pendant des heures.

— Oui… je suis… complètement perdue, bredouilla-t-elle.

— Dans ce cas, laissez-moi vous montrer le chemin.

Il avança encore d'un pas et la crainte envahit la jeune femme. À présent, elle en était sûre, il savait qu'elle n'était pas aveugle.

— Je vous remercie… J'ai un sens de l'orientation lamentable…

— Je trouve au contraire que vous vous repérez très bien… pour une aveugle !

— Je… fais de mon mieux.

Il lui faisait face, si intimidant qu'elle ne put s'empêcher de reculer, dos contre les rayonnages. Son visage était tout près du sien. Elle avait l'impression que son cœur allait éclater dans sa poitrine. Les battements assourdissants résonnaient dans sa tête, lui emplissaient les oreilles. Le souffle lui manqua. Elle ne pouvait s'empêcher de fixer cette bouche, proche, si proche...

Alors, d'une voix assourdie, il demanda :

— Qui êtes-vous, Sarah Hopkins ?

— Que... voulez-vous dire ?

— J'ai attendu avec une grande patience que vous veniez me dire ce que vous cherchez en réalité.

Elle cilla et les mots de protestation se bloquèrent dans sa gorge douloureuse. Ses jambes se mirent à trembler et elle se détesta pour la faiblesse dont elle faisait preuve.

— Qui êtes-vous ? répéta-t-il d'un ton durci. Pourquoi êtes-vous ici ?

Les nerfs de Sarah lâchèrent. Terrassée par la panique, elle voulut se sauver afin d'échapper à cet interrogatoire terrifiant. Mais, comme elle esquissait un mouvement, il lui saisit le poignet et la repoussa contre les étagères, lui interdisant toute fuite. Hagarde, elle rejeta la tête en arrière et se sentit transpercée par l'éclat de son regard gris.

— Regardez-moi, ordonna-t-il.

Sarah détourna la tête, incapable de supporter l'intensité de son regard accusateur. Elle avait tellement honte, tout à coup ! Peter l'avait accueillie chez lui, il lui avait fait confiance, et elle l'avait délibérément trompé. Et maintenant, elle ne trouvait même pas les mots pour exprimer ses regrets !

En cet instant, elle sut avec une certitude inébranlable que Peter ne pouvait être l'assassin de Mary.

Il était innocent.

Elle le lisait dans ses yeux. Il ne craignait pas la vérité, il n'était pas en colère, seulement déterminé à savoir. Et c'était elle, paradoxalement, qui se retrouvait dans le rôle de la traîtresse.

Le monde se mit à tourner autour de Sarah. Elle ne parvenait plus à réfléchir. Elle voulait seulement s'enfuir, emmener Christopher avec elle et le protéger contre tout danger.

Mais ce n'était pas tout.

Non. Un autre désir, plus intense encore, montait en elle, lui faisant oublier la raison même de sa présence ici. Un désir dévastateur contre lequel elle ne pouvait lutter et qui la laissait à la merci de Peter…

22

Sarah était pareille à un petit animal pris au piège par un chasseur impitoyable. Elle demeurait pétrifiée, paralysée.

Peter lisait l'affolement sur son visage.

Il vit ses larmes naître et étinceler comme des diamants au clair de lune. Son regard était si expressif ! Il révélait bien plus qu'elle n'aurait pu le faire par la parole. S'il avait eu l'occasion de voir ce regard plus tôt, jamais il ne serait tombé dans le piège qu'elle lui avait tendu.

Quelle ravissante petite menteuse elle faisait !

Et que cherchait-elle ?

— Qui êtes-vous ? répéta-t-il pour la troisième fois.

Il se rapprocha encore pour humer son parfum, plus grisant que n'importe quel alcool, qui lui montait à la tête, l'étourdissait, lui faisait perdre toute raison...

— Sarah...

Comme dans un rêve, il posa sa bouche sur la sienne. Le contact de ses lèvres frémissantes fit exploser son cœur dans sa poitrine. Elles étaient si douces, si douces...

Sarah ne chercha pas à le repousser, et il sentit son sang circuler plus vite dans ses veines. Puis, elle tourna la tête et frémit des pieds à la tête. Avait-elle peur ?

Tant pis pour elle, songea-t-il en se pressant plus étroitement contre elle.

Il se fichait éperdument des conséquences de son geste. Il ne songeait qu'à goûter la saveur de sa bouche couleur de framboise mûre et à s'enivrer de sa fragrance délicate. Respirant profondément, il enfouit son visage contre la courbe de sa gorge, avant de plonger de nouveau son regard dans le sien. Il se noyait dans ces immenses prunelles bleues et n'en avait cure. N'importe quel homme se serait perdu dans ces lacs d'une profondeur limpide…

Sarah luttait contre la peur… et un sentiment plus puissant qui menaçait de l'emporter. La sensation de ce corps viril plaqué contre le sien la bouleversait. On aurait dit qu'il voulait fusionner avec elle, épouser chaque rondeur, emplir chaque courbe.

— Sarah, regardez-moi !

Ses hanches se collèrent aux siennes et elle tressaillit en réponse à l'évidence de son désir. Son propre corps réagit sous le coup d'une vague de chaleur dévastatrice.

— Non ! Je ne peux pas ! gémit-elle en levant les yeux au plafond orné de la bibliothèque.

— Bon sang !

Il glissa la main sous sa nuque, l'obligeant à le regarder en face, puis sa bouche reprit la sienne avec une avidité dévorante qui l'enflamma tout entière. Dans un réflexe, elle lui noua les bras autour du cou et se détesta aussitôt pour cet aveu passionné.

— Sarah… Sarah…

Il soupirait, tandis que ses lèvres traçaient des

lignes de feu sur ses joues, son cou, puis s'égaraient sur les petites veines palpitantes de sa gorge. Un gémissement lui échappa. Jamais, de toute sa vie, elle n'avait éprouvé de sensations si vertigineuses. De délicieux frissons la parcouraient. Sentant sa paume glisser dans son dos, elle retint son souffle. Une partie d'elle-même souhaitait encore lui échapper avant qu'il ne soit trop tard. Pourtant, elle était incapable du moindre geste. Son corps ne lui appartenait plus. Il subissait le joug de cet homme si sensuel qui savait tirer parti de ses connaissances de l'amour avec une habileté diabolique.

Ses jambes se dérobèrent sous elle tandis qu'une sensation presque douloureuse naissait au creux de son ventre pour irradier ses reins. Que Dieu la protège ! Elle désirait de toutes ses forces le mari de sa propre cousine !

Au moment où elle était sur le point de s'effondrer, Peter l'enlaça et glissa un genou entre ses cuisses. En même temps, il lui souleva le menton et reprit ses lèvres, explorant sa bouche avec une ardeur renouvelée.

— J'ai envie de vous, Sarah, murmura-t-il d'une voix rauque, en imprimant son bassin contre le sien.

Cette franchise brutale la dérouta plus encore que l'évidence de son désir. Ses seins se tendirent soudain sous le tissu de sa robe, comme pour réclamer ses caresses.

Tout à coup, elle s'abandonna. Peu importe qu'il ait été l'époux de Mary et qu'il soit peut-être celui qui l'avait tuée. Rien ne comptait, que la saveur épicée de sa bouche et les sensations délirantes qu'il déclenchait en elle…

De son côté, Peter ne réfléchissait plus depuis

longtemps. Les doigts plongés dans les cheveux soyeux de Sarah, il s'extasiait de leur merveilleuse texture. Depuis combien de temps n'avait-il éprouvé cette exaltation incroyable, ce bonheur de sentir une femme vibrer contre lui ? Qu'importe qui elle était en réalité. Il s'en moquait éperdument. Il voulait se fondre en elle, l'allonger à même le sol et sentir ses jambes se nouer autour de lui ; il voulait la prendre, tout de suite, sans préliminaires, pour apaiser la faim qui le taraudait.

Sa main se glissa entre les attaches du bustier, et il s'émerveilla de sentir sa peau tiède sous ses doigts. Rapidement, il arracha les boutons qui roulèrent par terre. Il était en feu.

Sarah émit une plainte mais ne protesta pas.

Avait-elle déjà connu un homme ?

Elle avait dit avoir été fiancée. Était-ce également un mensonge ? Il l'espérait, mais n'osait lui poser la question, de peur de briser la magie de l'instant. Sarah répondait maintenant à ses baisers avec une ferveur égale à la sienne. Si elle lui avouait être vierge, ne se sentirait-il pas obligé de la laisser ?

Sa bouche avait un goût suave et musqué dont il ne pouvait se sevrer. Si elle ne l'arrêtait pas maintenant, alors qu'il possédait encore un semblant de lucidité, il la posséderait ici même, sur le parquet de la bibliothèque.

— Je veux te voir nue, chuchota-t-il à son oreille pour lui laisser le choix.

Lorsqu'il colla de nouveau ses hanches contre les siennes, elle se cramponna à son cou et son regard enflammé de passion chercha le sien.

Peter n'avait pas besoin de plus d'encouragement. Il captura sa bouche et y plongea sa langue sans plus de retenue, tandis qu'il la saisissait aux épaules et pressait son genou contre sa féminité. Il n'était pas question de lui faire la cour en gentleman. Il voulait la prendre maintenant, sans plus attendre. Il voulait qu'elle sache à quel point elle le rendait fou.

Sarah retint une exclamation en sentant la pression de sa jambe entre ses cuisses. Tout tournait dans sa tête. Sa bouche était si sèche qu'elle n'aurait pu protester même si elle en avait eu envie. Or, son corps tout entier appelait la possession.

Ses mains s'égarèrent sur le dos de Peter et sur ses fesses fermes. Elle se mit à haleter alors qu'il quittait sa bouche pour faire pleuvoir une multitude de baisers sur son menton et son cou. Doucement, il mordit sa chair sensible à la naissance de sa poitrine et elle cria de plaisir en crispant instinctivement les doigts sur ses fesses. Elle se conduisait comme une catin. Et après ? Pour la première fois de sa vie, elle se préoccupait uniquement de ce qu'elle ressentait.

Contre son ventre, le sexe érigé de Peter se durcit encore et elle crut qu'elle allait s'évanouir, emportée par un tourbillon tumultueux.

Peter poussa un grondement de fauve en écartant avec impatience les pans du bustier dans son dos. Lentement, ses doigts descendirent le long de sa colonne vertébrale, puis plus bas, sur les reins de la jeune femme. Sa bouche happa un sein à travers le tissu léger de la chemise.

Sarah poussa un cri sourd.

Seigneur, qu'était-elle en train de faire ?

Elle avait beau se poser la question, la honte ne parvenait pas à l'atteindre. Sa place était là, entre les bras de Peter. Rien ne lui paraissait plus naturel. À présent, elle mourait de sentir sa bouche sur son sein nu. Elle voulait qu'il la dépouille de ces vêtements encombrants, de ce corset qui la comprimait, de cette longue jupe qui entravait ses jambes et, surtout, surtout, qu'il ne cesse pas de la caresser.

Ils glissèrent sur le sol et, avec abandon, Sarah le laissa rouler sur elle. Un instant, leurs regards s'affrontèrent. Maintenant, elle n'avait plus peur. Le visage de Peter, illuminé par les rayons de lune, lui semblait magnifique. Ses lèvres humides luisaient doucement, ses yeux étincelaient...

Comme il se figeait, elle devina qu'il s'efforçait de maîtriser son impatience.

— Non, n'arrêtez pas ! supplia-t-elle.

— Je n'en ai pas l'intention.

Souriant légèrement, il se pencha pour prendre la pointe d'un sein dans sa bouche et la mordiller à travers le fin coton. Sarah se cambra sous cette caresse enivrante. À partir de cet instant, ils ne formèrent plus qu'un même corps, bras et jambes enchevêtrés et, quand Peter souleva sa jupe pour remonter sa main le long de sa cuisse, Sarah sut qu'elle avait franchi le point de non-retour.

Un éclair de plaisir fusa en elle lorsqu'il la toucha au point le plus sensible de son être pour en goûter la tiédeur humide. Sarah crut défaillir. Tel un concertiste, il jouait de son corps comme d'un instrument. Fébrile, elle s'attaqua alors à son pantalon et fit sauter le bouton de ses doigts tremblants, sachant d'instinct que lui seul pouvait éteindre le feu dévorant qui la consumait. Il vint à son aide et, le souffle court, se débarrassa promptement de ses derniers vêtements pour apparaître nu devant elle.

Elle ne souffla mot comme il retroussait sa jupe et lui soulevait les genoux. Mais, quand il plongea son visage entre ses jambes, elle se raidit subitement.

Seigneur !

Oh non ! Il n'allait pas... Pas cela...

Ses lèvres l'effleurèrent d'abord, puis sa langue la pénétra, lui arrachant des gémissements de plus en plus forts, sans qu'elle ait l'idée de le repousser. Elle était devenue sa chose, il lui imposait ses caprices et, pourtant, elle ne s'en formalisait pas. Plus rien ne comptait que ces plaisirs insoupçonnés qu'il lui faisait découvrir.

Peter posa les jambes déliées de la jeune femme sur ses épaules. Grisé, il pressa sa bouche contre sa chair délicate et écouta avec un sentiment de triomphe les plaintes qu'il lui arrachait. Il éprouvait une intense satisfaction à la savoir ainsi écartelée sous lui, à sa merci. Jamais il n'avait pris de telles libertés avec Mary. Mary était trop délicate, trop racée. Avec Celia, bien sûr, il avait osé des jeux érotiques plus audacieux, mais jamais il n'avait eu envie d'une femme comme il avait envie de Sarah. Il voulait connaître intimement chaque centimètre de sa peau, explorer son corps, le goûter, le savourer.

Il ne pouvait plus attendre.

Lentement, il se redressa et reprit possession de sa bouche, tandis que d'une main fébrile elle s'emparait de son membre pour le guider en elle.

Un frisson le parcourut quand il perçut sa chair douce autour de lui. Il s'enfonça d'un coup de reins et la sentir s'arc-bouter pour le recevoir plus profondément. À l'instant où il la déflorait, une onde de joie le traversa. Enfin, elle était sienne !

Sarah poussa un cri de douleur.

Il s'immobilisa, conscient de l'importance de cet instant, en dépit de la passion qui faisait rage en lui et le poussait à plonger sans relâche dans ce corps offert. Puis, la passion balaya tout sur son passage et il lui assena ses coups de boutoir sans plus chercher à la ménager.

Sarah se mordit les lèvres jusqu'au sang. Chaque poussée de ses reins était une torture qui irradiait son être meurtri. Pourtant, loin de se débattre, elle s'abandonna et, peu à peu, la souffrance s'estompa, remplacée par une sensation qui croissait en intensité. Une espèce de folie s'empara d'elle. Saisissant le visage de Peter entre ses paumes, elle l'attira vers elle pour que leurs bouches restent unies. Jamais elle ne s'était sentie si pleine de hardiesse, si délicieusement libérée. Tandis qu'elle l'accompagnait en remuant des hanches, la sensation au tréfonds de son ventre grandit, grandit, et culmina enfin dans une explosion de plaisir qui lui arracha un cri.

Peter céda lui aussi à la vague contre laquelle il luttait depuis si longtemps et qui déferla avec une violence insoupçonnée. Son orgasme fut si intense qu'il eut l'impression de quitter la réalité et de flotter longuement dans un univers magique, avant de retomber pesamment sur Sarah, haletant, le visage collé contre la peau moite de son cou d'albâtre.

Au même instant, Sarah comprit pourquoi Mary avait pu renier tout ce qui lui était si cher. Car, dans une pensée ultime et désespérée, elle sut que plus jamais elle ne voudrait quitter les bras de Peter.

Pardonne-moi, Mary ! pria-t-elle en silence.

Et ses bras se refermèrent sur Peter, tandis que les larmes roulaient sur ses joues.

23

La chambre était plongée dans l'obscurité.

Les rideaux tirés ne laissaient filtrer qu'un mince rai de lumière, mais la femme n'en avait nul besoin pour se diriger dans cette maison qu'elle connaissait bien. Le cœur battant, elle referma doucement la porte et s'y appuya en considérant la forme humaine allongée sur le lit.

Un long moment, elle resta immobile, pour s'assurer que Sarah ne s'était pas réveillée en entendant le loquet se refermer.

Une sorte d'urgence s'empara d'elle, fouettant son sang. Cette fois, elle allait agir… cette fois, elle ne remettrait pas son destin entre les mains d'un incapable. Les hommes ! Toute sa vie, ils l'avaient abandonnée ou ignorée, l'obligeant à lutter par elle-même. Elle n'avait jamais eu d'autre choix que de ravaler sa fierté et de poursuivre seule son chemin.

Plus jamais !

Son regard embrassa la pièce, et les souvenirs remontèrent à sa mémoire. Cette nuit-là, six ans auparavant, elle avait dû se faufiler dans la maison pour ouvrir la fenêtre de la nursery.

Paupières plissées, elle concentra son attention sur le lit. L'orgueil nourrissait sa résolution, le désespoir la galvanisait. Les femmes comme cette

Sarah ne se souciaient que de leur petite personne. Elle symbolisait tout ce qu'elle détestait le plus au monde. Pourquoi Peter devenait-il, comme tous ses semblables, le plus sombre des idiots devant n'importe quel joli minois ? Il désirait cette femme, et pour cette raison, elle le haïssait.

Il n'était pas question que par la faute de cette garce elle se retrouve une fois de plus dépouillée de tout. Oh non ! Elle y veillerait.

Elle s'écarta de la porte et s'approcha du lit. Enfin, elle allait reprendre le contrôle de son existence. Sarah ne lui inspirait aucune pitié. De toute façon, elle était aveugle. À quoi donc rimait son existence ? Personne ne la regretterait une fois morte. Elle n'était qu'un fardeau, comme Christopher. Abréger sa vie de parasite serait un soulagement pour tout le monde.

Sur la pointe des pieds, elle s'avança jusqu'au pied du lit et retint un sourire en constatant que la forme lovée sous les couvertures ne bougeait pas, hormis le mouvement régulier de la poitrine. On percevait à peine la respiration de la dormeuse.

Sarah était étendue sur le dos, la tête enfouie dans l'oreiller. Seuls ses cheveux sombres se détachaient sur le drap blanc.

Parfait. La situation était idéale.

Dans quelques instants, Sarah Hopkins serait délivrée de ses souffrances.

Bras tendus, elle frôla de ses doigts l'oreiller tiède et évalua sa surface. Puis, après avoir pris une profonde inspiration, elle appliqua ses paumes sur le coton et les pressa jusqu'à sentir les contours du visage de sa victime. Alors, avec un regain d'énergie, elle pesa de tout son poids.

Sarah sursauta et, dans un réflexe, agrippa le

carré de tissu, tandis qu'un cri étouffé jaillissait de sa gorge. Elle se débattit, cherchant désespérément à se dégager pour trouver de l'air. Rapidement, ses cris se muèrent en suffocations de plus en plus sifflantes.

La femme redoubla d'efforts pour maintenir sa victime plaquée contre le matelas. Elle sentit les derniers soubresauts, puis l'ultime spasme, quand Sarah, à bout de souffle, perdit connaissance. Sa force décuplée par la folie meurtrière, elle accentua encore la pression, et demeura penchée sur le lit bien après que le corps se fut entièrement relâché. Il ne fallait surtout pas faire le travail à moitié. La moindre goulée d'air, et Sarah pouvait trouver la ressource d'appeler à l'aide. Non, elle ne laisserait rien au hasard et ne lui accorderait pas la plus petite chance.

Des minutes s'écoulèrent, qui lui semblèrent des heures. Enfin, pantelante, elle se redressa et lâcha l'oreiller.

Comme elle constatait que le corps demeurait prostré, elle sentit le soulagement l'envahir, mêlé à une joie mauvaise qui se répandit en elle tel un tonique. Longtemps, elle demeura ainsi, à contempler le résultat de son forfait, tandis qu'un sentiment de toute-puissance montait en elle. C'était si facile de supprimer quelqu'un ! La vie s'était éteinte, comme la flamme d'une chandelle qu'elle aurait soufflée. C'était aussi simple que cela.

Une énergie nouvelle lui gonfla la poitrine. Elle n'était pas épuisée par sa lutte, au contraire. L'avenir s'ouvrait enfin à elle. L'heure n'était pas aux regrets.

S'étant détournée presque à contrecœur, elle se dirigea vers la fenêtre et, comme elle l'avait fait six ans plus tôt, ouvrit la croisée pour simuler la fuite de l'agresseur. Puis, elle gagna rapidement la porte.

À mi-chemin, elle s'arrêta brusquement pour jeter un dernier regard sur le lit. En arrière-plan, les rideaux se balançaient doucement au gré de la brise nocturne. C'était le genre de nuit où les amants aimaient sortir, blottis l'un contre l'autre, pour admirer le ciel étoilé. Une nuit bien tranquille…

Elle avait réussi. Si la police concluait à un meurtre, ce serait à Peter d'en subir les conséquences. Car où trouverait-il un alibi, cette fois ?

Elle s'approcha de la porte, l'ouvrit et la referma derrière elle sans chercher à étouffer le bruit.

Elle longeait le couloir quand, subitement, la porte de la chambre de Christopher pivota sur ses gonds. Elle s'arrêta net en voyant le garçonnet et une exclamation sourde lui échappa.

L'enfant se pétrifia aussitôt, la main posée sur la poignée. La peur se peignit sur ses traits et il inclina la tête, cherchant à déterminer l'origine du bruit.

Aussi immobile qu'une statue, elle retint sa respiration. Allons, il n'y avait pas de quoi s'alarmer. L'enfant était aveugle. Il ne pouvait la reconnaître à moins qu'elle ne lui adresse la parole.

Une longue minute s'écoula. Christopher ne bougeait toujours pas, l'oreille aux aguets. Enfin, décidant que la voie était libre, il referma sa porte, et s'aventura dans le couloir à tâtons pour se diriger vers la chambre de son père.

Elle patienta encore, le temps que la petite silhouette disparaisse à l'angle du couloir. Puis, tranquillement, elle poursuivit son chemin.

Sarah ne cessait de pleurer.

Après ce qui venait de se passer, elle ne pouvait plus mentir à Peter. Mais comment lui avouer la vérité ? Elle ne s'en sentait pas capable non plus. La honte, le doute et le désespoir la torturaient.

Peter se souleva légèrement sur un coude et baissa les yeux sur elle. Comme elle détournait la tête, les joues en feu, le visage noyé de larmes, elle sentit ses doigts se crisper au creux de sa taille.

— Sarah ? Sarah, qu'y a-t-il ? l'entendit-elle chuchoter.

Ses pleurs se muèrent en sanglots. Mon Dieu, qu'avait-elle fait ? Comment avait-elle pu tomber dans son propre piège ?

— Sarah, ne pensez-vous pas qu'il est temps de me dire la vérité ?

Le ton empreint de douceur la bouleversa encore plus. Elle avait tellement peur de le perdre ! Il allait la haïr, la mépriser, la chasser de chez lui… et il aurait raison !

Peter lui saisit le menton pour l'obliger à affronter son regard. De toutes ses forces, elle ferma les paupières.

— Regardez-moi, voyons.

— Je… je ne peux pas ! bégaya-t-elle.

— Bien sûr que si. Allons, Sarah, ne faites pas l'enfant.

Lentement, elle lui obéit, en dépit de la crainte qui lui tordait les entrailles et, d'une voix hachée, elle demanda :

— Depuis combien de temps… savez-vous ?

— Que vous n'êtes pas aveugle ? Depuis le soir de l'incendie.

— Ô Seigneur !

De nouveau, elle voulut lui dérober son visage, mais il l'en empêcha.

— Qui êtes-vous, Sarah ? Et pourquoi m'avoir raconté tous ces mensonges ? Depuis le début, vous jouez la comédie. Que voulez-vous à mon fils ?

S'il lui avait posé ces questions brutalement, avec une fureur bien légitime, elle aurait trouvé cela tout naturel. Mais il ne cherchait pas à la brusquer. Il n'y avait pas une once de violence chez cet homme. Il était parfaitement sain d'esprit, droit et intègre.

Ou cherchait-elle à s'en persuader parce qu'elle venait de faire l'amour avec lui ?

— Bon, commençons par le commencement, ce sera plus simple, suggéra-t-il avec gentillesse, avant de demander : Vous vous appelez bien Sarah ?

— Oui. Sarah... Woodard.

Peter fronça les sourcils, comme si ce nom évoquait en lui un souvenir lointain et qu'il fouillait sa mémoire défaillante. Puis ses yeux s'agrandirent de surprise.

— Vous êtes la cousine...

—... de Mary, oui, acheva-t-elle.

De nouveau, les sanglots lui gonflèrent la poitrine. Comment avait-elle pu trahir Mary par deux fois ? Sa conduite était indigne, abjecte !

Contre toute attente, Peter passa son pouce sur sa joue pour chasser les larmes qui coulaient sans répit.

— Chut, chut... murmura-t-il d'une voix apaisante.

Il referma les bras sur elle, et la berça un long moment en silence. Puis, l'incompréhension perçant dans sa voix, il demanda :

— Mais... si vous souhaitiez voir Christopher, pourquoi ne pas vous être simplement présentée à moi ? Jamais je ne me serais opposé à...

— Vous ne comprenez pas ! coupa Sarah en essuyant sa joue d'un revers de main.

— Dans ce cas, expliquez-moi.

— Je ne voulais pas seulement… le voir… je voulais…

Les mots s'étranglèrent dans sa gorge et un silence tendu retomba entre eux. Elle sut précisément quand il en devina la signification car sa bouche se durcit soudain pour ne plus former qu'un pli sévère dans son beau visage.

— Je vois, dit-il en se redressant brusquement.

Il avait parlé avec une telle amertume qu'elle ne put ignorer à quel point elle l'avait blessé. Un flot de larmes brûlantes jaillit de nouveau.

— Je… pensais…

— Que j'étais coupable, c'est cela ?

Elle acquiesça, et il laissa retomber ses mains. Comme il détournait la tête vers la fenêtre, les rayons de lune vinrent souligner les traits durs de son visage, et Sarah eut subitement envie de le toucher, de caresser ses joues mangées par une barbe naissante et de frôler la petite fossette creusée dans son menton carré. Elle aurait voulu mendier ses baisers, le supplier de lui pardonner, mais elle n'osait pas.

— Je suis… désolée, dit-elle, après avoir pris une profonde inspiration pour bloquer les sanglots qui ne demandaient qu'à sortir.

Il ne dit mot, n'esquissa pas un geste. Son regard demeurait obstinément détourné d'elle. Luttait-il contre la fureur ? Avait-il envie de l'insulter ? de la frapper ?

Enfin, il lui fit face, et l'expression de souffrance infinie qui se lisait sur son visage lui coupa le souffle.

— Désolée ? répéta-t-il avec ironie. Pourquoi seriez-vous désolée ? Tout le monde me croit coupable, de toute façon.

— Et... vous l'êtes ?

Cette fois, la colère fit étinceler ses yeux gris.

— Comment osez-vous me poser cette question ?

Sarah dut faire appel à tout son courage pour soutenir son regard flamboyant. Au point où elle en était, elle ne pouvait plus reculer. Il fallait qu'elle sache. Même si au fond de son cœur elle connaissait la réponse, elle voulait entendre les mots de sa propre bouche.

Car une part infime de son esprit doutait encore. Il y avait forcément un coupable.

Sur la figure de Peter se jouaient des émotions confuses. Enfin, entre ses dents serrées, il demanda :

— Cela vous excite de faire l'amour avec un assassin ?

Sarah refusa de répondre.

— Vous êtes cruel, murmura-t-elle simplement.

— Parce que votre question ne l'était pas, peut-être ? Vous venez de vous donner à moi et, maintenant, vous avez le front de me demander si j'ai tué ma femme ?

Sarah tenta de se relever, mais il l'en empêcha en lui barrant la poitrine d'un bras d'acier.

— Laissez-moi ! haleta-t-elle en se débattant.

— Non, vous m'écouterez, rétorqua-t-il avec une froide détermination. Et, ensuite, vous vous expliquerez, mademoiselle *Hopkins* ! Vous nous devez bien ça, à moi et à mon fils !

— Je vous en prie ! Essayez de comprendre... Il fallait que je sache !

Le regard de Peter ne s'adoucit pas, et son étreinte ne se relâcha pas. Désemparée, Sarah poursuivit :

— Christopher est le fils de ma cousine ! J'aimais

Mary plus que tout au monde. Je l'ai déjà trahie une fois en lui tournant le dos au moment de votre mariage et… Oh ! Vous ne voyez donc pas que… qu'il fallait que je découvre la vérité !

Désespérée, Sarah ferma les yeux sur ses larmes. Voilà. Elle avait trahi Mary une seconde fois, elle avait trahi Peter. Et elle ne supportait pas la condamnation de son regard triste. Pourquoi lui opposait-il ce silence pesant qui la faisait se sentir vide et froide ? Elle aurait cent fois préféré des insultes et des cris à cet air meurtri qui lui donnait envie de le prendre dans ses bras et d'estomper la souffrance sous ses baisers.

Tout à coup, le chagrin de Peter lui semblait beaucoup plus important que ses propres remords et sa honte.

Pourquoi ?

Parce qu'elle l'aimait. Stupidement. Éperdument.

Parce que, s'il lui affirmait qu'il était innocent, elle le croirait.

Parce que son corps se languissait de ses caresses.

Parce que… parce que…

D'une voix plus ferme, elle répéta :

— Êtes-vous coupable ?

— Non.

Sarah poussa un long soupir et, doucement, lui toucha la joue du doigt.

— Je vous crois, lui dit-elle gravement.

Puis, un lent sourire étira ses lèvres.

Les yeux de Peter s'embuèrent. Alors, il se pencha pour capturer sa bouche, et Sarah osa enfin l'entourer de ses bras. Ils s'embrassèrent jusqu'à perdre le souffle, jusqu'à ce que la passion qu'elle avait crue éteinte s'éveille de nouveau. Elle sentit un goût salé sur sa langue, sans savoir s'il s'agissait de ses larmes ou de celles de Peter. Qu'importe. La vague du désir s'enflait, balayant tout sur son passage, les emportant sur sa crête tumultueuse…

Il lui fit l'amour, avec la douceur et la tendresse dont avait été dépourvue leur première étreinte. Sarah savoura chacune de ses caresses, chacun de ses baisers, et y répondit avec transport, sans fausse pudeur. Elle lui ouvrit son cœur et son âme, se livra totalement à lui, tout en sachant qu'elle risquait de le regretter aux premières lueurs de l'aube. Mais cette nuit, plus rien ne comptait. Elle avait toutes les audaces.

Qu'importe que Peter soit le mari de Mary ! Qu'importe qu'elle ait condamné sa cousine sans appel pour avoir aimé cet homme !

Pour l'heure, il nourrissait son cœur resté trop longtemps vide et sec. Et, quoi qu'en dise la morale, elle prendrait avec avidité tout ce qu'il était disposé à lui donner.

Car elle avait tiré la leçon de la mort prématurée de sa cousine : la vie était bien trop courte et fragile pour refuser le bonheur quand il se présentait.

24

L'aurore pointait par les fenêtres de la bibliothèque quand enfin ils s'éveillèrent.

Étendue à même le sol, blottie entre les bras de Peter, Sarah ouvrit les yeux sur le ciel bleu pâle qu'encadrait la croisée. À travers les rideaux de cretonne, la douce lumière matinale se glissait à l'intérieur, semblable à un amant qui s'en retourne tranquillement chez lui après une nuit d'amour avec sa belle.

L'esprit encore embrumé, elle sentit l'étreinte de deux bras autour d'elle, comme dans un rêve qui tardait à s'achever. Elle attendit la vague de regret qui n'allait pas manquer d'affluer… Mais non. Elle se sentait bien, détendue, plus heureuse qu'elle ne l'avait jamais été, tout simplement parce que le bras de Peter reposait en travers de sa taille.

Ce dernier remua un peu et marmonna quelques paroles incompréhensibles, avant de resserrer sa prise, ce qui la fit sourire car il avait répété ce geste maintes fois au cours de la nuit. On aurait dit qu'à son goût elle n'était jamais assez proche de lui.

Depuis qu'elle avait ouvert les yeux, elle ne pouvait s'empêcher de sourire.

Peter nicha son nez dans les cheveux de la jeune femme qui poussa un soupir de bien-être, refoulant loin de ses pensées les conséquences éventuelles de leur folie…

Toutefois, après quelques minutes, elle prit conscience de l'endroit où ils se trouvaient et jeta un regard vers la porte de la bibliothèque restée entrebâillée. N'importe qui aurait pu entrer à n'importe quel moment et ils ne s'en étaient pas souciés le moins du monde !

Soudain inquiète, elle chuchota :

— Peter !

De nouveau, il marmotta des paroles sans suite.

— Peter ! répéta-t-elle en le secouant avec gentillesse.

— Mmm… Quoi ?

Il reprit ses esprits et s'assit tandis que Sarah saisissait à la hâte son bustier qui traînait par terre pour s'en couvrir. Les boutons étaient éparpillés sur le parquet et le dos du vêtement bâillait. Il n'y avait vraiment rien à faire, se dit-elle avec résignation en attrapant sa chemise.

Dans la lumière du petit matin, Peter avait l'air d'un petit garçon mal réveillé aux cheveux embroussaillés. Et elle, à quoi ressemblait-elle ? s'angoissa-t-elle tout à coup. Sûrement à une chiffonnière, à en juger par le sourire amusé de Peter…

— Nous devons nous habiller, vite ! lança-t-elle, fébrile.

— Ah bon ? Je n'en vois pas l'utilité, répliqua-t-il avec indolence.

— Si quelqu'un entrait…

— Eh bien, nous lui dirions la vérité, coupa-t-il avec un haussement d'épaules.

Sarah haussa un sourcil perplexe, ce qui eut pour résultat de le faire rire doucement.

— Nous dirions que vous vous êtes perdue dans

la maison et que, en parfait homme du monde, je vous ai aidée à retrouver votre chemin.

Sarah lui jeta un regard sévère, tout en récupérant le reste de ses affaires. Comme elle ébauchait un mouvement pour se lever, il la devança d'un bond et la souleva de terre avant de l'emporter vers le couloir.

— Que faites-vous ? Je vous ordonne de me lâcher !

— Et comment comptez-vous me faire obéir ?

Son sourire malicieux était celui d'un enfant terrible en train de faire une farce. Bien que mortifiée, Sarah ne put s'empêcher de rire.

Une fois dans sa chambre, Peter se dirigea vers le lit avec son fardeau dans l'intention manifeste de l'y déposer.

— Non, pas ici ! s'exclama-t-elle.

Il s'apprêtait à la renverser sur sa couche, lorsqu'il aperçut le petit corps de Christopher roulé en boule sous les draps.

— Zut ! grommela-t-il entre ses dents.

Sarah, les bras noués autour du cou de Peter, ne put s'empêcher d'admirer la frimousse angélique de l'enfant profondément endormi.

— N'est-il pas mignon ? chuchota-t-elle, attendrie.

— Il a dû faire un cauchemar. Cela lui arrive parfois, et il a l'habitude de se réfugier dans ma chambre. Il prétend que c'est le croque-mitaine qui vient l'importuner la nuit, expliqua Peter d'un ton soucieux.

Faisant volte-face, il alla ouvrir la porte de communication et passa dans la chambre voisine, en prenant soin de repousser le battant d'un léger coup d'épaule. Puis, il s'y adossa, Sarah toujours dans ses bras, comme si elle était aussi légère qu'une plume.

— Pauvre chat ! soupira-t-elle.

Elle s'imagina soudain au lit avec Peter, tandis que Christopher venait les rejoindre. Elle passerait un bras autour de ses frêles épaules, l'autre autour du cou de son père, pour tenir contre elle les deux hommes qu'elle aimait le plus au monde... Quel bonheur ce serait !

Cette vision éveilla en elle un besoin d'amour insupportable qu'elle refoulait depuis des années.

— Sarah, dites-moi que vous ne regrettez pas ce qui s'est passé entre nous, murmura Peter à son oreille.

Elle préféra ne pas répondre. Si son cœur chantait et semblait prendre toute la place dans sa poitrine, sa conscience, elle, commençait à la torturer. Qu'aurait dit Mary ?

Peter parut comprendre ses hésitations.

— Vous devez être épuisée, déclara-t-il en l'emportant vers le lit.

Mais, parvenu au milieu de la pièce, il se figea, une expression stupéfaite sur les traits.

— Sarah ! Il y a quelqu'un...

Au même instant, la mémoire revint à Sarah. Mellie ! Seigneur, qu'allait-elle bien pouvoir lui raconter ?

— Posez-moi par terre ! ordonna-t-elle en rougissant jusqu'à la racine des cheveux.

Peter obtempéra. Elle le prit par le bras et le poussa en direction de la porte. Mais, soudain, il lui résista, tandis que son regard prenait une étrange fixité.

— Partez, le pria-t-elle dans un chuchotement. Je ne peux pas faire autrement que de dire la vérité à Mellie, mais...

Elle s'interrompit, étonnée par son immobilité, et

voulut se retourner pour voir ce qu'il fixait ainsi dans son dos. Peter la retint par le poignet. Ennuyée, elle se dégagea d'un geste sec et pivota sur elle-même.

La vision d'horreur qui la frappa de plein fouet lui fit l'effet d'un coup de poing. Elle eut l'impression que son sang se glaçait dans ses veines. Un cri d'épouvante monta dans sa gorge mais refusa de franchir ses lèvres sèches.

Puis, elle s'évanouit.

Peter avait quitté le chevet de Sarah le temps de s'entretenir avec les policiers. Il avait espéré que ces derniers ne dérangeraient pas la jeune femme, manifestement en état de choc. Pourtant, elle était restée remarquablement stoïque lorsque les infirmiers étaient venus enlever le corps. Pâle et défaite, elle avait dû se sentir aussi impuissante et coupable que lui, même si, en la regardant, n'importe qui aurait songé qu'elle faisait preuve d'une remarquable maîtrise de soi. Seule sa main aux jointures blanchies crispée sur le bras de Peter traduisait la détresse qui la ravageait.

Après le départ des infirmiers, elle était allée s'enfermer dans la chambre de Peter et avait éclaté en sanglots convulsifs. Peter, qui l'avait suivie, avait refusé de la laisser seule avec sa peine et il l'avait enlacée pour tenter de la réconforter.

Sans succès.

Sarah avait pleuré sur son épaule jusqu'à n'avoir plus de larmes. Puis, secouée de spasmes incoercibles, elle s'était effondrée sur l'oreiller. Ruth était alors intervenue pour lui donner un sédatif et, depuis, Sarah dormait profondément.

À tel point que Peter commençait à se demander s'il n'allait pas être obligé de la réveiller. D'autant plus que les policiers exigeaient à présent d'interroger la jeune femme que, de toute évidence, ils croyaient en danger parce qu'elle résidait sous son toit. Après toutes ces années, ils n'avaient pas perdu espoir de voir un jour Peter jeté en prison. Ayant échoué à le condamner six ans plus tôt, ils affichaient aujourd'hui la même hargne et la même agressivité à son égard qu'à cette époque. Les coups d'œil qu'ils adressaient à Peter ne trompaient pas: leur opinion était faite, ils le condamnaient sans appel et l'auraient volontiers livré au bourreau sans autre forme de procès.

D'ailleurs, peut-être obtiendraient-ils bientôt satisfaction, puisque Sarah représentait l'unique alibi de Peter, et qu'il ne voulait pas ruiner sa réputation.

Pour l'heure, assis sur le lit, il la contemplait dans son sommeil, regrettant de ne pouvoir les emmener, elle et Christopher, loin, très loin, là où personne ne pourrait leur faire de mal...

Sarah accepterait-elle de le suivre s'il lui faisait une telle proposition ?

Sans doute pas. Pourtant, il avait envie de la protéger depuis qu'il l'avait vue s'effondrer sans connaissance devant le cadavre de son amie. Cette image le hanterait lui-même de nombreuses années. Jusqu'au jour de sa mort, il aurait ce poids sur la conscience : deux femmes avaient trouvé la mort sous son toit, Mary et, maintenant, cette pauvre Mel.

Réprimant un soupir, il se pencha pour caresser d'une main douce le front de Sarah. Il aurait préféré la laisser dormir tout son saoul, mais l'enquête l'emportait sur toute autre considération. Les inspecteurs attendaient dans le couloir.

Mon Dieu, qu'elle était belle ainsi endormie !

Il avait insisté pour l'installer dans sa propre chambre. Il était impensable de la faire coucher dans le lit où Mel venait d'être assassinée. Son visage était détendu, elle respirait calmement, pareille à un ange assoupi. En admirant la pureté de ses traits, il comprit soudain pourquoi il lui avait semblé la connaître, dès leur première rencontre. En bien des aspects, elle ressemblait beaucoup à Mary, même s'il n'existait pas de réelles similitudes physiques, hormis peut-être la forme des yeux. Néanmoins, elles possédaient toutes deux un fort tempérament et cette obstination qui les poussait à suivre leur chemin en dépit des conventions. La seule différence, c'est que jamais Mary n'aurait osé mettre en œuvre un plan tel que celui imaginé par Sarah. Cette dernière possédait en effet une qualité supplémentaire : le cran.

Et contrairement à Mary, Sarah ne cachait pas ses sentiments. À sa place, jamais elle ne se serait réfugiée dans la nursery pour mieux s'abandonner aux doutes qui la rongeaient. Sarah aurait affronté la situation de face. Elle aurait provoqué une confrontation, tapé du poing sur la table et sommé son mari de s'expliquer.

Voilà ce qui avait manqué à Peter, à l'époque. Quand, absorbé par son travail, il avait négligé sa famille, il aurait fallu que sa femme le secoue et le mette face à la réalité ; qu'elle le convainque que l'argent et la réussite sociale comptaient moins que l'amour des siens, et que personne ne lui en voudrait si son affaire faisait faillite…

Au lieu de cela, Mary s'était retranchée dans son petit sanctuaire, et Peter n'avait rien fait pour l'en arracher. Sur le moment, il n'avait rien compris aux émotions qui ravageaient sa femme. Désemparé, il avait attendu un signe, un appel... qui n'étaient jamais venus. Il aurait tant aimé lui faire comprendre que c'était pour elle qu'il travaillait sans relâche, pour qu'elle soit fière de porter son nom. Il avait toujours souffert d'une sorte de complexe d'infériorité dû à leur différence de statut social. Et, semblable à son père qui était mort prématurément pour avoir voulu à toute force s'élever dans l'échelle sociale, il s'était battu pour gagner le respect de ses pairs.

Si seulement Mary et lui s'étaient confiés l'un à l'autre, s'ils s'étaient mutuellement aidés au lieu de se murer dans le silence et la rancœur ! Mais ils étaient trop inexpérimentés et totalement démunis face à cette crise que traversait leur couple. L'échec était couru d'avance.

Aujourd'hui, une autre femme se trouvait étendue dans son lit.

Sarah avait toutes les qualités de Mary... et bien plus encore. Il la connaissait depuis peu mais chaque jour qui passait augmentait l'intensité des sentiments qu'il lui portait. Elle avait réussi à faire fondre la forteresse de glace qui lui emprisonnait le cœur. Il l'aimait. Oui, c'était bel et bien de l'amour qu'il éprouvait pour elle, il en était convaincu à présent.

Il la désirait physiquement, certes, mais surtout, il voulait faire d'elle son épouse et vivre à ses côtés le reste de ses jours.

Se décidant enfin, il allongea le bras et la secoua.

— Sarah... réveillez-vous.

Il fallut encore quelques secousses pour qu'elle consente à ouvrir les yeux. Abrutie par le calmant que lui avait administré Ruth, elle battit des paupières, désorientée, et Peter pesta mentalement contre sa sœur qui n'avait apparemment pas lésiné sur le laudanum.

Ruth devait pourtant connaître la dose requise, depuis le temps qu'elle usait de ce remède, et ce quels que soient les maux dont elle souffrait ! Peter soupçonnait vaguement cette substance de créer un effet d'accoutumance, mais qu'en savait-il au juste ? Parfois, il lui semblait que Ruth déambulait dans un état second, proche de la léthargie, elle qui avait déjà une propension naturelle à se retrancher dans son univers onirique.

— Sarah ! insista-t-il en la secouant derechef.

La tête de la jeune femme retomba en arrière. Manifestement, elle luttait contre les effets de la drogue. Enfin, elle parvint à croiser son regard, mais le sien restait vitreux.

— Les policiers souhaitent vous parler, expliqua-t-il.

Elle passa la langue sur ses lèvres desséchées, rejeta mollement une boucle de cheveux qui lui tombait devant les yeux et répéta d'une voix pâteuse :

— Les… policiers ?

En dépit de la gravité de la situation, il dut retenir un éclat de rire. Elle ressemblait tellement à une enfant qu'il avait envie de la serrer dans ses bras et de l'embrasser sur le bout du nez. Sarah faisait naître en lui toutes sortes d'émotions inattendues : la tendresse, l'indulgence, la bienveillance…

— Puis-je les faire entrer, Sarah ? Ou préférez-vous vous lever ?

— Je crois que… je vais essayer de me lever, décida-t-elle en prenant appui sur ses mains. J'ai la tête qui tourne… C'est étrange…

Peter, qui ne l'avait pas prévenue que son thé

contenait du laudanum, se racla la gorge avec une expression coupable.

— Est-ce... à propos de Mel qu'ils veulent s'entretenir avec moi ? s'enquit-elle encore.

— Oui, Sarah.

Elle pinça les lèvres, et il devina qu'elle retenait ses larmes. Ses magnifiques yeux bleus exprimaient une peine infinie.

— Elle n'a jamais rien fait... pour mériter cela, balbutia-t-elle. Tout est ma faute ! Si je ne lui avais pas demandé de dormir dans ma chambre...

— Sarah, arrêtez...

— C'est moi qui devrais être morte à sa place !

Et, Dieu merci, vous n'y étiez pas ! ne put-il s'empêcher de songer.

Cependant, il la comprenait mieux que quiconque. Combien de fois s'était-il adressé de semblables reproches ?

Sarah se figea soudain, tandis qu'une lueur effrayée traversait son regard embué de larmes.

— Mon Dieu ! Est-ce que... est-ce que la police me soupçonne ? s'écria-t-elle.

— Certainement pas, voyons, répondit-il avec fermeté.

Elle laissa échapper un petit soupir avant de demander timidement :

— Et... vous ?

— Êtes-vous prête, oui ou non ? coupa-t-il en éludant la question.

— Oui, je... crois.

Elle fit glisser ses pieds sur le côté du lit et Peter l'aida à garder son équilibre tandis qu'elle vacillait sur ses jambes.

— Suis-je décente ? s'inquiéta-t-elle.

— Vous êtes magnifique.

Il était sincère. Vêtue d'une simple robe, les cheveux emmêlés, les yeux gonflés de larmes, le nez rougi et les joues blêmes, elle lui apparaissait encore comme la plus superbe des créatures.

— Prête ?

Elle hocha la tête, et il lui tendit son bras pour l'escorter jusqu'à la porte, résolu à la soutenir, quel que soit le discours qu'elle tiendrait aux policiers… et quel que soit ce qui lui en coûterait.

25

— Expliquez-moi pourquoi vous avez demandé à Mlle Frank de dormir dans votre chambre, mademoiselle... Quel est votre nom, déjà ? C'est bien « mademoiselle », n'est-ce pas ? demanda l'inspecteur, ses petits yeux braqués sur Sarah.

— Oui...

Sarah jeta un regard angoissé à Peter qui était adossé au chambranle de la porte, comme prêt à raccompagner les visiteurs d'une minute à l'autre. La jeune femme était encore un peu étourdie d'avoir tant dormi et le comportement ambigu des policiers la déconcertait.

Peter lui adressa un imperceptible signe de tête pour l'inciter à poursuivre. Il était clair qu'il souhaitait de toutes ses forces le départ des policiers.

Quant à ces derniers, ils jubilaient de se retrouver en ces lieux où le crime, une fois de plus, avait frappé.

Sarah avait éprouvé une antipathie immédiate à leur égard. Elle ne supportait pas qu'ils aient de toute évidence déjà condamné Peter, même si elle-même s'était montrée tout aussi impartiale quelque temps plus tôt. Leurs mines accusatrices la renvoyaient à sa propre erreur, l'emplissant d'un intolérable sentiment de culpabilité.

— C'est *Mlle* Woodard, acquiesça-t-elle enfin en portant la main à sa tempe.

La migraine lui enserrait le crâne d'un douloureux étau. Elle avait l'impression d'avoir la gueule de bois. Sans doute parce qu'elle avait pleuré dans son sommeil...

L'un des inspecteurs, debout devant elle, la dévisageait comme si elle s'était rendue coupable des pires méfaits. Peut-être regardait-il tout le monde de cette façon, mais Sarah n'y était pas habituée et se sentait de plus en plus mal à l'aise.

Ce n'était pas juste que Peter soit obligé une fois de plus de subir la présence de ces limiers arrogants chez lui. C'était si facile de lui jeter la pierre ! Elle-même était tombée dans le piège en ne pensant pas plus loin que le bout de son nez. Gonflée de certitudes, elle s'était introduite chez lui par la ruse, sans se rendre compte qu'elle mettait ainsi en danger la vie de sa meilleure amie. Et Mel était morte.

À cette sinistre pensée, ses yeux s'emplirent de larmes brûlantes.

Le policier la considérait toujours de cet air suffisant qui lui donnait envie de gifler sa figure chafouine.

— Continuez, Sarah, l'encouragea Peter qui semblait deviner la raison de ses hésitations.

Au supplice, Sarah baissa les yeux sur ses mains crispées dans son giron. Ne risquait-elle pas de lui nuire en témoignant devant ces deux imbéciles drapés dans leurs principes moraux ? Oh ! il était aisé de comprendre pourquoi ils détestaient Peter. Comme eux, il était un simple homme du peuple, mais il avait osé s'élever dans l'échelle sociale et c'était une chose qu'ils ne lui pardonnaient pas. Ils lui tenaient rigueur de son succès et de sa fortune.

Pourtant, ne comprenaient-ils pas à quel point il avait lutté et souffert pour en arriver là ? Et que, quelle que soit l'étendue de ses richesses, il ne serait jamais accepté par les familles dites respectables où l'argent passait des mains du père à celles du fils ?

Au vrai, la position de Peter n'était guère enviable.

S'arrachant à ces réflexions, Sarah prit une profonde inspiration. Elle devait répondre aux questions des policiers sans plus atermoyer. De toute façon, il faudrait en passer par là. Autant se jeter à l'eau et en finir.

— J'ai prié Mel de dormir dans ma chambre parce que… je croyais M. Holland responsable de la mort de son épouse qui était aussi ma cousine, déclara-t-elle d'une traite.

D'un même mouvement, les deux inspecteurs se tournèrent vers Peter, et leur sourire s'accentua au point de ressembler à un rictus. Sarah aurait aimé les flanquer à la porte, mais elle n'était pas chez elle et provoquer un esclandre ne servirait qu'à empirer les choses.

Comme le silence se prolongeait, elle précisa :

— J'avais l'intention de fouiller la bibliothèque et le bureau.

— Pour quelle raison ? Que cherchiez-vous, mademoiselle Woodard ?

— Le journal intime de ma cousine. Le dernier livret.

— Celui qui n'a jamais été retrouvé ?

— Oui. J'avais l'espoir qu'il m'apporterait des éclaircissements sur les circonstances de son décès.

L'un des inspecteurs se mit à griffonner sur son calepin, tandis que l'autre poursuivait l'interrogatoire :

— Et pourquoi avoir prié Mlle Frank de prendre votre place ? Vous sentiez-vous menacée ?

— Non, enfin...

— Voyons, sinon vous n'auriez pas réagi ainsi, la contra-t-il aussitôt. Je vous conseille de nous dire toute la vérité, dans votre propre intérêt.

— Eh bien... quelqu'un faisait le guet devant ma fenêtre. Je m'en suis rendu compte peu avant la tombée de la nuit. Alors, j'ai demandé à Mel de m'aider à sortir de la chambre sans être remarquée.

Le détective haussa ses sourcils broussailleux.

— Donc, si je vous suis bien, il ne s'agit pour vous ni d'un cambriolage ni d'un viol ?

Sarah poussa une exclamation étouffée. Un viol ? Elle n'avait même pas envisagé cette éventualité.

— Mon Dieu ! A-t-elle été...

— Rien ne le prouve pour l'instant, admit l'inspecteur.

Sarah le fusilla du regard. Quel besoin avait-il d'évoquer de telles horreurs si aucun indice n'étayait sa thèse ?

Le second inspecteur cessa soudain d'écrire dans son carnet pour s'approcher de la fenêtre. Après avoir jeté un coup d'œil au-dehors, il s'enquit :

— Vous avez vu quelqu'un vous épier de la rue ?

— Oui.

Peter intervint :

— Les chambres de cette suite sont situées à l'angle de la maison et donnent sur la Douzième Rue.

— Vous avez donc laissé Mlle Frank dans votre chambre, reprit l'autre policier. Quelle heure était-il environ ?

— Je ne sais plus... Je n'ai pas regardé l'horloge. Il ne devait pas être très tôt car Mel a tardé à me rejoindre et, lorsque j'ai quitté la chambre, la maison était plongée dans le noir. Je pensais que tout le monde était couché.

— Où vous êtes-vous rendue ?

L'inspecteur posté près de la fenêtre reprit ses notes. Sarah déglutit avec peine. Il n'était pas question de mentir sur un point aussi essentiel, bien entendu, mais elle devinait où la mènerait cette question.

— Dans la bibliothèque, répondit-elle en pointant le menton en avant.

— Combien de temps y êtes-vous restée ?

Sarah baissa les yeux. Elle n'osait plus soutenir le regard du policier. Son cœur se mit à battre follement dans sa poitrine.

— Mademoiselle Woodard ?

— Sarah ? fit doucement Peter.

Elle chercha son regard et le vit secouer imperceptiblement la tête pour lui signifier qu'elle n'était pas obligée de parler et que lui-même ne dirait rien si elle choisissait de se taire. Cette preuve d'abnégation la toucha profondément. Cependant, il n'était pas question de le livrer en pâture à ces policiers qui ne rêvaient que de le clouer au pilori. Elle avait bien conscience que son témoignage le blanchirait.

Elle savait également qu'en avouant avoir passé la nuit avec lui, elle serait perdue de réputation. À jamais. Mais, à choisir entre la vie de Peter et son honneur à elle, elle n'hésiterait pas une seule seconde.

— Je suis restée toute la nuit dans la bibliothèque, déclara-t-elle d'une voix claire.

Visiblement stupéfait par sa réponse, Peter s'agita. Derechef, le policier haussa le sourcil.

— Toute la nuit ? répéta son coéquipier en levant le nez de son calepin.

— Oui, inspecteur.

— Sarah ! protesta Peter.

Elle préféra l'ignorer et reporta son attention sur le policier qui l'interrogeait.

— Et avez-vous par bonheur trouvé ce que vous cherchiez ? demanda celui-ci.

— Non.

— Qu'avez-vous donc fait, toute la nuit, dans la bibliothèque de M. Holland ?

— J'étais avec Peter, répondit Sarah en regardant l'inspecteur droit dans les yeux.

— Avec lui ? Qu'entendez-vous par là, mademoiselle Woodard ?

Indéniablement, le ton avait changé et adopté un accent de froid mépris. Sarah redressa les épaules, mais elle n'eut pas le temps de s'exprimer. Peter la devança :

— Je pense que Mlle Woodard a répondu de manière satisfaisante à la question. Inutile de l'importuner plus longtemps.

Une minute de silence s'écoula. Le regard des deux inspecteurs passait de Peter à Sarah. L'aveu de cette dernière les avait pris au dépourvu, et il était clair qu'ils étaient furieux de voir leur coupable doté d'un solide alibi.

— Sauvé par une femme, une fois de plus, hein, Holland ? remarqua enfin le policier au calepin, sarcastique.

Son comparse toisa Sarah et demanda avec agressivité :

— Êtes-vous prête à jurer sous serment que vous étiez avec M. Holland ?

— Oui.

— Je crois qu'il est temps que vous vous retiriez, messieurs, déclara Peter avec une froideur appuyée. Vous avez certainement d'autres activités plus juteuses pour occuper votre temps.

Sarah frémit en entendant cette allusion directe à la corruption qui sévissait au sein de la police new-yorkaise. Les deux policiers décochèrent des regards meurtriers à celui qui avait osé proférer de telles paroles.

— Vous avez conscience, mademoiselle Woodard, de la situation dans laquelle vous venez de vous mettre, n'est-ce pas ?

— Je souhaite simplement dire la vérité.

— Messieurs, je pense que vous trouverez la sortie sans aide, insista Peter en désignant la porte.

Il les jetait dehors, purement et simplement. Sarah réprima un soupir de soulagement en voyant les deux hommes se décider à sortir.

— Vous êtes un salopard, mais vous avez de la chance ! cracha l'un d'eux au passage avec dégoût.

Peter ne broncha pas. Il attendit que les deux inspecteurs aient disparu, puis il se tourna vers Sarah qui se massait les tempes.

— J'ai mal à la tête, gémit-elle.

— C'est sans doute le laudanum. Ruth en a mis dans votre thé pour vous aider à dormir, tout à l'heure.

— Oh… je comprends, maintenant, murmura-t-elle, avant d'ajouter : Ces types sont d'une grossièreté incroyable !

— Oui, ils ne m'apprécient pas particulièrement.

Peter avait encore du mal à se convaincre que Sarah l'avait entièrement disculpé. Ce faisant, elle avait sacrifié sa réputation. Il y avait gros à parier que ces sales fouineurs, en échange de quelques dollars, s'empresseraient de vendre cette histoire croustillante à la presse à scandale. Peut-être même le feraient-ils gratuitement tant ils le haïssaient.

En toute sincérité, la réponse de Sarah l'avait déconcerté. Il s'attendait à subir une autre enquête, à être de nouveau la cible des attaques des journalistes, à voir son nom traîné dans la fange. En aucun cas il n'aurait reproché à Sarah de travestir la vérité, puisque lui-même avait décidé de protéger son honneur avant tout.

Le courage dont elle venait de faire preuve l'impressionnait au plus haut point. Comment la remercier ? Il était son débiteur à jamais.

Il s'obligea à rompre le silence :

— Sarah… J'ai une dette immense envers vous. Vous avez toute ma gratitude mais… vous n'étiez pas obligée de faire cela.

— Bien sûr que si. Je n'ai fait que dire la vérité, Peter.

— Vous rendez-vous compte que vous allez être fustigée et honnie, salie par des commentaires malveillants et…

Sarah coupa court à cette litanie d'un simple haussement d'épaules. Il eut envie de la prendre dans ses bras et de l'embrasser passionnément, jusqu'à rendre un peu de couleur à ses belles lèvres livides.

Le souvenir de leur nuit d'amour lui revint et fouetta son désir. Il s'approcha du fauteuil où elle était assise et s'agenouilla devant elle, entièrement captif de ses magnifiques yeux bleus.

Mais la peine infinie qui se lisait sur ses traits fins lui vrilla le cœur. Il aurait voulu se dresser entre elle et les épreuves, lui rendre la vie facile, la protéger. Malheureusement, il semblait vouer à détruire l'existence de ceux qui l'entouraient. Comment faire le bonheur d'autrui quand lui-même était incapable d'atteindre la sérénité ?

Bien sûr, il y avait Christopher, si facile à contenter, qui acceptait tout sans jamais se plaindre et conservait quoi qu'il advienne son naturel joyeux. La philosophie de son fils face à la vie était d'une sagesse exemplaire. Peut-être Peter devait-il en prendre de la graine ? Il voulait tant rendre Sarah heureuse !

Au moins, qu'on lui en laisse la chance...

Il avait besoin de sa confiance, besoin de sentir qu'il était le seul capable d'amener un sourire sur ce ravissant visage. Si seulement elle lui portait le centième des sentiments qu'il avait pour elle ! Il devait enfin prendre sa destinée en main.

Le courage lui revint et, le cœur palpitant, il demanda :

— Sarah, voulez-vous m'épouser ?

Elle étouffa un cri de surprise et se figea, les yeux écarquillés, comme sur le point d'éclater en sanglots. Mais elle ne pleura pas et, pendant un long moment, elle le dévisagea en silence.

Peter retenait son souffle. Le temps semblait suspendu. En cet instant, plus que tout au monde, il voulait que Sarah Woodard accepte de devenir sa femme. Il voulait une autre chance ! Car il l'aimait. Ô Seigneur, comme il l'aimait !

Sarah inclina la tête, et tendit la main pour lui effleurer le menton. Il ferma les yeux, torturé par le doute et l'espoir.

— Non, c'est impossible, répondit-elle enfin.

Peter eut l'impression qu'elle venait de le frapper en pleine figure. Il ouvrit les yeux et vit une larme solitaire glisser le long du nez délicat de la jeune femme. Au prix d'un effort surhumain, il s'interdit d'essuyer cette trace humide sur sa peau veloutée. Tout à coup, il avait le cœur si lourd qu'il lui paraissait impossible de respirer.

— Je… je comprends, articula-t-il enfin.

Lentement, il se redressa. Il ne pouvait rester plus longtemps ici. La déception était trop forte. S'il demeurait auprès d'elle, il allait plaider, supplier, vociférer… Bref, se couvrir de ridicule.

— Je vous laisse vous reposer, ajouta-t-il d'une voix neutre en laissant retomber ses mains le long de son corps.

Et, à pas rapides, il quitta la chambre.

Le désespoir l'accabla une fois qu'il fut dans le couloir, et il ralentit l'allure, sans se soucier de là où le portaient ses pas.

Pourquoi avait-il cru que Sarah se laisserait facilement convaincre ? Pourquoi avait-il cru que le bonheur était à portée de main ?

Traînant son lourd passé tel un boulet, il n'avait rien à offrir à une femme, excepté son amour et son fichu argent. Sarah ne s'intéressait pas à sa fortune. Et pourquoi lui aurait-elle fait confiance alors qu'il avait si honteusement trahi sa cousine ?

Non, il n'avait rien à lui donner.

26

La journée était belle pour un enterrement.

Le soleil brillait à travers les branches des arbres aux feuilles d'un vert tendre.

Sarah écoutait la voix monocorde du pasteur sans comprendre un traître mot de ce qu'il racontait. Elle n'avait conscience que des mains fermes posées sur ses épaules, les mains de Peter. Il se tenait derrière elle, comme pour lui donner du courage ; comme s'il s'attendait qu'elle s'effondre d'un moment à l'autre.

Il n'avait peut-être pas tort.

Le regard de la jeune femme était rivé à la terre fraîchement retournée, riche et humide, mouillée d'un milliard de larmes.

Mellie aurait adoré les fleurs que Peter avait choisies pour orner sa dernière demeure : un magnifique assortiment de violettes et de tulipes blanches qui évoquaient le printemps dans toute sa splendeur. Sensible à ce symbole du renouveau, Sarah voulait croire que l'esprit de Mellie allait renaître dans un univers où la souffrance, le malheur et la solitude n'existaient pas ; un univers qui avait également accueilli son oncle et sa cousine et d'où, peut-être, tous réunis ils veilleraient sur elle.

Elle préférait voir les choses ainsi.

Quelques personnes seulement entouraient la tombe. Mel avait mené une existence relativement solitaire depuis la mort de son époux. Ses parents étaient morts depuis longtemps et elle n'avait pas eu d'enfants. Néanmoins, Sarah savait qu'elle manquerait infiniment aux aveugles dont elle s'était occupée et dont elle avait changé la vie pour toujours. Elle s'était consacrée aux autres avec une générosité sans limite et, de ce fait, avait négligé son propre bonheur. Mais sa mémoire survivrait dans les souvenirs de ceux qui la chérissaient.

Sarah, pour sa part, n'oublierait jamais sa fidèle amie.

Le chagrin et l'amertume la rongeaient. Tous ceux qu'elle avait aimés l'avaient quittée : ses parents quand elle était enfant, puis son oncle et Mary, et enfin, Mellie.

Sarah avait toujours eu beaucoup de mal à s'ouvrir aux autres. Après l'accident qui avait coûté la vie à ses parents, elle s'était refermée sur elle-même et avait mis du temps à s'intégrer à son nouveau foyer. Plus tard, alors même qu'elle vivait heureuse auprès de son oncle et de sa cousine, elle avait conservé la vague impression de ne pas vraiment appartenir à leur monde, d'être une intruse dans un ensemble harmonieux. Jusqu'au jour où oncle Frank avait décidé de faire peindre un portrait de famille.

Sarah avait onze ans à l'époque et, d'emblée, elle avait refusé de poser. Elle savait, ou plutôt croyait savoir, que son oncle ne la priait de se joindre à eux que par pitié. Elle avait donc prétexté une migraine et s'était tenue à l'écart durant l'exécution du portrait, même si son oncle avait exigé qu'elle reste dans la même pièce à leur faire la lecture, afin de les distraire pendant que le portraitiste travaillait.

Lorsque la toile avait été terminée, oncle Frank avait ôté le drap qui la masquait. Et, à sa grande stupéfaction, Sarah s'était découverte sur le tableau, entre son oncle et sa cousine.

Une joie intense l'avait envahie. Se voir ainsi représentée à leur côté avait tout changé dans son esprit. Pour la première fois de sa vie, elle avait eu le sentiment d'être un membre de la famille à part entière.

Aujourd'hui, Peter lui demandait de l'épouser. Mais quel droit avait-elle de s'approprier ce qui n'appartenait qu'à Mary ?

D'ailleurs, là n'était pas la question. La proposition de Peter n'avait pour but que de protéger sa réputation. Seul le sens du devoir l'avait poussé à lui offrir de porter son nom. Or, pourquoi devrait-il endosser seul la responsabilité d'un acte qu'ils avaient tous deux voulu ? Elle était parfaitement consentante lorsqu'elle s'était donnée à lui. Elle aurait pu le repousser, et elle ne l'avait pas fait. Par conséquent, il n'était pas question de le piéger dans un mariage de pure convenance qu'il ne souhaitait pas vraiment.

Oui, elle avait pris la bonne décision, même si son cœur devait en rester meurtri.

La jeune femme releva la tête et croisa le regard d'un homme qu'elle ne connaissait pas, sans doute un collègue ou un ami de la défunte. Aussitôt, la honte l'envahit, et elle baissa les yeux. C'était plus fort qu'elle, elle ne pouvait s'empêcher de se sentir coupable de la mort de Mellie.

Son attention se reporta sur la rue adjacente, où étaient massés les journalistes qui attendaient avec impatience la fin du service funèbre. Peter leur avait vertement ordonné de se tenir à l'écart lorsque le cortège était arrivé au cimetière. Mais, dès que le pasteur en aurait fini et que la petite foule se disperserait, ces vautours se jetteraient sur eux.

Elle ne se trompait pas.

Comme ils se dirigeaient vers la grille de fer forgé, les reporters se précipitèrent à leur rencontre pour les assaillir de questions. Ignorant leurs interpellations agressives, Peter fit un rempart de son corps à Sarah qu'il guida vers la sortie en la tenant par les épaules. Il ne consentit à la lâcher que lorsqu'ils se retrouvèrent en paix dans son attelage couvert. Puis, il tira résolument le rideau au nez d'un journaliste plus opiniâtre que les autres.

Du poing, il cogna contre la cloison et le cocher fit claquer son fouet. La voiture s'ébranla.

Sarah ne savait que dire pour briser le silence vibrant d'électricité qui était tombé entre eux. Elle se sentait vide, et seule tout à coup. Tous les êtres qu'elle chérissait avaient disparu. Un seul homme comptait désormais à ses yeux, celui-là même qu'elle n'avait pas le droit d'aimer. L'époux de Mary. Le père de Christopher.

Brusquement, Peter lança tout à trac :

— Je n'avais pas compris que vous cherchiez le journal de Mary.

Elle le regarda en déglutissant avec peine. Ses yeux bleus avaient perdu leur éclat, ce matin. Ils avaient viré au gris ardoise, rappelant la couleur plombée d'un ciel promesse de pluie.

— J'espérais y trouver des indices concernant sa mort, confessa-t-elle dans un souffle.

— Pour ma part, je n'ai jamais pris la peine de le lire… hormis, bien sûr, les passages que je n'ai pu éviter dans les journaux.

— Pourquoi ?

— Par peur de ce que j'aurais pu y découvrir, sans doute. Mary avait droit au bonheur, et je ne lui ai rien donné de ce que je lui avais promis. J'aurais dû lui parler de son vivant, m'expliquer avec elle… Après sa mort, je n'ai pas eu le courage de lire les reproches qu'elle n'avait jamais osé m'adresser.

Son dos se voûta comme sous le poids d'un fardeau écrasant. Le regard rivé au plancher de la voiture, il ajouta :

— Je vous ai dit que je n'avais pas tué ma femme et c'est la vérité, Sarah. Je le jure devant Dieu. En revanche, par ma conduite aberrante, je lui ai volé sa joie de vivre. Ce qui revient au même, je suppose. Je suis aussi coupable que le salaud qui l'a égorgée.

Bouleversée par sa franchise, Sarah eut envie de le toucher pour lui faire comprendre qu'elle partageait sa peine. Mais elle retint son geste et crispa les doigts sur le taffetas de sa robe.

— Nous l'avons tous deux trahie, murmura-t-elle douloureusement. Mary était comme ma sœur et je lui ai tourné le dos alors qu'elle avait plus que jamais besoin de moi.

Leurs regards se croisèrent. Lentement, Peter se pencha, et prit les mains de Sarah entre les siennes. Lorsque leurs doigts s'entrecroisèrent, Sarah ferma les yeux, s'efforçant de lui communiquer toutes ses émotions par ce simple contact.

Quand elle le regarda de nouveau, son visage viril exprimait des sentiments d'une telle violence qu'elle se dégagea dans un sursaut. À quoi jouait-elle donc ? N'avait-elle pas décidé une fois pour toutes que Peter et elle n'avaient aucun avenir commun ? Qu'elle n'avait pas le droit d'aimer cet homme après avoir tant reproché à Mary d'en être tombée amoureuse ?

Sarah prit alors une décision : elle allait rentrer chez elle.

Sa mission n'était pas terminée. Il lui restait toujours à démasquer le meurtrier de Mel et de Mary. Car ces deux crimes étaient liés, elle en avait l'intime conviction. Pour rendre justice à ces deux innocentes, et pour protéger Christopher, il fallait faire éclater la vérité, coûte que coûte.

Mais, pour cela, elle devait garder la tête froide et s'arracher à l'emprise qu'exerçait sur elle son amour interdit.

Les joues rougies par la colère, Ruth s'exclama :

— Mais c'est une menteuse, Peter !

— Elle a menti, certes, mais sans malveillance. Elle cherchait seulement à découvrir la vérité.

— Tu ne me feras pas croire que c'était sa seule motivation ! persifla Ruth d'un ton venimeux.

Peter se retint de s'emporter. Il n'avait pu s'empêcher de prendre la défense de Sarah mais il reconnaissait cependant que c'était à elle de se justifier. Pour sa part, il lui avait pardonné de l'avoir soupçonné. Sans doute aurait-il pareillement réagi à sa place, même s'il ne lui serait pas venu à l'esprit de se faire passer pour quelqu'un d'autre. Il était plus dans sa nature d'exiger des réponses immédiates à ses questions. Néanmoins, les intentions de Sarah demeuraient honorables à ses yeux. Après tout, elle n'avait cherché qu'à protéger les intérêts de Christopher.

— Pourquoi excuses-tu sa conduite insensée ? s'insurgea Ruth en plissant ses petits yeux sombres. Elle ne le mérite certainement pas !

Peter serra les dents sans répondre.

— Tu l'aimes, c'est cela ? jeta-t-elle d'un ton chargé de mépris.

— Ce ne serait tout de même pas un crime, que je sache !

L'air excédé, Ruth leva les yeux au plafond en agitant les mains.

— Tu ne changeras donc jamais ! Quand je pense qu'il s'agit de la cousine de Mary ! Comment peux-tu être aussi stupide, Peter ?

De nouveau, il lui opposa un silence obstiné. Il ne lui devait aucune explication. Et puis, à quoi bon argumenter avec Ruth quand elle devenait aussi irrationnelle ?

— J'ai essayé de te mettre en garde contre elle, poursuivit Ruth avec amertume. Crois-moi, je sens que cette histoire est loin d'être finie. J'ai toujours eu une sinistre prémonition concernant cette fille. Renvoie-la avant qu'il ne soit trop tard !

Peter lui adressa un regard soucieux. Sa demi-sœur se comportait étrangement depuis quelque temps. Elle était de plus en plus morose et querelleuse. Et pourquoi redoutait-elle autant Sarah ? Cela n'avait aucun sens.

De toute façon, il n'avait aucune intention de lui obéir.

— Non, répondit-il d'un ton catégorique. Sarah sera la bienvenue dans cette maison aussi longtemps qu'elle souhaitera y rester. Et j'exige que tu te montres hospitalière avec elle.

— Certainement pas ! Dans l'intérêt de Christopher, je te somme de la chasser !

Peter la dévisagea, interloqué. Dans l'intérêt de Christopher ? De quoi parlait-elle ? Tout cela ne rimait à rien. Fallait-il voir dans ce discours incohérent les effets d'une prise prolongée de laudanum ?

— Sarah ne ferait jamais de mal à Christopher, objecta-t-il avec fermeté. Elle l'aime beaucoup et c'est en partie pour lui qu'elle a décidé de s'introduire ici sous une fausse identité.

Ruth secoua la tête. Cette fois, des larmes brillaient dans ses yeux.

— Tu ne comprends pas ! s'écria-t-elle d'une voix suppliante. Sa présence même est un danger pour ton fils !

— Que me chantes-tu là ? Je te répète que Sarah ne s'en prendra jamais à lui.

— Peut-être, mais quelqu'un d'autre le fera. Réfléchis. Mary a été tuée voilà six ans. Durant tout ce temps, il ne s'est rien passé et il suffit que cette Sarah apparaisse pour qu'un autre meurtre soit perpétré sous ton toit. N'est-ce pas une coïncidence extraordinaire ? Qui sera la prochaine victime, Peter ? Je t'en prie, débarrasse-toi de cette maudite femme !

Peter se borna à secouer la tête. Bien sûr, il y avait du vrai dans les paroles de Ruth, de quoi éveiller sa méfiance en tout cas. Cependant, il se refusait à douter de Sarah. Et si cette dernière était bel et bien en danger, il n'allait certes pas la renvoyer loin de lui !

— N'y compte pas, Ruth.

— Imbécile ! cria-t-elle, hors d'elle. Tu le regretteras, Peter. Nous le regretterons tous, je te le prédis !

Puis, secouée de sanglots, elle tourna les talons et s'enfuit en courant. Peter fut tenté de la rappeler pour la raisonner. Il aurait voulu la rassurer, lui jurer que, cette fois, il serait à la hauteur, qu'il comprenait ses angoisses… Mais à quoi bon ? Dans l'état d'agitation où elle se trouvait, elle ne l'écouterait pas.

Elle non plus n'avait pas confiance en lui.

La colère le saisit et, avisant son verre de porto posé au coin du bureau, il s'en empara et le projeta avec violence contre le mur.

Le verre éclata en mille morceaux dans une gerbe d'éclaboussures, et des traînées de liquide sombre dégoulinèrent le long de la tapisserie.

Une goutte d'alcool atterrit à la commissure de ses lèvres. D'un revers de main impatient, il l'essuya.

Non, cette fois, il ne faillirait pas aux siens.

27

Cela faisait déjà un moment que Sarah était assise, le regard dans le vague, essayant de trouver un exutoire à sa colère plutôt que de se morfondre.

Deux jours s'étaient écoulés depuis l'enterrement. Ils avaient de nouveau reçu la visite de la police : l'enquête concernant le meurtre de Mel avait été classée faute de pistes. Les investigations s'arrêtaient là et l'on avait conclu à un banal cambriolage.

Sarah n'en croyait pas ses oreilles. Trouver l'assassin n'était donc plus important maintenant que Peter avait un alibi ? On ne se donnait le mal de procéder à une enquête que lorsque les soupçons se portaient sur quelqu'un ayant une position importante dans la société ? La vie de Mellie ne comptait pas puisqu'elle n'était ni une Belmont ni une Vanderbilt ?

Les conclusions des policiers étaient risibles. Quel genre de voleur se serait introduit dans une maison pour étouffer une femme avant de s'en aller sans dérober le moindre objet de valeur ?

Non, décidément cela ne rimait à rien. Que la police se désintéresse du dossier mettait Sarah hors d'elle. C'était tellement injuste !

Peter, qui était venu lui annoncer la nouvelle et l'observait en silence depuis quelques minutes, sortit enfin de son mutisme :

— Je suis désolé. Je sais à quel point vous étiez attachée à Mel.

Elle acquiesça, tête baissée. Depuis qu'elle avait décidé de partir, elle avait du mal à le regarder dans les yeux. Elle n'avait plus rien à faire chez lui. Elle ne doutait plus de son innocence et elle le savait capable de veiller seul sur son fils. Par conséquent, elle avait fait le bon choix.

Il ne restait plus qu'à le lui annoncer.

— Je vais partir, Peter.

— Partir ?

— Oui. C'est mieux ainsi.

Ses yeux la piquèrent tout à coup. L'idée de le quitter lui était insupportable. Elle en venait presque à regretter de l'avoir jamais connu et avait l'impression que sa vie était finie. Pourtant, il n'y avait pas d'autre solution.

— Je vous en prie, ne partez pas ! dit-il en ébauchant un mouvement dans sa direction.

Il se figea en lisant la détermination affichée sur son visage et le désespoir l'assaillit. Puis la révolte le submergea. Non, c'était impossible ! Il n'allait pas la laisser disparaître de son existence sans rien faire. La perspective de la perdre était inconcevable. Il avait *besoin* d'elle ! Si elle l'abandonnait… il deviendrait fou, pour le moins.

En quelques jours, Sarah était devenue, après Christopher, sa seconde raison de vivre.

Il ne baisserait pas les bras. Oh non ! Il allait lutter, et de toutes ses forces.

Sans trop réfléchir et sans la quitter des yeux, il se débarrassa de son gilet, puis entreprit de déboutonner sa chemise.

Sarah lui jeta un regard abasourdi.

— Que faites-vous ?

— N'est-ce pas évident ? Je me déshabille.

— Avez-vous perdu la tête ?

Comme il s'avançait vers elle, elle s'élança hors de son fauteuil, une lueur de panique dans le regard.

— Peter !

Avec une certaine cruauté, il répliqua :

— Mary est morte. Mais pas moi. Je suis bien vivant, et je vais vous le prouver.

Du diable s'il lui permettait de brandir le souvenir de Mary et de s'en servir comme d'une barrière entre eux !

— Peter !

Elle voulut lui échapper en se jetant de côté, mais il la cueillit au vol et la ceintura d'un bras, tout en lui saisissant la nuque de l'autre main.

— Vous aussi, vous êtes vivante ! gronda-t-il.

— Peter, non… Il ne faut pas ! sanglota-t-elle en se débattant.

— Pourquoi ? Pour quelle raison devrions-nous nous séparer ? Et ne me répondez pas que c'est à cause de Mary, car elle n'est plus là pour avoir une opinion sur le sujet !

Les yeux hagards de Sarah s'emplirent de larmes. Plus que jamais, il avait envie de l'embrasser, de lui faire l'amour et de lui crier qu'il l'aimait.

Ils s'affrontèrent du regard.

Désespérée, Sarah sentit sa résolution fléchir. Les doigts de Peter, crispés sur sa nuque, lui faisaient mal ; il la serrait trop fort et lui meurtrissait les côtes. Pourtant, elle ne lui résistait plus. Voir sa bouche si proche lui rappelait leurs baisers enfiévrés au goût d'épices. Son corps tout entier réclamait le contact du sien, sa chaleur, sa dureté…

— Je vous en prie, ne partez pas, chuchota-t-il encore.

Elle ferma les yeux pour ne plus voir ce visage implorant. Elle ne souhaitait pas s'en aller. Elle ne l'avait jamais voulu.

Incapable d'endurer plus longtemps cette torture, elle lui tendit ses lèvres, le suppliant en silence de prendre sa bouche. Elle gémit lorsque leurs lèvres s'unirent et se cramponna à son cou avec un soudain abandon.

— Peter…

Ce dernier répondit par une sorte de feulement rauque qui trahissait l'intensité de son désir. Son baiser se fit plus profond et plus exigeant. Les forces de Sarah l'abandonnèrent.

Elle se laissa étendre sur le lit et l'attira entre ses bras, heureuse de sentir sur elle le poids de ce corps qui épousait le sien.

— J'ai envie de vous, Sarah.

— Moi… aussi, balbutia-t-elle.

Elle gémit encore lorsqu'il pressa ses hanches contre les siennes, prouvant ainsi la soif qu'il avait d'elle.

Peter n'avait nul besoin d'autre encouragement. Il voulait la faire sienne, la marquer de son sceau. Sarah était tout ce qu'il désirait chez une femme. Jamais il ne renoncerait à elle.

Doucement, il releva les pans de sa jupe et laissa glisser sa main sur sa cuisse fuselée, puis sur sa taille, dévoilant centimètre par centimètre sa peau blanche et satinée, tandis que sa bouche dévorait la sienne.

Sarah avait des lèvres si pulpeuses, si sensuelles… leur goût le grisait jusqu'à l'ivresse !

De plus en plus fébrile, il suivit le tracé de chaque courbe et chaque creux de son corps, dans une exploration minutieuse, quasi religieuse. Chacune de ses caresses était une promesse que, il l'espérait, elle pouvait déchiffrer avec son cœur.

Même si elle finissait par le quitter, il s'assurerait qu'elle ne l'oublie jamais. Et si elle restait près de lui… il ferait en sorte qu'elle ne le regrette jamais.

— Je vous aime, Sarah, murmura-t-il en faisant glisser ses lèvres sur son front.

Sarah tressaillit. Les battements de son cœur s'affolèrent. Il avait parlé si bas qu'elle n'était pas sûre d'avoir bien compris. Était-elle victime de son imagination ?

Oserait-elle le croire ?

Avec douceur, il la fit tourner et entreprit de faire sauter les petits boutons qui retenaient son bustier. Lorsque son dos fut dégagé, il lui maintint les bras au-dessus de la tête et se mit à lui mordiller la nuque. Puis, il laissa sa bouche courir le long de sa colonne vertébrale, en une succession de baisers, goûtant la peau frémissante de la jeune femme.

Sarah ne bougeait pas. Chaque fois qu'il la touchait, de petits frissons la parcouraient, faisant naître de délicieuses sensations qui irradiaient son corps. Étourdie, elle se mit à haleter, tandis que la tension montait peu à peu dans tous ses muscles.

Lorsqu'il eut ôté le dernier bouton, il dégagea ses épaules du bustier pour le faire glisser sous elle. Sarah retint un gémissement quand le tissu érafla les pointes durcies de ses seins. Elle se mordit la lèvre comme il dénouait le cordon de sa jupe et l'en débarrassait rapidement, avant de lui subtiliser ses sous-vêtements de dentelle.

L'autre soir, dans la bibliothèque, il l'avait dévêtue dans le noir. Aujourd'hui, elle gisait nue devant lui, son corps dévoilé en pleine lumière. L'excitation la gagna à l'idée qu'elle était totalement offerte alors que lui n'avait pas encore complètement quitté ses habits.

— Vous êtes si belle ! s'extasia-t-il en promenant sa main dans son dos.

Il se pencha et elle sentit sa bouche chaude sur ses reins, puis plus bas sur ses fesses, et enfin au plus intime d'elle-même. Retenant un cri, elle agrippa l'oreiller des deux mains. Seigneur, il était vraiment diabolique ! Mais elle aimait et savourait chacune de ses caresses. Était-elle dépravée pour autant ? Il lui semblait tout naturel de se laisser aimer par Peter.

— Tourne-toi, chuchota-t-il.

Elle obtempéra avec un mélange de gêne et d'impatience. Le désir intense qu'elle lut dans son regard lui procura un choc. Quand il baissa les yeux sur sa poitrine, elle sentit ses seins se dresser comme pour appeler les caresses.

Un sourire lascif se dessina sur les lèvres de Peter. Avec une lenteur calculée, il déboutonna son pantalon, avant de l'envoyer promener sur le plancher, et se redressa dans sa splendide nudité.

Comme il était beau avec ses larges épaules, ses hanches étroites et ses cuisses musclées !

Il s'agenouilla devant elle et Sarah se raidit d'extase avant même qu'il ne la touche. Elle savait quelles étaient ses intentions, et son corps frémissait d'impatience dans l'attente du feu dévorant que ses caresses allaient éveiller.

Entre ses seins, elle vit ses cuisses s'écarter devant le visage de Peter. Il ouvrit la bouche et, la seconde d'après, elle sentit son souffle sur sa chair sensible. Tête renversée, elle gémit sans retenue lorsqu'il commença à lui faire l'amour avec ses lèvres, ses dents, sa langue.

Comme elle aimait cet homme !

28

Les mots avaient franchi ses lèvres sans qu'il ait eu l'intention de les prononcer.

Pourtant, il ne les regrettait pas. Il aimait Sarah. Et, plus que tout au monde, il voulait la rendre heureuse.

Pour la première fois de sa vie, il faisait passer son propre plaisir après celui d'autrui.

Il voulait s'enfoncer en elle, sentir ses bras et ses jambes autour de lui, goûter sur ses lèvres l'élixir suave de la passion ; il voulait l'entendre crier son nom dans un abandon total ; et, plus que tout, il voulait l'entendre murmurer qu'elle l'aimait, elle aussi.

Et si ce n'était pas le cas, alors il se contenterait de ses cris de plaisir.

Peter savoura le corps de Sarah perdu dans son extase, écoutant ses plaintes de plus en plus fortes, jusqu'à ce que son propre désir se fasse trop impérieux. Il se redressa alors et la contempla. Son regard bleu était embrumé par la passion, sa peau empourprée, ses lèvres gonflées par les baisers. Et il eut la certitude, tout à coup, qu'il tuerait de ses propres mains l'homme qui oserait lui faire le moindre mal.

Il se pencha, l'emprisonna entre ses bras et prit sa bouche avec une fièvre proche de la férocité.

Sarah ferma les yeux, exultant de sentir son corps s'appesantir sur le sien. Ses hanches se portèrent à la rencontre des siennes, et elle sentit son sexe dur à l'orée de son intimité. Impatiente, elle le saisit par les fesses, et l'attira en elle brusquement, au plus profond.

Peter poussa un cri sourd qui l'embrasa tout entière. Puis il se mit à aller et venir, et les sensations les plus incroyables l'envahirent.

— Peter !

Ses bras la tenaient enlacée, ses lèvres et sa langue lui caressaient le visage, la bouche, les yeux, le nez... Elle aurait voulu que cette magie dure éternellement.

— Je t'aime, Sarah.

À cet instant, le plaisir déferla avec une intensité qu'elle n'avait jamais connue, à l'instant même où Peter atteignait lui aussi l'extase. Un long moment, ils demeurèrent cramponnés l'un à l'autre. Puis, comme ils reprenaient leur souffle, une félicité indicible submergea la jeune femme.

— Je t'aime, répéta-t-il, la figure enfouie contre sa poitrine.

— Moi aussi, je t'aime, Peter.

Et elle sourit en l'entendant soupirer contre sa gorge encore palpitante.

Sarah dormit à peine cette nuit-là. Comment fermer l'œil alors que tant de pensées se bousculaient dans son esprit ?

Ils n'avaient pas quitté la chambre, même pour se restaurer. Ils avaient fait l'amour de nouveau, puis s'étaient pelotonnés sous les couvertures. Avec Peter si proche, Sarah savourait chaque seconde. Auprès de lui, elle se sentait vivante, vibrante d'énergie. Chaque respiration, chaque battement de cœur était magnifié, chaque pore de sa peau réclamait ses caresses.

Ces sentiments étaient trop puissants pour être niés.

Elle voulait se réveiller chaque jour dans ses bras. Si ce bonheur lui était refusé, elle en mourrait.

Des années plus tôt, Mary avait dû éprouver les mêmes transports auprès de cet homme. Longtemps, Sarah avait cru que Peter était la cause de leur brouille. Aujourd'hui, elle mesurait l'étendue de son erreur. Non, elle seule était fautive. Terrassée par le doute et par son sentiment d'insécurité, elle avait préféré rayer Mary de sa vie plutôt que d'admettre qu'elle s'était trompée.

Cela n'avait aucun sens.

Et voilà qu'aujourd'hui elle retombait dans le même piège. Elle était tellement effrayée à l'idée de perdre Peter qu'elle voulait s'en aller. Peut-être se servait-elle de sa culpabilité comme d'un bouclier entre elle et lui ?

Tant de questions tourbillonnaient dans son cerveau en déroute !

Elle tourna la tête et constata que Peter dormait toujours, une expression sereine et paisible se lisant sur ses traits détendus. Elle se retint de lui effleurer la joue et, avec mille précautions, se dégagea de son étreinte pour glisser hors du lit et rassembler rapidement ses affaires.

Elle avait besoin de solitude afin de réfléchir.

Sur la pointe des pieds, elle quitta la chambre et referma doucement la porte derrière elle.

29

Peter s'éveilla le sourire aux lèvres.

Il enlaça la taille de Sarah, vaguement conscient que la forme de son corps n'était pas celle à laquelle il s'attendait, mais pas suffisamment réveillé pour s'en inquiéter. Il l'attira à lui et l'embrassa sur le nez.

— Beurk ! cria Christopher en se débattant.

Peter ouvrit les yeux et libéra son fils qui se tortillait en s'essuyant la figure avec dégoût.

— Beurk ! Beurk ! Beurk ! brailla-t-il encore.

Peter ne put s'empêcher de rire. Il laissa ses yeux errer dans la chambre à la recherche de Sarah, et ne la vit nulle part. Ses sourcils se froncèrent. Depuis combien de temps s'était-elle éclipsée ? Il lui semblait incroyable de ne pas avoir remarqué son absence plus tôt.

— Bonjour, fiston.

— Bonjour, papa.

— Que fais-tu ici ?

— Le croque-mitaine est encore venu dans ma chambre, hier soir.

Peter retint un soupir. Son fils avait décidément une imagination débridée. Cela n'avait rien d'inquiétant chez un enfant de cet âge, néanmoins il allait devoir apprendre à faire la différence entre la réalité et ses fantasmes.

— Il est revenu, hein ?

— Oui.

— Christopher…

— Je vous le jure, papa !

Le sérieux de son ton amusa Peter tout autant qu'il le troubla. Même s'il ne lui viendrait jamais à l'esprit de traiter son fils de menteur, il savait qu'il n'était pas sain d'encourager de telles croyances.

Depuis qu'il était en âge de parler et d'exprimer ses peurs, Christopher se plaignait des visites nocturnes du croque-mitaine. Le sachant doué d'une mémoire phénoménale, Peter avait tout d'abord pensé qu'il s'agissait d'un souvenir de sa petite enfance. Puis, le temps passant, il s'était rendu compte que son fils avait surpris certaines conversations entre les domestiques et qu'il n'ignorait rien des circonstances de la mort de sa mère. Furieux, Peter avait enjoint à ses employés de tenir leur langue en présence de l'enfant. Mais le mal était fait et, fort logiquement, le subconscient de Christopher avait créé ce croque-mitaine, symbole de ses terreurs profondes.

Car Christopher avait peur. Au début, il préférait même faire pipi au lit plutôt que de se lever au risque de croiser le fameux croque-mitaine. Peter avait tenté de le raisonner, en pure perte. De guerre lasse, il l'avait autorisé à venir le rejoindre dans sa chambre lorsque son cauchemar le réveillait en pleine nuit. Ce n'était sans doute pas la meilleure façon de gérer la situation, mais aucune autre idée ne lui était venue à l'esprit.

Dans les premiers temps, Christopher l'avait rejoint nuit après nuit. Puis, peu à peu, ses visites s'étaient espacées. Désormais, il jouissait d'un sommeil plus paisible et il arrivait rarement que Peter s'éveille le matin en le sentant blotti contre lui.

Aujourd'hui, il s'était attendu à trouver près de lui une tout autre personne.

Cette pensée le ramena à la première question qu'il s'était posée en ouvrant les yeux. Où était passée Sarah ?

Il faillit interroger son fils, puis il se ravisa.

Christopher poursuivait d'une voix excitée :

— Le croque-mitaine s'est approché tout près de mon lit, je l'ai entendu respirer, mais je n'ai pas pleuré. J'avais très peur, mais je n'ai pas pleuré !

Peter accueillit ces paroles avec des sentiments mitigés. Certes, il était ennuyé de constater que son fils se cramponnait toujours à ses divagations, néanmoins cela prouvait qu'il n'était somme toute qu'un petit garçon comme les autres, en dépit de sa maturité d'esprit qui le faisait parfois ressembler à un jeune vieillard.

— Que s'est-il passé ? Tu l'as mis en fuite ? demanda-t-il tout en ébouriffant les cheveux de son fils avec indulgence.

— J'ai rassemblé tout mon courage et… je lui ai parlé !

— Bravo ! S'est-il enfui ?

— Non, il s'est juste mis à pleurer.

Peter dissimula un sourire devant l'expression sérieuse de l'enfant.

— Tu l'as fait pleurer ? Comment t'y es-tu pris ?

— Je ne sais pas trop… Je pense que c'est parce que je lui ai dit qu'il sentait comme tante Ruth.

Peter faillit éclater de rire.

— Quelle horreur ! J'ignorais que le croque-mitaine se parfumait au patchouli ! Tu as dû le vexer. Eh bien, peut-être ne reviendra-t-il plus maintenant ?

Christopher ajouta d'un air fanfaron :

— La prochaine fois, je lui casserai la figure !

— Je n'en doute pas une seconde et, à sa place, je me méfierais !

Christopher eut un sourire rayonnant de fierté.

— Maintenant, je n'ai plus peur, affirma-t-il, bravache.

— Ça c'est un garçon !

Peter résista à l'envie de le serrer dans ses bras et de lui voler un autre baiser. Christopher se trémousserait encore pour lui échapper avec des « Beurk ! » écœurés. Peter s'en réjouissait car cela traduisait un fort désir d'indépendance. Et cependant, voir son fils grandir aussi vite le rendait nostalgique.

— Dis-moi, Christopher, cela te ferait-il plaisir d'avoir un petit frère ou une petite sœur ?

Il fut lui-même pris au dépourvu par la question qui avait franchi ses lèvres sans qu'il y réfléchisse.

Le minois de Christopher prit une expression intéressée.

— Un petit frère ? Oh, oui ! j'aimerais bien...

Peter imaginait déjà une maison pleine d'enfants : un petit frère pour Christopher, et aussi deux petites filles aux boucles brunes et aux yeux d'un bleu aussi profond que l'océan, qui auraient le caractère farouche de leur mère...

— Est-ce que Sarah va devenir ma nouvelle maman ? s'enquit Christopher, comme s'il avait deviné le cheminement de la pensée paternelle.

— Je l'espère.

Peter aurait aimé répondre par l'affirmative, malheureusement il n'avait pas toutes les cartes en main. Sarah avait son mot à dire, et il ne pouvait la contraindre à rester à ses côtés.

— Moi aussi, je l'espère, papa ! J'aime beaucoup Sarah.

— Je suis content que nous soyons d'accord, conclut Peter en riant.

— Pouvons-nous lui poser la question maintenant ? S'il vous plaît ?

— Voyons, ce n'est pas aussi simple que ça...

Comme il prononçait ces mots, une idée quelque peu perverse germa dans l'esprit de Peter. Après tout, pourquoi pas ? Avec sa frimousse angélique, Christopher était franchement attendrissant et il fallait avoir un cœur de pierre pour lui refuser quoi que ce soit. Évidemment, ce n'était guère fair-play de sa part d'envoyer l'enfant à Sarah afin de l'émouvoir, mais n'avait-il pas déjà décidé de ne pas jouer selon les règles établies ?

Il ferait tout ce qui était en son pouvoir pour ne pas perdre Sarah. Même ce que la morale réprouvait !

— Tout compte fait, ça me semble être une bonne idée. Oui, pourquoi n'irais-tu pas le lui demander ? proposa-t-il malicieusement.

Christopher, qui s'amusait à rebondir sur le matelas, s'arrêta net en entendant la suggestion de son père.

— Je peux demander à Sarah d'être ma nouvelle maman ?

— Mais oui ! Va la trouver et pose-lui la question, puis reviens me transmettre sa réponse.

— Bon, d'accord, acquiesça Christopher en se glissant hors du lit. J'y vais !

Peter le suivit des yeux tandis qu'il allait récupérer sa canne près de la porte. Il regrettait de ne pouvoir se changer en petite souris pour épier la conversation qui allait suivre !

— Ne lui dis pas que c'est moi qui t'envoie ! lança-t-il encore au moment où Christopher franchissait le seuil. Et sois aussi poli que possible.

— Bien sûr, papa !

— Si elle dit oui, tu pourras manger autant de caramels que tu le souhaites !

— Youpi ! fit la voix de Christopher qui se trouvait déjà dans le couloir.

Peter s'adossa à ses oreillers et resta immobile jusqu'à ce que le tapotement de la canne contre le parquet se soit estompé. Puis, doigts croisés derrière la nuque, il attendit.

Il aurait donné n'importe quoi pour voir l'expression de Sarah lorsque l'enfant lui demanderait ingénument si elle voulait bien devenir sa mère.

Quelle serait sa réponse ?

Il sourit en imaginant la scène.

— Sarah Woodard, vous n'allez pas vous en tirer aussi facilement, je vous prie de le croire ! chuchota-t-il avec satisfaction.

30

Sarah s'était vraiment mise dans une situation inextricable.

Elle avait beau réfléchir, retourner les différents aspects du problème dans tous les sens, les fils de sa vie lui paraissaient toujours aussi emmêlés.

Après avoir quitté le lit de Peter, elle s'était réfugiée dans la bibliothèque et, depuis, elle tentait d'y voir clair dans la confusion de ses sentiments.

Tout en jouant distraitement avec un bouton oublié trouvé par terre, elle s'efforçait de déterminer la ligne de conduite à adopter.

Devait-elle partir ? Rester ?

C'était sa vie entière qui se jouait sur cette simple question.

Elle n'avait pas avancé d'un pouce lorsqu'elle perçut le « toc-toc » familier de la canne de Christopher dans le couloir.

— Christopher ! appela-t-elle en se levant.

Dans son mouvement, le bouton lui échappa et alla rouler sur le parquet. Christopher s'immobilisa sur le seuil de la bibliothèque. En le voyant vêtu de sa chemise de nuit, Sarah se demanda quelle heure il pouvait être et si Peter dormait encore.

— Sarah ? appela l'enfant d'une voix incertaine.

— Bonjour, Christopher.

Elle l'invita à entrer dans la pièce, résolue à éclaircir certaines choses une fois pour toutes. Il était grand temps que Christopher sache qui elle était en réalité.

La mine réjouie, l'enfant pénétra dans la bibliothèque en balançant sa canne devant lui. Sarah le trouva adorable dans son vêtement de nuit qui lui tombait jusqu'aux chevilles. Elle dut se retenir pour ne pas le prendre dans ses bras.

— Christopher, pour une fois, veux-tu bien t'asseoir sur mes genoux ?

— Pfff !... d'accord, concéda-t-il d'un ton supérieur et vaguement excédé.

— Viens.

Elle reprit place dans le fauteuil qu'elle venait de quitter et hissa le petit garçon sur son giron. Celui-ci semblait ne pas vouloir lâcher sa canne, et elle ne formula pas d'objection, même lorsque le pommeau lui heurta le front.

Sarah se frotta le crâne, ravalant un rire devant l'expression insouciante du gamin. Il paraissait débordant d'énergie ce matin, presque excité. Était-ce la joie de la voir ?

— Je suis contente que tu sois là parce que j'ai quelque chose à te dire, déclara-t-elle après avoir pris une profonde inspiration.

— Moi aussi ! Moi aussi !

— Oh, vraiment ? Qui va commencer, toi ou moi ?

— Papa dit toujours : « Les dames d'abord. » Allez-y.

— Bien, dans ce cas... j'ai un aveu à te faire.

— Un aveu ? Qu'est-ce que c'est ?

— C'est... eh bien, dans le cas qui nous préoccupe, c'est quand on n'a pas entièrement dit la vérité et qu'on souhaite la rétablir.

Christopher réfléchit un moment avant de commenter :

— Comme quand je dis que j'aime bien le riz, alors que ce n'est pas totalement vrai parce qu'on dirait plein de petits asticots dans la bouche ?

L'image était pour le moins curieuse. Sarah fronça le nez avec répugnance.

— Oui, un peu comme ça. Dois-je en conclure que tu n'aimes pas le riz ?

Christopher répondit par une grimace des plus éloquentes. Sarah se mordit la lèvre.

— Pourquoi ne le dis-tu pas à tante Ruth ou à ton père ? Je suis sûre qu'ils ne t'obligeraient pas à manger des asticots.

— Je l'ai dit à tante Ruth, mais elle m'a répondu qu'on ne devait pas gaspiller la nourriture.

— Hum… eh bien, la prochaine fois, si je suis dans les parages, je te promets de soutenir ton point de vue… Enfin, si tu veux toujours de moi après ma confession.

— Bien sûr ! C'est quoi une confession ?

— C'est comme un aveu. Hum… nous verrons.

— En fait, poursuivit-il en redevenant un petit homme sérieux, moi et mon papa, on voudrait que vous nous épousiez.

Sarah sursauta.

— Il… il a dit ça ?

— Oui.

Son cœur se mit à battre la chamade. Elle le pressa de continuer :

— Qu'a-t-il dit exactement ?

Christopher esquissa une moue incertaine et se mordilla l'index d'un air pensif, avant d'objecter :

— Je ne suis pas censé vous le répéter.

Sarah sentit l'espoir grandir en elle. Se pouvait-il

que Peter ait sincèrement envie de l'épouser ? Qu'il ne lui ait pas fait cette proposition uniquement par devoir, mais bel et bien parce qu'il l'aimait ?

Devant la réticence de Christopher à en dire plus long, elle n'insista pas.

— Je vois, dit-elle. Eh bien, si ton père veut savoir ce que j'en pense, il devra me poser la question lui-même. Tu ne trouves pas cela plus logique ?

Il hocha la tête, et elle préféra abandonner le sujet. Après tout, il ne s'agissait peut-être que d'une lubie de petit garçon. Inutile de s'emballer.

— Christopher, ce que je voulais te dire, c'est que…

Elle s'interrompit, cherchant les mots adaptés à l'âge de son interlocuteur. Le mieux était encore de se jeter à l'eau, décida-t-elle.

— Je t'ai dit que j'étais professeur, n'est-ce pas ?

— Oui.

— Eh bien, ce n'est pas tout à fait vrai.

— Vous n'êtes pas mon professeur ?

— Si, je t'ai donné quelques leçons, c'est vrai, rectifia-t-elle, soucieuse de ne pas le désorienter.

— Alors, vous êtes bien mon professeur !

— Dans ce cas précis, oui. Mais ce n'est pas un métier que j'exerce pour vivre.

Elle attendit un commentaire et, comme rien ne venait, elle enchaîna :

— Et puis, je t'ai dit que je m'appelais Hopkins, tu t'en souviens ?

— Oui.

— Ce n'est pas vrai non plus.

— Comment vous appelez-vous, alors ?

— Woodard.

— Bon, fit-il en haussant les épaules.

Visiblement, la nouvelle ne l'émouvait guère.

— Ce nom ne te dit rien ?

— Non.

— Je suppose que c'est normal. Mais il faut que tu saches que je connaissais bien ta maman.

— C'est vrai ? s'exclama-t-il, tandis que son petit visage s'éclairait brusquement.

— Oui. Je la connaissais même très bien.

— Était-elle gentille ?

— Adorable ! Je l'aimais infiniment. Vois-tu, c'était ma cousine. Presque ma sœur, car nous avons été élevées ensemble.

— Je voudrais avoir un petit frère, soupira Christopher. Quand vous aurez épousé papa, vous en amènerez un à la maison ?

Sarah ne sut que répondre à cette innocente question. Il valait mieux ne pas entretenir de faux espoirs chez l'enfant.

— Donc, ta mère était ma meilleure amie, reprit-elle patiemment.

— Moi, je n'ai pas de meilleur ami. À part papa.

— C'est déjà bien. Ton père est quelqu'un en qui tu peux avoir entière confiance.

— Quelqu'un a tué ma maman quand j'étais bébé, ajouta-t-il de but en blanc.

Le cœur de Sarah fit un bond dans sa poitrine. Christopher était donc au courant des circonstances du drame ?

— Tu le savais ? murmura-t-elle.

— Oui, acquiesça-t-il tristement. C'était vraiment très méchant, hein ?

Sarah le serra plus étroitement contre elle et posa sa joue sur ses cheveux blonds.

— Très méchant. Tu sais, ta maman et moi, nous nous étions disputées très fort avant qu'elle ne parte pour le paradis.

— Pourquoi ?

— Je te l'expliquerai quand tu seras grand. Ce n'était pas du tout sa faute, mais la mienne. Et le pire, c'est que je n'ai pas eu le temps de me réconcilier avec elle et de lui dire à quel point je regrettais ma conduite.

— Elle a dû être très triste ?

— Je crois, mais j'espère qu'au fond de son cœur elle savait combien je l'aimais.

Sarah ferma les yeux et embrassa avec tendresse l'enfant sur le front. Il se laissa faire, puis se redressa.

— Je sais ce que vous pouvez faire, déclara-t-il d'un ton solennel.

— Quoi donc ?

— Papa dit que maman est montée au ciel et que, là-bas, on parle avec le cœur. Si vous lui parlez de cette façon, elle vous entendra. Il faut penser très fort que vous regrettez et que vous lui demandez pardon.

— C'est ce que je fais, Christopher.

— Alors, elle le sait, conclut-il avec conviction. Papa dit qu'elle entend tout, maintenant, un peu comme Dieu. Sauf qu'elle n'est pas Dieu, bien sûr.

Sarah rit doucement, les yeux brouillés de larmes.

— Je crois que ta maman serait très fière de toi, Christopher.

— Vraiment ?

— Oui. Mais il y a encore autre chose que je veux te dire, poursuivit-elle, consciente que le plus dur restait à venir. Je t'ai fait croire que j'étais aveugle, comme toi. Eh bien… c'est faux.

Christopher fronça les sourcils, perplexe.

— Vous voulez dire que le docteur vous a guérie ?

— Non. Je n'ai jamais été aveugle.

— Oh…

— Je suis vraiment navrée d'avoir menti. Tu m'en veux beaucoup ? Tu en aurais le droit.

— Non, mais... pourquoi m'avez-vous dit cela ? Je ne comprends pas.

— J'avais une très bonne raison pour te dire cela, mais il n'empêche que j'ai menti. Je te prie de me pardonner.

— Je vous pardonne. Ce n'est pas si grave. Je suis content que vous ne soyez pas aveugle. Moi, je n'aime pas beaucoup ça.

Compatissante, Sarah lui pressa l'épaule.

— Je m'en doute, mon chéri. Mais tu es la personne la plus courageuse que je connaisse.

— Vous le pensez vraiment ?

— Oui.

Il bomba le torse sous son regard attendri.

— C'est vrai, je suis plutôt courageux ! Vous savez pourquoi ?

— Non.

— Parce que j'ai fait peur au croque-mitaine, hier soir. Je l'ai fait fuir de ma chambre ! Papa croit que c'était juste un cauchemar, mais moi, je sais bien que non puisque j'ai senti son odeur. Il sent la fille ! précisa-t-il en plissant le nez.

— Attends... Tu dis que quelqu'un entre dans ta chambre la nuit ?

— Oui, le croque-mitaine.

— Comment sais-tu que c'est lui ?

— Au début, je croyais que c'était tante Ruth. Je lui ai posé la question mais elle m'a répondu que c'était le croque-mitaine. Elle m'a dit que si je me réveillais et si j'appelais, il m'emmènerait pour me dévorer.

Sarah ravala une exclamation de colère. Quelle chose stupide à dire à un enfant ! Pas étonnant que

Christopher soit la proie de terreurs nocturnes. À quoi pensait donc Ruth ?

À moins que...

Un frisson parcourut la jeune femme. Avec prudence, elle demanda :

— Pourquoi pensais-tu qu'il s'agissait de tante Ruth ?

— Parce qu'il sent comme elle. Beurk !

— Ce croque-mitaine... Est-ce qu'il veut te faire du mal ?

— Non. Il reste là et, souvent, il pleure. Et je crois aussi qu'il écrit.

— Comment ?

— J'entends la pointe d'une plume qui gratte le papier. C'est très facile à reconnaître, comme bruit. Et j'ai trouvé un livre au fond de l'armoire, sous une planche.

Sarah n'en croyait pas ses oreilles. Des idées folles défilaient à toute allure dans son esprit. Était-il possible que Ruth soit une meurtrière ? Qu'elle ait assassiné Mary, puis Mel en croyant se débarrasser de Sarah ?

Mais quel aurait été son mobile ?

À première vue, cela semblait insensé. Mais un meurtre était quelque chose d'insensé.

Et ce fameux livre dont parlait Christopher ? S'agissait-il du journal manquant de Mary ? S'il incriminait Ruth, peut-être celle-ci l'avait-elle dissimulé dans la chambre du petit garçon qui était bien incapable d'en lire le contenu ? Mais pourquoi ne pas l'avoir tout simplement détruit ?

La jeune femme se leva d'un bond et remit Christopher sur pied.

— Montre-le-moi tout de suite ! s'exclama-t-elle.

— Je n'y ai pas touché, je vous le promets !

répondit Christopher d'une petite voix effrayée, craignant d'avoir fait une bêtise. Je ne savais pas ce que c'était.

— Non, bien sûr, chéri. Je ne t'accuse de rien. Je veux juste voir ce livre. Veux-tu bien me le montrer ?

— D'accord, dit Christopher en lui prenant la main.

31

Peter gravit quatre à quatre les marches du perron de Celia Morgan.

Ruth venait de lui remettre une lettre de cette dernière dont il avait pris connaissance avec une stupeur grandissante et dans laquelle la jeune femme, furieuse, lui reprochait d'avoir oublié un second rendez-vous avec August Belmont. Elle terminait sa missive orageuse en lui disant « d'aller au diable ».

Or, Peter n'avait jamais été mis au courant de ce rendez-vous. Il ne se rappelait pas l'avoir noté dans son agenda, ni même avoir accepté de rencontrer August Belmont. Certes, il avait été plutôt préoccupé ces derniers temps, néanmoins il était peu vraisemblable qu'il n'ait gardé aucun souvenir d'un entretien aussi important.

Parvenu devant la porte d'entrée, il frappa le heurtoir contre l'huis d'une main impatiente. Le majordome tarda à venir et lorsque le battant s'ouvrit enfin, Peter bouillait sur place.

— Monsieur Holland, le salua Simon en s'effaçant pour le laisser entrer. Dois-je annoncer votre visite à Mme Morgan ?

— Oui, je vous prie, acquiesça Peter en pénétrant dans le vestibule.

— Madame est souffrante depuis ce matin, monsieur, mais je pense qu'elle vous recevra quand même.

Le domestique s'empara de la cape et de la canne de Peter, avant de s'éloigner dans les profondeurs de la maison. Peter alla patienter dans le salon. Trop énervé pour s'asseoir, il arpenta la pièce, puis s'arrêta devant le piano et y joua quelques notes, tout en se demandant distraitement si Christopher aimerait prendre des leçons de musique. Son fils avait une oreille remarquable et il avait peu de distractions à la maison. Oui, c'était une idée à creuser...

Il plaqua un accord qui sonna faux et décida que lui-même n'avait rien d'un mélomane. Sarah était-elle musicienne ?

Qu'avait-elle répondu à Christopher quand celui-ci lui avait demandé de devenir sa seconde maman ?

Il n'avait pas eu le temps de revoir la jeune femme mais il avait la ferme intention de revenir à la charge et de lui poser lui-même cette question cruciale.

Avec un frisson de plaisir, il s'imagina se glissant au lit chaque soir pour enlacer son épouse endormie... Qui d'autre que Sarah aurait pu remplir ce rôle ? C'était elle qu'il attendait, elle qu'il espérait. Le son mélodieux de sa voix charmait encore ses oreilles. La fraîcheur de son parfum lui chatouillait les narines. Le goût de ses lèvres sucrées revenait sans cesse sur ses papilles...

Il ne pouvait penser qu'à elle.

Peter revint à la réalité en jetant un regard autour de lui. Que faisait donc Celia ? Il n'avait guère envie de s'attarder dans cette demeure. Il avait quitté la maison en coup de vent, sans prévenir personne de l'endroit où il se rendait. Une fois habillé, il s'était mis en quête de Sarah. Elle était introuvable, tout comme Christopher. Sur ces entrefaites, Ruth était arrivée avec la lettre de Celia et il avait décidé de partir sur-le-champ.

Celia était déjà d'une humeur massacrante la dernière fois qu'il l'avait vue, aussi mieux valait ménager sa susceptibilité. D'ailleurs, il ne voulait pas la blesser inutilement et comptait bien lui dire au plus vite la vérité à propos de Sarah et de lui.

— Tiens, tiens ! lança une voix féminine du pas de la porte.

Peter se tourna et aperçut Celia, vêtue d'une robe de soie vert émeraude, qui le dévisageait sans beaucoup d'aménité.

— Ne serait-ce pas l'homme qui fait la une des journaux ? ajouta-t-elle d'un ton sarcastique.

Peter pâlit.

— Le *Times* ? s'enquit-il d'une voix inquiète.

— Ne me dites pas que vous n'avez pas lu la presse du matin ?

— Non, je n'en ai pas eu le temps.

— Je vois. Vous êtes débordé en ce moment ?

— Un peu...

— Vous ne supportez pas la banalité, dirait-on. Je vous laisse dix minutes et vous trouvez le moyen d'être impliqué dans un second meurtre.

Elle fit claquer sa langue avec réprobation. Peter soupira :

— Celia, je sais que vous êtes fâchée contre moi...

— Oh, pas du tout ! feignit-elle de protester. Je n'ai aucun grief contre vous. Au cas où vous ne l'auriez pas déjà remarqué depuis le temps que vous me connaissez, j'ai une patience d'ange.

— Je vous en prie, quittez ce ton narquois.

La jeune femme se dirigea vers le bar et, posément, se servit un verre de sherry. Puis, s'accoudant au plateau d'acajou, elle se tourna vers Peter en portant le cristal à ses lèvres.

— Très bien. Si vous voulez la vérité, je suis effectivement furieuse contre vous. Vous me négligez. Pis encore, vous m'ignorez totalement.

— Je suis désolé, soupira-t-il.

— Je sais.

— Celia, il n'y a jamais eu la moindre promesse entre nous.

— Je le sais aussi, répondit-elle et, cette fois, des larmes scintillèrent dans ses yeux.

Un silence lourd retomba dans la pièce.

Enfin, Celia reprit :

— Je ne vous l'ai jamais dit durant toutes ces années, Peter... à cause de Mary et, ensuite, parce que je sentais que vous n'aviez pas envie de l'entendre, mais... je vous aimais. Et je vous aime toujours. Je veux vous voir heureux.

— Celia...

Elle leva vivement la main et agita ses doigts fuselés :

— Chut ! L'aimez-vous, Peter ?

— Oui, je l'aime, dit-il en la regardant droit dans les yeux.

— Eh bien, c'est tout ce qui compte.

Elle s'approcha de lui, sans hâte, et il put voir qu'elle faisait des efforts pour ne pas pleurer. La jeune femme s'immobilisa près de lui et lui caressa la joue d'un geste fugace, tandis qu'une lueur de tendresse passait dans son regard bleu.

Navré pour elle, Peter déglutit avec peine. C'était la première fois, depuis qu'il connaissait Celia, qu'elle se permettait de lui montrer ses sentiments sans fard.

— Je vous ai vu vous éloigner de moi petit à petit, Peter chéri, sans réussir à combler ce vide grandissant entre nous. Je sais que vous m'aimez sincèrement, mais pas comme vous l'aimez, elle. Et je vous prie de me croire quand je vous dis, en toute franchise, que je vous souhaite tout le bonheur du monde.

— Vous avez toujours été ma meilleure amie.

— Et il n'y a pas de raisons que cela change, assura-t-elle sans hésiter, avant d'ajouter avec une fausse légèreté : Seulement, il faudra prendre garde à ne plus faire les gros titres de la presse, chéri. Vous nuisez à ma réputation.

Il ne put s'empêcher de sourire.

— Celia, vous êtes la pire ennemie de votre réputation !

— Ce n'est pas faux. Mais vous avez un certain culot de me le dire en face.

Ils échangèrent un sourire. Puis Peter s'inquiéta :

— Je suppose que les articles de ce matin n'étaient pas tendres ?

— Vous pouvez le dire !

— Ainsi, me voilà de nouveau dépeint comme un assassin ?

— Pas encore, mais la rumeur enfle. Vous trempez dans des activités plus ou moins avouables, même si elles n'ont rien d'illégal, Dieu merci ! Et vous subornez les jeunes filles, enchaîna-t-elle avec un clin d'œil. Vous êtes exactement le genre de voyous que toutes les femmes adorent. Oh, et j'oubliais ! August Belmont m'a adressé un mot ce matin. Il ne souhaite pas vous retirer ses investissements, mais il aimerait connaître mon sentiment sur les rapports de vos placements.

— Belmont ! Enfin, Celia, je ne me souviens d'aucune sollicitation de sa part ou de la vôtre pour obtenir un rendez-vous ! Je suis vraiment désolé de lui avoir posé un lapin !

Celia toussota.

— Vous ne lui avez pas vraiment posé de lapin, objecta-t-elle avec désinvolture. Voyez-vous, j'ai menti l'autre jour. Il n'y avait pas de rendez-vous chez August. Me pardonnez-vous ?

— Oui, mais enfin... Cela fait quand même la deuxième fois !

— La deuxième fois ? Que voulez-vous dire ?

Peter la considéra avec surprise, puis plissa soudain les paupières.

— Voulez-vous dire que nous n'avions pas rendez-vous ce matin ?

— Comment ? Non, pas du tout. Pourquoi ?

— Vous ne m'avez pas envoyé de message ?

Celia secoua la tête. Peter savait qu'elle ne lui mentait pas. Quelle raison aurait-elle eue de le faire ?

À mi-voix, il récapitula, pour être sûr d'éviter tout malentendu :

— Il n'y avait pas de rendez-vous ce matin et vous ne m'avez pas envoyé un mot exigeant que je vienne chez vous toutes affaires cessantes ?

— Non, j'ai passé la matinée au lit. Voilà pourquoi j'ai mis tant de temps à vous rejoindre. Je devais m'habiller.

Peter ne l'écoutait déjà plus. Un malaise trouble l'envahissait. Qui diable lui avait adressé cette lettre ? Ruth lui avait déclaré qu'elle provenait de Celia et, tout à sa surprise, il n'avait pas prêté attention à l'écriture fine qui ressemblait à celle de la jeune femme...

Il se passait quelque chose.

Quelqu'un avait délibérément tenté de l'éloigner de chez lui.

— Je dois m'en aller, lança-t-il en se dirigeant vivement vers le vestibule.

— Maintenant ? Vous venez à peine d'ar…

— Une urgence, coupa-t-il en se mettant à courir.

32

Christopher ouvrit la porte de l'armoire. Avec précaution, il s'agenouilla et disparut à moitié derrière une rangée de vêtements. Puis, il entreprit de farfouiller dans la collection de jouets et autres trésors qu'il avait accumulés dans les profondeurs du meuble.

Une chaussure jaillit – une des siennes, à en juger par la taille –, mais sa jumelle demeura introuvable. Un mouchoir de dentelle suivit, qui avait sans doute appartenu à sa mère, ainsi qu'un cheval de bois et un soldat. Ensuite vint un assortiment d'objets hétéroclites plus ou moins identifiables, tous usés et polis par l'usage.

Enfin, l'enfant ressortit de l'armoire avec un petit livre relié en cuir. Il le porta à ses narines et fit la grimace avant de le tendre à Sarah.

Celle-ci s'en saisit vivement et l'examina en le retournant entre ses mains.

— Où as-tu trouvé cela, Christopher ?

— Je suis tombé dessus, par hasard. Il était sous une latte mal calée. Je cache mes objets préférés ici, sinon Caitlin les jette quand elle nettoie ma chambre.

— Je vois.

— J'aime les toucher, expliqua-t-il en s'emparant

du mouchoir de dentelle pour le froisser entre ses doigts. Celui-là est tout doux. Papa m'a dit qu'il était à ma grand-mère.

Apercevant ce qui ressemblait à une initiale brodée dans l'angle du carré de tissu, Sarah se promit de procéder plus tard à une vérification. Pour l'heure, elle ne pensait qu'au journal.

Était-ce celui de Ruth ? Il n'y avait aucun moyen d'identifier son auteur, mis à part cette odeur distincte et persistante, à la note florale accentuée : le parfum de Ruth. Il s'agissait en fait d'un mélange de fragrances variées qui, malheureusement, ne s'accordaient pas du tout entre elles.

Et, subitement, Sarah se souvint que c'était précisément cette odeur qu'elle avait perçue dans sa chambre, le soir de l'incendie.

Le journal à la main, elle alla s'asseoir sur le lit de Christopher.

— Le croque-mitaine a dû le mettre là, puis l'oublier, raisonna l'enfant.

— Peut-être...

— Voilà pourquoi il pleurait.

D'une main tremblante, Sarah ouvrit le journal à la première page. Elle était datée du 4 novembre 1878.

Maudit Peter !

Il a toujours tout eu. Toujours ! Père le respectait. Sa catin de mère l'adorait. Et moi, je n'ai jamais rien eu. Seulement de l'indifférence. Et du temps pour rêver ; du temps pour réfléchir !

Ce monde est un monde exclusivement réservé aux hommes. Je n'ai pas d'autre choix dans la vie que de dépendre de l'un d'entre eux. Ce n'est pas juste ! Et comme je ne suis pas belle, aucun ne veut de moi. Je n'ai rien, rien ! Pas même l'assurance d'avoir un toit au-dessus de ma tête, un endroit à moi où vivre tranquille. Je hais les hommes ! Je les hais tous !

Sarah fut sidérée par la virulence de ces mots, manifestement écrits dans un état de rage fielleuse.

La voix de Christopher l'arracha un instant à sa lecture :

— Je voulais lui rendre le livre, mais je n'en ai jamais eu le courage.

— Ne t'inquiète pas, trésor. Tout va bien. Viens t'asseoir à côté de moi.

Une chose était sûre : il n'était pas question que cet enfant passe une nuit de plus dans sa chambre, à guetter l'arrivée de ce croque-mitaine qui le terrorisait depuis des années. Sarah y veillerait personnellement.

Rapidement, elle parcourut les pages suivantes. Les paragraphes étaient en général assez courts, et ne comprenaient parfois qu'une seule phrase. Il était fréquent que plusieurs jours passent sans que Ruth ne couche sa fureur sur le papier.

Sarah tourna les pages jaunies, puis s'arrêta sur un passage particulièrement long.

16 novembre 1878

Peter a fait la connaissance d'une femme aujourd'hui. Une certaine Mary Cavanaugh. Il n'a pas arrêté de lui parler, de la suivre partout comme un petit chien. Ridicule !

Les hommes sont tous des porcs.

Et cette Mary, que croit-elle gagner en se trémoussant et en minaudant avec des airs de poupée de porcelaine et de stupides gloussements ? Un jour, elle aura des rides et des poches sous les yeux, et que lui restera-t-il alors ?

Père a abandonné Mère, il l'a laissée se flétrir et mourir dès que sa jeunesse s'est fanée. Elle ne l'intéressait plus. Un mois à peine après son enterrement, il s'est amouraché de la première écervelée venue qui avait belle tournure. Je me demande même s'il n'a pas précipité la fin de Mère, s'il ne l'a pas poussée lui-même dans la tombe. Cela paraît incroyable, mais j'ai toujours nourri des soupçons à ce sujet. Il voulait se débarrasser d'elle pour épouser une femme plus belle, plus jeune. Et, par la suite, il m'a demandé d'élever leur fils ! Cela lui semblait tout naturel que je m'occupe de ce garçon. J'ai consacré ma jeunesse à Peter, et voilà que lui aussi veut me quitter, tout comme Père a quitté ma mère pour m'abandonner ensuite !

Mère lui a offert les plus belles années de sa vie. Elle a tenu la maison pour lui, elle le dorlotait, lui cuisinait de bons petits plats. Et qu'a-t-elle reçu en guise de remerciement ?

Les filles comme Mary Cavanaugh ne valent rien. Et moi, je ne peux compter sur personne, à part moi-même. Je ne fais confiance à personne. Pas même à Peter !

Sarah inspira profondément avant de tourner la page. Il y avait tant d'amertume, tant de rancœur dans les mots de Ruth ! C'était terrible d'être aussi solitaire et aigrie.

La suite datait du 10 janvier 1879.

Il veut épouser cette garce !

Une simple phrase, pleine de malveillance. C'est donc ainsi que Ruth parlait de Mary ! La colère gagna Sarah, en même temps qu'une vague de regrets l'envahissait. À l'époque, elle aurait dû être présente au côté de sa cousine pour lui tenir la main et l'aider à supporter cette haine gratuite. Comme Mary avait dû être seule !

L'émotion la fit suffoquer et elle se tourna vers Christopher, assis en silence près d'elle. L'enfant dut sentir le poids de son regard, car il demanda innocemment :

— Pouvez-vous me le lire ?

Incapable de parler, Sarah secoua la tête, bien qu'il ne puisse la voir. Puis, elle lui caressa doucement la joue.

— Je crois que tu n'aimerais pas cela, dit-elle d'une voix chevrotante.

Elle l'entoura de son bras, avant de se replonger avec courage dans la lecture du journal.

15 janvier 1879

Peter n'a vraiment aucune décence ! Comment ose-t-il venir me dire que Mary considère sa beauté comme un fardeau ! Cette gamine gâtée et capricieuse hésite à l'épouser parce qu'elle a soi-disant peur qu'il ne l'aime pas pour elle-même. Pauvre chose ! Elle devrait remercier Dieu à genoux de lui avoir donné ce visage, et voilà qu'elle fait la difficile ! Mais c'est juste une ruse pour embobiner Peter davantage. Et lui, l'imbécile, il ne voit rien, il la plaindrait presque ! Et il a le front de me dire que, moi, je ne connaîtrai jamais de tels doutes avec les hommes !

Quelle humiliation !

Je le hais et je hais sa petite poupée riche à millions !

— Sarah ? souffla Christopher d'une voix presque inaudible.

Sarah n'entendit qu'un bourdonnement sourd tant elle était absorbée par sa lecture qui provoquait en elle une peur et un dégoût croissants. Elle avait envie de refermer cet ouvrage haineux et de le jeter loin d'elle. Pourtant, elle ne pouvait s'empêcher de tourner les pages, comme hypnotisée par ce jet ininterrompu de venin.

28 janvier 1880

Je me sens de trop. Ma présence n'est plus souhaitée ici.

J'ai tout donné à Peter. Et, maintenant, je dois lutter chaque jour contre l'angoisse de me voir chassée de sa maison et de sa vie. Je tremble qu'il se débarrasse de moi, comme mon père l'a fait si aisément.

J'ai la migraine rien que d'y penser. Le laudanum ne calme même pas la douleur.

Leur couple est grotesque. Il a même été jusqu'à m'avouer qu'il n'était pas amoureux d'elle ! Dans ce cas, pourquoi fait-il autant d'efforts pour qu'elle mène une vie agréable ? Après tout, cette fille n'est qu'une étrangère, elle n'est pas du même sang que lui, alors que moi, je suis sa sœur. Mais moi, il m'ignore. Je dois me contenter des miettes qu'il est disposé à m'abandonner les rares fois où il se souvient de mon existence. Tandis qu'à elle, il donne tout !

Mais pourquoi suis-je surprise ? Mon propre père n'a même pas daigné me léguer un centième de son capital, aussi maigre soit-il. Il a tout laissé à son héritier, sa fierté, sa joie, son fils ! Il a tout laissé au seul de ses enfants qui n'avait besoin de rien pour se tailler une place dans ce monde hostile, et pas un sou à celle qui n'avait aucun moyen de subsistance.

Cette injustice criante me donne envie de cracher à la figure de tous les hommes. Pauvres crétins, arrogants et superficiels !

Et que fait Peter de l'héritage de Père ? Il le dilapide pour sauver ses affaires qui courent à la faillite, voilà ce qu'il fait ! Si je ne lui avais pas présenté Celia Morgan, il serait aujourd'hui à la rue, comme le dernier des indigents.

Il me doit tout. Tout !

Cette maison est ma maison, son argent est mon argent. Tout m'appartient ! Et je suis obligée d'aller lui mendier quelques billets chaque fois qu'il me faut une malheureuse robe. Ne comprend-il pas combien cette situation m'humilie ? Pourquoi attend-il que je vienne quémander au lieu d'y penser tout seul ?

Il n'est pas différent des autres hommes. N'importe quel joli visage suffit à lui tourner la tête. Mary est tout ce que je déteste chez une femme. Jamais elle n'a eu à se soucier de son avenir. Elle a toujours été entourée, choyée, désirée. Mais elle ne vaut rien. Rien !

Cette fois, je ne tolérerai pas d'être laissée pour compte ! Je dois réagir.

J'ai si mal à la tête...

Je ne vais pas m'effacer, leur abandonner ma propre demeure, simplement parce qu'ils estiment qu'ils n'ont plus besoin de moi.

C'est à Mary de partir. Pas à moi !

Horrifiée, Sarah découvrait une Ruth enragée, gonflée de haine, au bord de la folie. Les pages défilèrent, jusqu'à ce que la date de la mort de sa cousine lui saute aux yeux...

15 avril 1880

Voilà. C'est fait !

J'aimerais être sur place pour voir ce qui se passe. C'est encore trop tôt. Je ne veux pas éveiller les soupçons.

Je n'arrive pas à considérer cela comme une fin. Je m'y refuse ! Au contraire, c'est une renaissance. Ma renaissance !

Je n'arriverai pas à dormir ce soir. Je suis trop impatiente de lire les nouvelles dans le journal du matin. J'attends ce moment depuis si longtemps ! Encore quelques heures...

— Mon Dieu ! s'exclama Sarah d'une voix étouffée.

— Que se passe-t-il, Sarah ? demanda Christopher avec inquiétude.

Sarah avait presque oublié sa présence. Lui avait-il parlé pendant qu'elle lisait ? Elle n'en gardait pas souvenance.

Avec lenteur, elle porta la main à sa joue et la retira humide. Elle ne s'était même pas rendu compte que les larmes ruisselaient sur son visage. D'un geste machinal, elle les essuya, puis reposa le journal, incapable de lire davantage.

Elle devait trouver Peter, lui montrer ce recueil, lui faire comprendre que sa sœur avait perdu la raison.

La main plaquée sur sa bouche, elle s'efforça de reprendre ses esprits et de dominer l'émotion qui la ravageait pour réfléchir plus clairement.

Que faire dans l'immédiat ? Après ce qu'elle venait de découvrir, il était hors de question de laisser Christopher seul dans sa chambre. Et cependant, elle préférait s'entretenir en tête à tête avec Peter.

Sarah se leva avec peine, s'agenouilla devant le lit, et prit Christopher par les épaules.

— Christopher chéri, je vais te demander un service. Tu vas prendre ce livre, aller dans la chambre de ton père et te cacher sous le lit. D'accord ?

L'expression perplexe qui se peignit aussitôt sur le visage de Christopher prouvait combien il était dérouté par cette requête pour le moins étrange. Malheureusement, Sarah n'avait pas le temps de s'expliquer. Et puis, que lui dire ? Qu'elle craignait pour sa vie parce que sa tante, sous l'emprise d'une jalousie forcenée, était susceptible de s'en prendre à lui dans un accès de démence meurtrière ?

Non, mieux valait le mettre à l'abri et s'arranger pour garder le journal en lieu sûr.

— Tu veux bien ? insista-t-elle.

— D'accord.

— Et si tante Ruth t'appelle, surtout tu ne sors pas de ta cachette. Compris ?

L'enfant hocha la tête en silence. Soulagée, Sarah jeta un coup d'œil aux jouets sortis devant l'armoire. Elle décida de faire un peu de rangement au cas où Ruth viendrait traîner dans les parages. Rapidement, elle ramassa les objets épars et les entassa au fond de l'armoire, avant de refermer la porte. Cela fait, elle prit Christopher par la main et l'accompagna jusque devant la chambre de Peter. Il valait mieux ne rien laisser au hasard.

— Voilà, reste bien tranquille et attends que je revienne te chercher, lui recommanda-t-elle une dernière fois.

Elle se baissa pour l'embrasser et, ce faisant, sentit l'odeur douceâtre qui se dégageait du journal que l'enfant tenait serré contre sa poitrine. La nausée l'assaillit. Ce parfum était vraiment écœurant !

Sarah se redressa et poussa l'enfant dans la pièce. Puis elle referma la porte sur lui, avant de s'éloigner dans le couloir, le cœur battant. Elle devait trouver Peter. Lui saurait quoi faire.

33

Sarah avait le cœur gros de laisser Christopher dans la chambre de son père. Elle avait l'impression de l'abandonner, car elle le savait effrayé. Malheureusement elle ne pouvait faire autrement. Quelque chose lui disait qu'il était plus en sécurité là-bas qu'auprès d'elle.

S'il devait lui arriver malheur avant qu'elle ait pu parler à Peter, au moins Christopher détiendrait-il le journal, preuve de la duplicité de Ruth.

La jeune femme s'éloigna à pas vifs pour ne pas attirer l'attention sur la chambre et se félicita d'avoir été aussi rapide quand, l'angle du couloir à peine tourné, elle tomba nez à nez avec Ruth.

— Oh, Sarah ! Justement, je vous cherchais.

Le ton était plus chaleureux qu'à l'accoutumée. C'était même la première fois que la sœur de Peter faisait preuve d'un semblant d'affabilité. Loin de la rassurer, cette feinte gentillesse lui donna la chair de poule.

Sur le qui-vive, elle regarda s'approcher celle qui avait tué sa cousine.

Ruth n'avait peut-être pas perpétré ce crime elle-même mais, à la lecture du journal, il était évident qu'elle avait joué un rôle prépondérant dans la mort de Mary.

Sarah se força à sourire en dépit de l'aversion que lui inspirait cette femme.

— Bonjour, Ruth.

— Chère Sarah, je sais combien vous avez souffert ces derniers jours... Je vous offre toutes mes condoléances pour la mort de votre amie. Cette maison semble vouée à abriter les pires tragédies, soupira Ruth en secouant la tête d'un air affligé.

Bien que son cœur tambourinât dans sa poitrine, Sarah réussit à rester impassible. Comment Ruth parvenait-elle à garder son naturel quand elle s'était rendue coupable de tant de vilenies ? N'avait-elle aucune conscience morale ? Aucune sensibilité ? N'éprouvait-elle aucune honte ?

À moins qu'elle ne soit totalement folle et ne garde aucun souvenir de ses actes...

Avant tout, il fallait l'attirer loin de la chambre où Christopher s'était caché, raisonna Sarah.

S'obligeant à marcher sans hâte, elle poursuivit son chemin, espérant que Ruth lui emboîterait le pas. À son grand soulagement, celle-ci réagit comme prévu.

— Je vous remercie, dit Sarah, avant de demander : Sauriez-vous par hasard où se trouve Peter ?

— Non, j'ignore où il est.

Ruth pressa l'allure pour parvenir à sa hauteur. Elle semblait mijoter quelque chose. Pourquoi s'était-elle mise à la recherche de Sarah, elle qui d'habitude l'évitait comme la peste ? Avait-elle quelque sombre projet en tête ?

La peur au ventre, Sarah dirigea ses pas vers le bureau de Peter.

Mon Dieu, faites qu'il soit là ! priait-elle en silence.

— Comme je vous le disais, je vous cherchais,

reprit Ruth d'un ton onctueux. J'espérais que vous pourriez m'accorder quelques instants.

— Que se passe-t-il ?

— Rien de grave, rassurez-vous. Simplement, je me suis avisée que nous n'avions pas pris le temps de faire plus ample connaissance, vous et moi. Il me semble que mon frère tient beaucoup à vous. Aussi, pendant qu'il est sorti, j'ai pensé qu'il serait agréable que nous discutions un peu entre femmes. Qu'en dites-vous ?

Sarah eut la bouche sèche, tout à coup.

— Peter est sorti ? Je croyais que vous ne saviez pas où il était ?

— C'est exact. Je sais seulement qu'il avait un rendez-vous d'affaires ce matin. Mon frère est un bourreau de travail ! ajouta Ruth avec un petit sourire mélancolique. C'est, je pense, ce qui l'a éloigné de Mary. Pauvre Mary ! Celia Morgan en a bien profité, je le crains...

Elle laissa sa phrase en suspens, tandis qu'une expression sournoise se peignait sur ses traits ingrats.

— Celia Morgan ? répéta Sarah sans comprendre.

— Oui. Elle et Peter sont devenus inséparables depuis le décès de cette pauvre Mary.

Le cerveau de Sarah enregistrait ces informations et réfléchissait à toute allure. Était-ce Ruth qui, par ses sous-entendus hypocrites, avait semé le doute dans l'esprit de Mary ? Tout comme elle essayait de le faire maintenant avec Sarah.

— Avez-vous quelques minutes à me consacrer ? insista Ruth.

Sarah hésita un instant. Puis, elle se rassura en songeant que Ruth n'avait aucun moyen de savoir qu'elle avait été démasquée. Refoulant ses craintes, elle acquiesça :

— Certainement.

— Magnifique ! s'exclama Ruth en joignant les mains dans un geste enthousiaste. J'ai pris la liberté de commander du thé et des biscuits et de les faire servir dans le salon. Nous allons enfin mieux nous connaître !

Elle devança Sarah qui demeura légèrement en retrait et s'exhorta à rester sur ses gardes. Ruth avait certainement une idée en tête. Ce revirement était franchement bizarre. Depuis l'arrivée de Sarah chez Peter, elle lui avait à peine adressé la parole et voilà qu'elle lui faisait tout à coup mille civilités. Oui, il se tramait quelque chose...

Une sonnette d'alarme retentit dans son crâne.

L'odeur douce-amère du thé à la camomille lui chatouilla les narines dès qu'elle eut franchi le seuil du salon. Elle se figea, sa méfiance décuplée, sans trop savoir ce qu'elle redoutait.

— Caitlin a déjà tout préparé. Parfait ! dit Ruth en se dirigeant vers la table basse où les tasses étaient disposées près d'une assiette de biscuits. Je vous en prie, Sarah, venez vous asseoir.

Les rideaux étaient tirés et, à travers le fin voilage qui garnissait les fenêtres, on voyait l'autre côté de la rue. N'importe quel passant aurait pu apercevoir les deux femmes dans le salon. Cette idée rassura Sarah. Il aurait fallu être fou furieux pour commettre un meurtre en plein jour, au vu et au su de tous.

D'un pas hésitant, elle s'approcha et prit place sur une chaise, face au siège de Ruth.

Cette dernière adopta un ton légèrement réprobateur pour déclarer :

— Je dois avouer que j'ai été plutôt en colère quand j'ai appris votre petite mascarade. Je ne peux dire que j'approuve ce genre de méthodes, néanmoins... Pardonnez-moi, dit-elle soudain, je vais aller fermer cette porte, nous serons plus tranquilles, ne croyez-vous pas ?

— Oh ! non, je...

Sarah s'était presque levée dans un sursaut de protestation. Mais déjà, Ruth avait traversé la pièce et refermait tranquillement le battant.

— Là, c'est mieux, dit-elle en revenant s'asseoir. Les domestiques ont toujours une oreille qui traîne. Il vaut mieux garder ces histoires de famille entre nous.

Sarah hocha la tête, en dépit de son malaise grandissant. Il lui fallait faire appel à toute sa maîtrise de soi pour ne pas prendre ses jambes à son cou et mettre la plus grande distance possible entre elle et Ruth. Des pensées confuses tourbillonnaient dans sa tête. Tout à coup, son regard tomba sur la table proprement dressée, les tasses encore vides dans leurs soucoupes, la théière fumante et l'accompagnement habituel, sucre, crème, gâteaux...

Le parfum du thé, combiné à celui des biscuits à peine sortis du four, flottait jusqu'à elle, délicieux et tentant.

Trop tentant.

Un étau glacé lui enserra la poitrine, l'empêchant presque de respirer. Il était absolument hors de question qu'elle avale une seule bouchée de biscuit ou une seule gorgée de thé ! Elle n'était pas stupide à ce point.

Évidemment, Ruth ignorait qu'elle avait découvert son journal. Elle pensait la piéger facilement. Et, en effet, si Sarah n'avait su à quoi s'en tenir, elle aurait dégusté son thé en toute innocence...

Un frisson d'effroi la parcourut.

Reste calme. Surtout, reste calme, s'admonesta-t-elle.

Rien ne l'obligeait à boire ni à manger. Elle n'avait qu'à attendre le retour de Peter en faisant traîner la conversation. Après tout, Ruth ne l'avait pas enfermée contre son gré dans une cave obscure ! Elles étaient dans le salon, à deux pas d'une rue passante, et si jamais elle criait, les domestiques l'entendraient...

Pourtant, Sarah avait beau se raisonner, sa terreur s'amplifiait.

— Voilà, dit Ruth en lissant les plis de sa jupe, un petit sourire satisfait aux lèvres.

Elle n'esquissa pas un geste en direction de la théière, mais se carra contre le dossier de sa chaise pour considérer Sarah avec attention.

— Vous êtes vraiment ravissante, déclara-t-elle de but en blanc. Je comprends que Peter se soit épris de vous. Cela s'est passé exactement de la même façon avec votre cousine, ajouta-t-elle avec un petit rire. Quoi de plus naturel, Mary était si jolie !

— En effet, acquiesça Sarah, qui ne savait que répondre à ces éloges suspects.

Subrepticement, elle jeta un coup d'œil à la fenêtre dans l'espoir d'apercevoir la haute silhouette de Peter, ou n'importe qui d'autre... La vision d'un jeune couple qui passait en bavardant gaiement la rasséréna un peu et elle reporta son attention sur la table. Elle se mit à fixer la jolie théière de porcelaine délicatement décorée de petites roses et de rubans bleus.

L'odeur du thé flottait dans l'air, telle une menace latente. Sarah était peut-être paranoïaque, mais elle ne toucherait à rien. On l'avait déjà droguée une fois, elle en avait tiré la leçon.

— Comme je le disais, poursuivit Ruth, je n'approuve guère la façon dont vous vous êtes introduite chez nous. J'aurais préféré, et de loin, que vous vous fassiez connaître, même si je comprends vos réticences. À votre place, j'aurais peut-être agi de même, qui sait ?

Sarah eut un sourire crispé et inclina la tête pour inciter Ruth à continuer. Elle n'avait rien à répondre.

Ruth tendit le bras vers la théière et remplit posément les deux tasses. Elle saisit la sienne avec délicatesse et porta le récipient à ses lèvres, avant de le reposer brusquement sur la soucoupe.

— Voyons, voilà que j'oublie tous mes devoirs d'hôtesse ! Prenez-vous du lait ? du sucre ? Un morceau ou deux ? s'enquit-elle aimablement.

— Un seul, merci, répondit Sarah, dont le regard ne quittait pas la tasse.

À grand-peine, elle se concentra sur le visage de son interlocutrice qui n'exprimait rien d'autre qu'une gentillesse bienveillante.

— Je prends mon thé nature et j'ai parfois tendance à oublier que les gens n'ont pas les mêmes goûts que moi, expliqua Ruth. Je vous prie de me pardonner.

— Ce n'est rien.

De nouveau, le regard de Sarah se porta vers la rue, beaucoup trop vide à son goût.

— Vous semblez nerveuse, remarqua Ruth dont le sourire s'effaça.

— Non, pas du tout.

— Vous devriez boire votre thé, cela calme les nerfs, suggéra Ruth en poussant la tasse vers Sarah. Celui-ci est un mélange spécial que je fais préparer chez l'apothicaire. Il apaise l'anxiété et chasse les petits troubles du sommeil. Cela vous fera du bien, je vous assure. Après l'épreuve que vous venez de subir...

Sous son regard insistant, Sarah s'empara d'une petite cuillère en argent et, soulevant sa tasse d'une main, se mit à mélanger le sucre au breuvage.

Elle n'avait rien à craindre. Non, Ruth ne pouvait pas l'obliger à boire, se persuada-t-elle mentalement.

Néanmoins, cette femme était dangereuse, il ne fallait pas l'oublier. Elle avait déjà du sang sur les mains. Celui de Mary et celui de Mel...

Entre ses doigts tremblants, la cuillère se mit à tinter curieusement contre la porcelaine.

Peter fit irruption dans le vestibule et courut vers sa chambre, où il espérait bien trouver Sarah.

Dès qu'il se serait assuré qu'elle allait bien, ainsi que Christopher, il chercherait Ruth pour exiger des explications à propos du message qu'elle lui avait donné ce matin-là. Elle devait bien savoir qui l'avait apporté. De fil en aiguille, il remonterait jusqu'à l'expéditeur de la lettre qui, il en avait l'intime conviction, était lié d'une manière ou d'une autre aux récents événements qui avaient bouleversé la maisonnée.

Je mettrai la main sur ce salopard ! se promit-il tout en accélérant l'allure.

Bien que l'enquête fût close, il ne croyait pas une seconde aux conclusions auxquelles avaient abouti les policiers. Deux meurtres dans une même maison en l'espace de six ans, c'était beaucoup trop pour croire à une simple coïncidence. La police new-yorkaise se fichait peut-être éperdument de savoir que deux femmes innocentes avaient été assassinées, mais lui, Peter, n'allait certainement pas s'en tenir là. Surtout que la première victime avait été sa femme, et la deuxième personne visée celle qu'il espérait bientôt épouser.

La possibilité que Sarah coure un danger, qu'elle soit la cible d'un dangereux criminel, le remplissait d'épouvante et de fureur.

Une fois devant sa chambre, il ouvrit la porte à la volée et découvrit la pièce vide.

— Sarah ? appela-t-il avec angoisse, tout en se dirigeant vers la porte qui communiquait avec la deuxième chambre.

Personne là non plus. De plus en plus inquiet, il s'apprêtait à rebrousser chemin lorsqu'une petite voix claire fusa :

— Papa !

— Christopher ? Mais où es-tu ?

Au comble de la stupéfaction, il vit son fils s'extirper péniblement de sous le lit, et il s'agenouilla pour l'aider à se redresser.

— Bon sang, que fais-tu donc là-dessous ?

Le visage de Christopher exprimait la plus grande confusion. Comme il l'attirait dans ses bras, Peter remarqua qu'il se cramponnait à un livre relié de cuir brun.

— C'est Sarah qui m'a dit de me cacher là, expliqua Christopher.

— Pourquoi ?

— Je ne sais pas.

— Pourquoi n'est-elle pas restée avec toi ? Et que tiens-tu là ? ajouta-t-il en saisissant le recueil.

— C'est au croque-mitaine, papa. Je l'ai fait lire à Sarah et elle m'a demandé de rester caché sous le lit en t'attendant. Je n'avais pas le droit de sortir si quelqu'un d'autre entrait.

Peter secoua la tête. Il ne comprenait rien à ce que lui racontait son fils mais devinait que Sarah n'aurait pas agi ainsi à moins d'être confrontée à un problème exceptionnel.

Instinctivement, il ouvrit le journal. Son regard accrocha deux lignes lapidaires :

10 janvier 1879

Il veut épouser cette garce !

Peter se mordit la lèvre avec perplexité. Qui diable avait écrit ces mots ?

Il referma l'ouvrage et le retourna, cherchant un moyen d'identifier l'auteur. Rien.

De qui était-il question ? Et qui traitait-on de « garce » ?

— Où as-tu trouvé ce livre, Christopher ?

Volubile, l'enfant lui raconta sa matinée en compagnie de Sarah, à la suite de la visite nocturne du croque-mitaine. Puis, il expliqua comment il avait un jour trouvé ce livre au fond de l'armoire.

Peter l'écoutait avec attention. À nouveau, il ouvrit le journal et sentit alors la forte odeur fleurie qui s'en dégageait. Puis, comme il tournait les pages, son regard fut attiré par une date récente :

20 mai 1886

J'avais raison ! Je le savais !

Je les ai vus rentrer de promenade hier. Peter peut bien prétendre qu'il ne s'intéresse pas à elle, le bouquet de lilas qu'elle tenait à la main prouve le contraire. Les hommes n'ont aucun sens commun ! Comment peut-il tomber dans le même piège ? Et en plus, c'est une aveugle ! Comme si cela ne suffisait pas d'avoir Christopher à la maison !

Je ne me laisserai pas écarter.

Je ne lui permettrai pas de m'abandonner.

Je sais qu'il en a l'intention, tout comme il l'a fait la première fois.

Mais j'empêcherai cette mijaurée d'investir la maison. Il doit bien y avoir un moyen de se débarrasser d'elle. Je n'ai pas lutté si dur toutes ces années pour tout perdre aujourd'hui. Je n'ai pas souillé mes mains du sang de Mary en vain.

Il y a un moyen et je le trouverai...

Peter sentit ses cheveux se hérisser sur sa nuque. Son cœur se mit à battre follement, tandis qu'une horreur incrédule montait en lui.

Fébrile, il tourna la page.

24 mai 1886

Je ne sais que faire ! Tout semble perdu.

L'incendie a été maîtrisé. Elle était censée dormir sous l'effet de la drogue. Comment a-t-elle pu sentir la fumée ? Chaque jour, elle l'ensorcelle un peu plus avec ses chatteries écœurantes ! Que faire ? Que faire, mon Dieu ? Il doit bien y avoir un moyen !

Je connais quelqu'un qui pourrait m'aider... Il l'a déjà fait auparavant. Un petit voyou peu scrupuleux du moment qu'on le paie grassement.

Demain, j'irai le trouver. Je dois éliminer Sarah Hopkins !

Un instant, les lignes se brouillèrent sous les yeux de Peter.

Son esprit enregistrait les mots qu'il lisait et s'imprégnait lentement de leur sens. Cependant, son cœur refusait d'admettre la vérité qui, implacablement, s'imposait à lui. L'incendie… l'attelage qui avait failli écraser Sarah…

3 juin 1886

Rien ne marche !

Bon sang, cette fille a autant de vie qu'un chat !

Cet idiot n'a même pas été capable de la renverser. Je suis à court d'idées. Je n'en peux plus. Et Peter commence à avoir des soupçons. Il sait qu'il ne s'agissait pas d'un accident. Sarah gagne un peu plus de terrain chaque jour et je ne peux rien faire pour m'y opposer, RIEN *!*

Cette catin est une menace pour ce que j'ai construit avec tant de patience. Sans moi, Peter aurait fait faillite depuis longtemps. Les gens sont persuadés qu'il a bâti sa fortune sur la dot de Mary, mais je sais qu'il n'a jamais voulu y toucher, car il réserve ce capital à Christopher. Comme si un enfant de cet âge avait besoin d'autant d'argent ! Si je n'avais pas présenté Peter à des personnages d'importance, il n'aurait plus que ses yeux pour pleurer aujourd'hui. L'imbécile !

Il me doit tout. Je ne vais pas rester là, soumise et résignée, à le voir offrir ce qui m'appartient de droit à une grue, une putain qui se croit tout permis parce qu'elle est agréable à regarder !

La prochaine fois, j'agirai moi-même.

Peter luttait contre la nausée qui l'envahissait. Ruth… Était-ce bien Ruth qui s'exprimait avec une telle animosité et qui avait couché sur le papier ces mots terribles ? Ruth, qui le méprisait si âprement ? Qui haïssait Sarah ?

Comment avait-il pu ignorer si longtemps les sentiments violents qu'elle nourrissait à son égard ? Certes, elle s'était toujours montrée distante et peu encline aux confidences. Mais elle s'était consacrée à Christopher avec un tel dévouement ! Il semblait inconcevable que, derrière cette façade insipide, se soit cachée une haine mortelle et dévastatrice.

Durant toutes ces années, il avait cru que la placidité de sa sœur ne faisait que traduire un manque d'entrain face à la vie. Alors qu'elle était folle, folle à lier !

Avec dégoût, il s'attaqua au dernier passage rédigé d'une main hésitante. L'écriture, brouillonne et fragmentée, reflétait certainement l'état d'esprit de Ruth au moment où elle avait griffonné ces mots.

Il n'y avait même pas de date.

Quel jour sommes-nous ?

J'ai une migraine épouvantable.

Un jour a passé depuis cette nuit-là. Ou peut-être deux ? Je ne sais plus. Nous devons être le 5. Cela fait six ans et deux mois, presque jour pour jour, que Mary est morte. C'est sûrement un signe. La prochaine fois, je n'échouerai pas. Ce serait trop injuste.

Pourquoi suis-je dans une telle situation, alors que cette maudite fille, cette Sarah Hopkins ou Woodard, quel que soit son nom, se pavane dans cette maison en se moquant de moi ? La sale menteuse. Elle y voit aussi clair que moi. C'est Peter qui est aveugle ! Il n'arrête pas de lui trouver des excuses alors qu'il devrait être furieux contre elle.

C'est elle qui devait mourir, pas cette Mel Frank !

Peter paiera, lui aussi. Je ne peux pas le tuer, mais ils le jetteront en prison, voilà tout. Bon débarras !

Qu'a-t-elle vu au juste, le soir où j'ai mis le feu à sa chambre ? Que sait-elle exactement ? Demain, j'en aurai le cœur net. Je vais l'inviter à prendre le thé. Oui, le thé. Cette fois, ça marchera.

Je ne supporterai pas un nouvel échec.

Meurs, Sarah, meurs !

En lisant la dernière phrase, Peter eut l'impression de recevoir un coup de poing dans l'estomac. Il avait hébergé chez lui la femme qui avait assassiné Mary ! Sa propre sœur !

Ruth avait raison : il avait été aveugle !

Ses doigts tremblants laissèrent échapper le journal qui tomba sur le tapis. Il se tourna vers Christopher et, pour la première fois, il fut heureux que son fils ne puisse le voir. Il devait être livide.

— Christopher, écoute-moi. Tu vas rester dans ma chambre et n'en bouger sous aucun prétexte. Tu as bien compris ? C'est très important, fiston.

Christopher hocha gravement la tête.

— Tout ira bien si tu m'obéis. Tu me le promets ?

— Oui, papa.

Peter se leva et ramassa rapidement le journal par terre. Puis, il se lança à la recherche de sa sœur et de la femme qu'il aimait. Son instinct lui soufflait qu'il les trouverait ensemble.

Ruth avait perdu la raison. Elle avait besoin d'être soignée. Peut-être n'était-il pas trop tard pour l'aider ?

Mais si jamais elle avait fait du mal à Sarah…

Comme il arrivait au bout du couloir, il entendit un bruit de conversation en provenance du salon.

Des voix féminines. Avec un soulagement incommensurable, il reconnut celle de Sarah.

Elle était là ! Elle allait bien !

Il ouvrit la double porte.

Les deux femmes, installées devant la table basse où le service à thé était dressé, offraient un tableau tranquille, qui ne ressemblait en rien aux scènes horribles qu'il s'était imaginées.

Mon Dieu, dire que, s'il n'avait pas lu ce maudit journal, il n'y aurait vu que du feu !

À cet instant, Sarah releva la tête et, l'apercevant sur le pas de la porte, elle s'écria :

— Peter !

Elle se leva d'un bond, lâchant sa tasse qui se brisa en tombant sur la table. Le liquide brûlant se répandit sur la nappe et se mit à goutter sur le parquet.

Blanche comme un linge, Sarah se précipita vers Peter qui l'encercla de ses deux bras, tandis que son regard féroce se posait sur Ruth.

Cette dernière demeura assise, parfaitement sereine. Elle avait à peine tressailli lorsque la tasse s'était fracassée. Puis, elle baissa les yeux sur le journal que Peter tenait à la main et ses traits se figèrent. Elle pâlit d'un coup.

Son visage se déforma soudain dans une grimace hideuse et, l'espace d'un instant, ses yeux se révulsèrent. Peter crut qu'elle allait s'évanouir. Elle chancela légèrement sur son siège, mais elle se redressa aussitôt et, recouvrant son expression impassible, elle soutint le regard de son frère.

Peter serra plus étroitement Sarah qui se blottissait contre lui. En lui se mêlaient le soulagement, la colère, le chagrin... des émotions si confuses qu'il ne savait quelle attitude adopter. Il voulait dire à Ruth qu'elle était malade, qu'elle devait accepter de se faire soigner et qu'il l'y aiderait de son mieux ; et en même temps, il souhaitait la voir jetée dans une geôle où elle croupirait le reste de sa misérable existence.

Elle avait tué Mary !

Une seule pensée lucide dominait toutes les autres dans son esprit en déroute : Sarah allait bien. Elle était là, vivante et chaude, entre ses bras.

Ruth ne les quittait pas des yeux.

Un lent sourire étira ses lèvres minces.

— Je n'avais pas la moindre chance, n'est-ce pas, Peter ? dit-elle tranquillement.

Sans se départir de son calme, elle saisit la tasse pleine posée devant elle et la porta à sa bouche pour la vider à longues gorgées.

— Non ! cria Sarah en tendant la main devant elle.

Peter la retint contre lui. Il sentait un engourdissement étrange envahir son corps, comme s'il se trouvait au beau milieu d'un rêve. Ses membres lui semblaient de plomb. Son cerveau refusait de comprendre ce que son cœur savait déjà.

Ruth se leva lentement.

— Non, je n'avais pas la moindre chance, répéta-t-elle avec une immense amertume.

Elle se pencha, et remplit de nouveau sa tasse, avant d'en boire rapidement le contenu. Ce n'est que lorsqu'elle la reposa qu'un voile parut se déchirer dans l'esprit de Peter et qu'il réalisa ce qu'elle était en train de faire.

Au moment où il allait se précipiter, il vit sa sœur tituber en portant les mains à sa poitrine. Ses traits se crispèrent de douleur et, après avoir pirouetté sur elle-même, elle s'effondra à terre.

Sarah jeta un cri strident et, sanglotant, enfouit son visage contre l'épaule de Peter.

Prostrée sur le sol, Ruth agonisait. Il était déjà trop tard. Et, dans un sens, c'était mieux ainsi…

34

L'enterrement de Ruth s'était déroulé aussi discrètement que possible, dans la mesure où trois décès violents avaient eu lieu chez les Holland au cours des six dernières années, dont deux la même semaine.

Il était difficile d'éprouver autre chose que de la pitié après avoir lu le journal de Ruth dans son intégralité. Elle n'était qu'une femme désespérée qui, toute sa vie, s'était considérée comme victime de la gent masculine. Sarah et Mary avaient symbolisé à ses yeux la somme des talents et vertus qu'elle ne posséderait jamais. Pis, elles avaient toutes deux menacé sa tranquillité – du moins Ruth avait-elle analysé la situation ainsi.

La pauvre créature à l'esprit dérangé avait vu dans l'assassinat l'unique solution à ses déboires. On pouvait considérer que la société patriarcale et le rôle passif qu'elle imposait aux femmes étaient en partie responsables des drames successifs qui s'étaient joués. Pourtant, Sarah avait connu nombre de femmes menant une existence similaire, qui vivaient avec dignité et s'épanouissaient sans pour autant s'en prendre à leur entourage.

D'autres semblaient vouées à rester des martyres toute leur vie.

Chaque jour qui passait, Sarah remerciait Dieu d'avoir préservé Christopher de la folie de sa tante. En définitive, elle avait accompli sa mission : elle avait découvert qui avait tué sa cousine et était parvenue à sauver le fils de cette dernière.

Mais ce n'était pas tout, loin de là.

Lorsque les employés des pompes funèbres avaient descendu le cercueil de Ruth dans la tombe, elle avait acquis une certitude inébranlable.

Elle aimait éperdument Peter Holland. Il était l'homme de sa vie. Mais il n'était pas pour elle.

En silence, elle quitta le cimetière en compagnie de Peter et de Christopher, et monta dans la voiture qui les attendait. Assise à côté de l'enfant, elle prit sa main dans la sienne, tandis que son père regardait obstinément par la fenêtre.

Sarah, qui l'observait à la dérobée, aurait voulu prendre son beau visage entre ses paumes et lui chuchoter passionnément : « Je vous aime ! » Il lui semblait que son cœur débordait de cet amour qu'elle s'interdisait d'exprimer.

La pensée de le quitter lui était intolérable.

Accablée, elle détourna les yeux vers la rue et les façades des maisons qui défilaient.

— Sarah...

Elle tressaillit en entendant sa voix dont le timbre profond avait le don de la bouleverser. Sarah battit des paupières pour masquer son émotion. Elle vit alors qu'il lui tendait un objet qu'il venait de tirer de la poche de son manteau : un petit livre relié en cuir bordeaux.

Comme elle n'esquissait pas un geste pour s'en saisir, il le déposa sur ses genoux.

— C'est... ?

— Le journal de Mary, oui, confirma-t-il.

Sarah baissa les yeux sur le livre, sans oser le toucher. Enfin, elle se décida et, d'une main tremblante, effleura le nom de Mary gravé en lettres dorées dans le coin supérieur droit.

Comme elle tentait de l'ouvrir, elle rencontra une résistance et se rendit compte qu'un minuscule verrou scellait le livret.

— Vous ne l'avez jamais lu ? s'étonna-t-elle.

— Non. J'ai mis la main sur ce journal quelque temps après la fin de l'enquête. Ainsi que je vous l'ai dit, je n'avais déjà pas eu le courage de lire les autres carnets et, comme de toute façon je n'avais pas la clé de celui-ci... Je l'ai rangé au fond d'un tiroir et je l'y ai laissé...

Sa réaction était compréhensible. Sarah redoutait elle aussi ce qu'elle allait découvrir dans ce recueil intime, même s'il était temps pour elle d'affronter la vérité.

— Je pense avoir trouvé cette clé, murmura-t-elle. Elle se trouvait dans un carton à chapeau, dans la première chambre où vous m'avez logée. Où avez-vous trouvé le journal ?

— Dans la nursery.

— Merci de me l'avoir donné, dit-elle, en essayant de faire passer toute sa gratitude dans son regard.

Il n'était certainement pas facile pour lui de lui confier ce journal, catalogue de ses erreurs passées.

— Merci, Peter, répéta-t-elle.

Ses yeux étincelèrent, puis il détourna la tête vers la fenêtre et se replongea dans le silence.

Le dernier paragraphe écrit par Mary datait du 15 avril 1880.

Le reste ne contenait aucune information susceptible d'éclairer les circonstances de sa mort. En revanche, Sarah avait beaucoup appris sur la relation entre Mary et Peter.

Elle comprenait mieux maintenant le point de vue de sa cousine. En fait, cette dernière avait lutté désespérément pour gagner l'amour de son mari. En vain. Peter ne lui avait jamais donné son cœur, même s'il l'aimait tendrement, à sa façon.

À la fin de sa vie, Mary avait fini par comprendre qu'elle avait réagi de façon déplorable lorsque Peter s'était éloigné d'elle ; que la souffrance lui avait fait perdre toute logique, car sa jalousie n'avait aucun fondement. Consciente de s'être emmurée dans le silence et la rancœur, elle avait enfin décidé de sortir de cette passivité destructrice...

Elle relatait donc comment elle avait été trouver Celia Morgan afin de l'interroger sur la nature de ses relations avec Peter. Celia avait répondu en toute honnêteté : oui, elle aimait Peter, mais ce dernier n'avait jamais payé ses sentiments de retour, et jamais il n'avait trahi son épouse.

Apparemment, Peter s'était confié à Celia qui, à son tour, avait révélé à Mary combien son mari était déçu par l'échec flagrant de son couple. Il s'estimait entièrement responsable de ce fiasco et ne se pardonnait pas d'avoir fait défaut à sa jeune femme.

De son côté, Mary avait reconnu ses erreurs de jeunesse. Et, dans le dernier extrait de son journal, elle expliquait qu'elle avait pris de nouvelles résolutions : à l'avenir, elle ne maintiendrait plus Peter à distance et partagerait de nouveau son lit...

Malheureusement, le destin s'en était mêlé et elle n'avait pas eu le temps de mettre ses projets à exécution. Durant des années, sa fierté l'avait empêchée de tendre la main à son mari et, quand enfin elle avait écouté la voix de la raison... la mort l'avait fauchée, impitoyablement.

L'orgueil, ce sentiment néfaste qui brise tant de liens fragiles, avait condamné toutes ses chances d'accéder au bonheur. Il s'était dressé entre Mary et Peter, tout comme il s'était élevé entre Mary et Sarah.

Cette pensée fit naître chez Sarah une insupportable tristesse. Puis, comme elle tournait la dernière page du recueil, elle sentit son cœur bondir dans sa poitrine.

Coincée sous le rabat intérieur se trouvait une mèche de cheveux blonds d'une nuance dorée que Sarah reconnut aussitôt.

Une boucle des cheveux de Mary !

Un souvenir lointain remonta alors du tréfonds de sa mémoire : cette soirée où, adolescentes complices, elles avaient discuté de leur avenir et échangé un serment solennel...

Sur la couverture cartonnée, Mary avait écrit une simple phrase :

Je te demande pardon, ma chère Sarah.

L'émotion submergea la jeune femme dont les larmes se mirent à couler. Avec révérence, elle caressa la boucle soyeuse. Ainsi, Mary n'avait pas oublié sa promesse. L'amour qu'elle portait à Peter lui avait fait trahir sa parole mais, loyale, elle avait sacrifié une mèche de ses cheveux, symbole du pardon qu'elle n'avait pas osé demander à Sarah.

Bouleversée, celle-ci referma le livre et renversa la tête contre le dossier de sa chaise. Elle regarda cette chambre où Mel était morte et se demanda soudain pourquoi elle s'y était réfugiée pour lire le journal de sa cousine. Ce n'était pas par masochisme, non, mais plutôt pour se convaincre que les erreurs passées ne sont jamais vaines et qu'il est toujours possible que quelque chose de bon en sorte.

Même si Mary n'avait jamais écrit à Sarah pour se réconcilier avec elle, elle lui avait pardonné son intransigeance. *A posteriori*, Sarah se rendait compte qu'elle aurait dû être la première à agiter le drapeau blanc. C'est elle qui, par son ultimatum, avait brisé une si longue amitié. Elle n'avait pas eu le courage de faire amende honorable et il lui faudrait vivre avec ce regret jusqu'à la fin de ses jours.

Pour autant, devait-elle se punir éternellement d'avoir commis cette lourde erreur ?

Était-il juste que Peter continue à se juger responsable de la faillite de son couple ?

Non, évidemment.

Mary, bien qu'ayant pardonné à Sarah, avait été infiniment blessée par son rejet. Elle avait cru que sa cousine l'avait définitivement rayée de son existence.

Mon Dieu, comme elle se trompait !

Tant de malentendus, tant de souffrances, imputables à l'impétuosité de la jeunesse orgueilleuse !

Mais le passé était le passé et, aujourd'hui, Sarah était bien incapable de se racheter.

Aujourd'hui, la question était de savoir si elle allait également repousser Peter.

Allait-elle plier bagage et franchir le seuil de cette maison pour ne plus jamais y revenir ?

Non.

Lentement, la jeune femme se redressa. Et, tandis qu'elle se remémorait la demande en mariage de Peter, puis celle que Christopher avait naïvement formulée, un sourire se dessina sur ses lèvres.

Elle savait désormais ce qu'elle allait faire.

Certes, il lui faudrait faire preuve d'une audace folle et prendre un risque terrifiant, mais... elle n'était pas du style à attendre que les événements se produisent. Son oncle lui avait appris que, si elle désirait ardemment quelque chose, elle devait lutter pour l'obtenir. Eh bien, elle allait se battre, monter au front, et pas plus tard que maintenant !

Après tout, ce qu'elle s'apprêtait à faire n'avait rien d'inconvenant. Elle se sentait l'égale de Peter, n'est-ce pas ? Il n'y avait donc plus à hésiter.

Sauf que, s'il lui riait au nez, elle en mourrait sur-le-champ de honte et de chagrin !

Refoulant cette pensée déprimante, elle se leva et, résolument, quitta la chambre. D'un pas vif, elle gagna le bureau de Peter. Parvenue devant la porte, elle prit une profonde inspiration.

Courage ! s'exhorta-t-elle.

Assis à son bureau, Peter consultait des dossiers. Manifestement, il n'avait pas l'esprit au travail. Son front était barré d'un pli soucieux et il tripotait nerveusement son stylo. Bien qu'il n'eût jamais été très proche de Ruth, la mort tragique de cette dernière l'avait fortement secoué. Sans doute s'adressait-il de violents reproches pour ne pas avoir deviné plus tôt la folie de sa sœur.

Sarah éprouva aussitôt l'envie torturante de le prendre dans ses bras et de le réconforter. Comment aurait-il pu se douter que le cœur de Ruth recelait tant de poison ? Rien dans son attitude ne laissait présager un dénouement aussi dramatique. Il ne servait à rien de culpabiliser, et Sarah se disait qu'avec le temps, avec beaucoup d'amour et de patience, elle parviendrait à l'en convaincre.

Mais ce n'était pas le moment d'évoquer Ruth.

Plus tard, peut-être, quand la blessure aurait cicatrisé...

— Peter? appela-t-elle doucement.

Il leva vers elle un regard empli de tristesse. Sarah prit son courage à deux mains et, d'une voix plus ferme, poursuivit:

— Peter, j'ai réfléchi. Je sais que le moment est sans doute mal choisi, néanmoins... Voilà: je crois qu'il est temps que je me soucie enfin de ma réputation.

Elle réprima un sourire en le voyant écarquiller les yeux et enchaîna:

— Vous comprenez, l'honneur d'une femme est chose fragile... Je dois mettre un terme aux commérages, sous peine d'être considérée comme une créature perdue.

Peter la fixait sans ciller. Lentement, une abominable certitude grandissait en lui. Elle allait le quitter. Elle s'efforçait de lui annoncer la nouvelle avec ménagement, mais le fait était là: elle allait le quitter.

Le meurtre de Mary avait été élucidé, Christopher était en sécurité. Par conséquent, Sarah n'avait plus aucune raison de rester.

Quelques minutes plus tôt, il s'était réfugié dans son bureau pour trouver le courage de lui demander une dernière fois de l'épouser. Il était prêt à la supplier s'il le fallait. Mais elle ne lui en avait pas laissé le temps.

Elle allait partir.

Une vague de douleur le submergea. Il baissa les yeux sur ses papiers, tandis que son poing se resserrait autour du stylo. Il ne ferait rien pour l'en dissuader. Il n'en avait pas le droit. Elle était libre.

Ses épaules se voûtèrent et il baissa la tête. C'est alors que, d'une voix claire, elle ajouta :

— Donc, pour la raison que je viens de vous exposer, je crois qu'il serait plus correct que vous deveniez mon mari.

Peter tressaillit violemment. Avait-il bien entendu ? Était-ce une plaisanterie de mauvais goût ?

Il releva vivement la tête et la vit pointer en avant son petit menton têtu. Elle affichait un aplomb inébranlable, mais il capta une lueur d'angoisse dans ses prunelles bleues.

Incrédule, il se leva, tandis qu'un espoir ténu s'éveillait en lui.

— Dois-je comprendre... que vous me demandez en mariage, Sarah ?

— Oui. C'est une demande officielle.

Ses frêles épaules s'étaient redressées et elle avait adopté un ton déterminé même s'il était sûr qu'elle n'en menait pas large.

Une bouffée de tendresse l'envahit, en même temps que la joie explosait en lui. Stupéfiante Sarah ! Il lui fallait vraiment faire preuve d'une bravoure inouïe pour oser formuler cette requête singulière. Mais pourquoi s'en étonnait-il ? Sarah lui avait déjà démontré maintes fois son incroyable vaillance.

Brusquement, il éclata de rire.

— Je ne vois pas ce qu'il y a de si drôle ! s'offusqua-t-elle, déconcertée.

— Ah non ?

Comme il s'approchait et tendait les bras pour l'enlacer, elle se dégagea vivement.

— Non ! Et je trouve votre rire insultant ! s'exclama-t-elle.

— Vous n'avez aucune raison de prendre la mouche. Vous êtes une jeune personne aussi exigeante qu'effrontée. Voyons, afin qu'aucun doute ne subsiste, j'aimerais que vous me posiez de nouveau la question.

— Êtes-vous en train de vous moquer de moi ?

Sans cesser de rire, il réussit à lui emprisonner les poignets et l'attira contre lui. Sarah commença par résister puis finit par capituler et s'abandonner entre ses bras, tandis qu'il humait avec délice la fragrance délicate de sa somptueuse chevelure sombre.

— Sarah, veuillez reformuler votre demande, je vous prie.

— Non !

Les joues en feu, elle lui jeta un regard étincelant d'indignation. Dieu qu'elle était belle ! Il ne put s'empêcher de l'embrasser sur le bout du nez.

— S'il vous plaît, Sarah… Je vous aime.

La jeune femme se figea et, fiévreuse, chercha son regard. Puis, un sourire radieux illumina son ravissant visage et elle lui jeta les bras autour du cou.

— Très bien, acquiesça-t-elle. Peter, acceptez-vous de devenir mon mari ?

— Seulement si vous acceptez de devenir ma femme.

Elle s'esclaffa, et il étouffa son rire sous un baiser, avant de murmurer :

— Je vous aime, Sarah Woodard. De tout mon cœur et de toute mon âme.

— Et moi, je vous adore, Peter.

— M'aimez-vous vraiment ? J'ai encore peine à le croire. C'est tellement merveilleux…

— En désirez-vous une preuve immédiate ? s'enquit-elle, mutine, en se pressant langoureusement contre lui.

Aussitôt, il sentit le désir flamber en lui.

— Certainement, répondit-il. D'ailleurs, j'en exigerai la preuve chaque jour de notre vie. À commencer par aujourd'hui.

Et, d'un baiser fougueux, il scella cette promesse de bonheur.

ÉPILOGUE

Une ambiance de fête régnait dans le salon. Un immense sapin de Noël décoré de boules multicolores et de guirlandes scintillantes occupait un angle de la pièce. L'angelot juché sur son faîte semblait poser un regard bienveillant sur la scène familiale qui se déroulait à ses pieds.

Christopher Holland, assis entre ses deux sœurs, Melissa et Laura, tenait sur ses genoux un livre écrit en braille. Tout en déchiffrant le texte du bout des doigts, il racontait à voix haute l'histoire aux deux petites filles.

Laura, allongée sur le ventre, dessinait avec application le traîneau du Père Noël. Quant à la petite Melissa, elle buvait religieusement les paroles de son grand frère.

—... ils se marièrent et eurent beaucoup d'enfants, conclut Christopher avant de refermer dans un claquement sec le livre de contes.

Il tendit l'oreille en entendant derrière lui son père et Sarah qui discutaient à mi-voix, persuadés que personne ne prêtait attention à leurs propos.

— Cette fois, j'en suis sûr, ce sera un garçon, prédit Peter. Christopher a tellement envie d'un petit frère !

— Chut ! Il ne faut pas faire de promesses que

nous ne pouvons tenir, lui reprocha Sarah gentiment. Vous avez déjà proclamé cela les deux premières fois et... regardez le résultat !

— Je regarde et je vois un petit garçon très heureux qui adore ses sœurs. Christopher aimera cet enfant, quel que soit son sexe. Tout comme son père !

Bien qu'il ne pût les voir, Christopher devina que ses parents échangeaient un sourire.

Son père s'était trompé, des années plus tôt, en prétendant que Sarah était noire. Non, elle était jaune. Mieux que quiconque, elle incarnait la lumière et la joie de vivre. Du jour où elle était entrée chez eux, elle avait illuminé leur petit monde morose. À présent, son père ne s'enfermait plus dans son bureau pour remplir un verre d'alcool auquel il ne touchait jamais. Christopher avait toujours associé l'odeur du porto au malheur. Heureusement, cette époque était révolue.

C'était le sixième Noël qu'ils passaient ensemble et, depuis six ans, le bonheur régnait dans la maison. Christopher n'avait jamais été aussi heureux.

Assis près du sapin, Peter passa un bras autour des épaules de sa femme tout en caressant son ventre rebondi. Elle attendait leur troisième enfant. Jamais il n'aurait cru avoir un jour une famille aussi nombreuse, mais son désir pour Sarah augmentait au fil des ans. En cet instant même, il avait envie de l'emporter dans leur chambre et de lui faire l'amour toute la nuit.

Évidemment, c'était impossible. Sarah était sur le point d'accoucher et il se demandait même si elle aurait le temps d'ouvrir ses cadeaux !

Comme elle posait sa main sur la sienne, au-dessus de son ventre rond, il poussa un soupir de contentement.

— Je t'aime, Sarah Holland, chuchota-t-il en l'embrassant dans le cou.

Sarah inclina la tête et ferma les yeux afin de mieux savourer ses baisers.

— Moi aussi, je t'aime, répondit-elle.

Et tous deux se blottirent l'un contre l'autre pour regarder jouer leurs enfants.

Rendez-vous au mois de novembre
avec trois nouveaux romans de la collection

Aventures et Passions

Le 2 novembre 2000

La libertine

de Bertrice Small (n° 5697/K)

France, Écosse, XVIIe siècle. La belle Jasmine vit en France avec ses enfants, où elle se cache pour échapper à l'homme que le roi d'Angleterre lui ordonne d'épouser : Jemmie Glenkirk. Jemmie a toujours aimé Jasmine, mais fière et farouche, elle refuse qu'il lui fasse la cour. Jusqu'à ce que Skye O'Malley, la grand-mère de Jasmine, y mette son grain de sel...

Le 9 novembre 2000

Pour l'amour d'un mercenaire

de Jill Gregory (n° 5698/J)

Kansas, Londres, XIXe siècle. Jody est orpheline et depuis toujours recherche sa famille. La seule chose qu'elle possède est une broche qui avait été épinglée sur elle à la naissance. Or elle découvre une bague identique à la broche dans le butin rapporté par Snake, son mari brutal et hors la loi, à la suite d'une attaque de diligence. Il a pris le bijou à une jeune Anglaise appelée Alicia Denby. La bague en poche, Jody s'enfuit en Angleterre, résolue à retrouver les siens...

Le 24 novembre 2000

Poker de dames

de Patricia Hagan (n° 5699/J)

New York, XIXe siècle. À bord du *Union Pacific* en partance pour Saint Louis se trouve Samantha. Elle revoit les événements qui ont bouleversé sa vie depuis deux ans, notamment la misère et la mendicité. Mais aussi et surtout sa rencontre déterminante avec Céleste de Manca, avec laquelle elle a accepté de changer d'identité pour soustraire Céleste à un mariage arrangé avec un militaire américain. À des milliers de kilomètres de là, le lieutenant Jarman Ballard s'apprête donc à épouser celle qu'il pense être la fille du marquis de Manca...

Ce mois-ci, découvrez également
deux nouveaux romans de la collection

Amour et Destin

Le 2 octobre 2000

L'amant secret

de Anne Stuart (n° 5679/G)

Carolyn Smith est au chevet de Tante Sally, la seule mère qu'elle ait jamais connue, rongée par la maladie. Et voici que resurgit Alexander, fils unique de Sally, disparu dix-huit ans auparavant. Le seul problème, c'est que cet homme ne peut être Alex... car le soir de sa « disparition », Carolyn était témoin : il a été assassiné. Ce retour sera-t-il le prélude à une succession de révélations incroyables ?

Le 24 octobre 2000

Sens dessus dessous

de Jill Mansell (n° 5680/M)

Dans ce petit village anglais, il y a beaucoup de monde et on ne s'ennuie pas une seconde. D'abord, il y a Jessie, brunette peintre-décoratrice qui vit avec son fils Oliver, barman au pub. Ensuite il y a Lili, qui s'occupe de ses enfants. Charmante et sexy, elle a beau être mariée, elle n'en est pas moins amoureuse de Drew, le vétérinaire local. Enfin il y a Toby, célèbre acteur de cinéma qui s'installe dans le village et retrouve Jessie, son amour de jeunesse...

5682

Composition Chesteroc International Graphics
Achevé d'imprimer en Europe (France)
par Maury-Eurolivres - 45300 Manchecourt
le 10 septembre 2000.
Dépôt légal septembre 2000. ISBN 2-290-30446-8

Éditions J'ai lu
84, rue de Grenelle, 75007 Paris
Diffusion France et étranger : Flammarion